KB259903

이야기꾼 1

Ilusionist 세계의 작가 007

이야기꾼 1

ⓒ 들녘 2008

초판 1쇄 발행일 2008년 4월 30일

지은이 쉘 요한손
옮긴이 원성철
펴낸이 이정원

책임편집 김상진
표지 일러스트 최용호

펴낸곳 도서출판 들녘
등록일자 1987년 12월 12일
등록번호 10-156
주소 경기도 파주시 교하읍 문발리 파주출판단지 513-9
전화 마케팅 031-955-7374 편집 031-955-7381
팩시밀리 031-955-7393
홈페이지 www.ddd21.co.kr

값은 뒤표지에 있습니다. 잘못된 책은 구입하신 곳에서 바꿔드립니다.

ISBN 978-89-7527-605-7(04890)
       978-89-7527-600-2(세트)

illusionist 세계의 작가 007
이야기
1
꾼
Huset vid Flon
쉘 요한손 지음 | 원성철 옮김
들녘

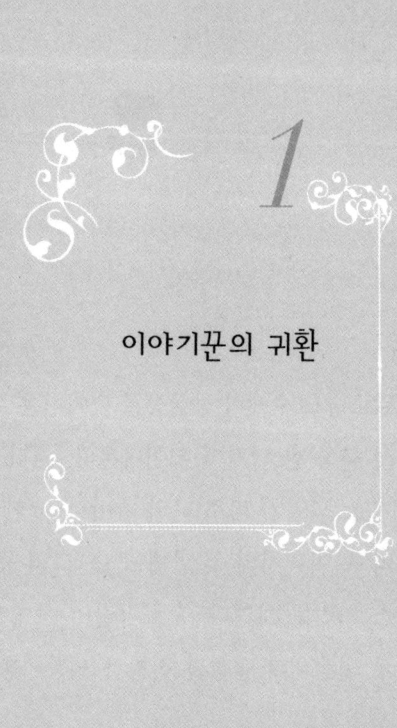

1

이야기꾼의 귀환

뮈르딩 호수에서 뭉글뭉글 솟아나온 짙은 안개. 그 속에서 불쑥 한 남자가 튀어나온다. 저기 저 잔디밭 위에 서 있는 남자가 바로 나의 아버지, 요한 요한손이다. 내 기억 속 아버지의 첫 번째 모습. 그의 등 뒤로 헤게르스텐스 거리도 보인다. 오르막길의 꼭대기에서 아스푸덴으로 덜컹대며 달려갈 전차가 찌릉찌릉 출발을 알리는 경적을 울린다.

뱃사람들이 쓰는 궤짝을 등에 짊어진 아버지가 한 걸음 한 걸음 진창 속에 박힌 발을 힘들게 뽑으면서 걸어온다. 비는 사흘 전부터 내리기 시작했다. 아버지는 집에서 얼마 떨어지지 않은 공원의 잔디밭에 다다른다. 빗

물에 질척이는 잔디밭에서는 늘 퀴퀴한 늪지의 냄새가
난다. 아버지는 걸음을 멈추고 숨을 깊이 들이마신다.
그러고는 조용히 귀를 기울인다. 바람의 속삭임을 듣고
있는 것일까? 아니면 찬송가 소리를 듣는 것일까? 아버
지가 서 있는 곳은 매해 여름 '할렐루야 천막'이 세워지
는 곳이다. 다시 걸음을 옮긴다. 드디어 집 안 뜰로 들어
서는 아버지. 초췌한 모습이다. 낯선 사람을 본 까치가
까옥까옥 짖어댄다.

저기에 아버지가 서 있다. 내가 이해할 수 없었던 것
들에 관해서, 아니 이 세상 모든 것들에 관해서 이야기
해줄 아버지가 저기에 서 있다. 엄마는 언제나 말했다.
"조금만 기다려 보렴. 아버지가 오시면 네가 궁금해하
는 건 뭐든지 다 얘기해주실 거야."

마침내 아버지가 온 것이다.

엄마가 달려간다. 조금 전까지만 해도 에바랑 나랑 창
밖을 내다보고 섰던 엄마가 순식간에 저 거무튀튀한 남
자를 향해 달려간다. 엄마가 그의 품속으로 달려든다.
딸랑 딸랑 딸랑. 어디선가 종소리가 들려온다. 종소리에
실려 오는 누군가의 목소리. 살아야 한다. 작디작은 인
간들아, 살아야 한다…….

아버지는 궤짝을 땅바닥에 내던지고 엄마를 받아 안

더니 공중 높이 휙 던져 올린다. 엄마는 기쁨에 겨워 회전목마에 올라탄 어린아이처럼 환성을 지른다. 목청껏 웃어대는 아버지. 에바의 웃음소리도 들린다. 나도 따라 웃는다. 나는 무엇이든 누나 에바를 따라 한다.

에바가 서늘한 복도를 지나 베란다로 간다. 나는 에바의 뒤를 졸졸 따라간다. 아버지는 바닥에 던져두었던 궤짝을 번쩍 들어 올려 다시 등에 짊어진다. 궤짝이 별안간 가벼워진 것 같다.

위층에 사는 할머니와 할아버지가 창문을 연다. 긴장한 눈동자 네 개가 말없이 밖을 내다본다.

아버지는 궤짝을 냉장고 옆에 세워둔다. 아버지가 복도에 서 있다. 이제 우리를 힘껏 안아줄 차례다. 할머니와 할아버지가 2층에서 내려오다 계단참에서 발길을 멈추고 머뭇거린다. 침묵 속에서 우리를 내려다본다. 그러다가 할 수 없다는 듯 다시 계단을 내려온다. 아버지가 내민 손을 부여잡는 할머니와 할아버지. 할머니의 달력 위에 적혀 있던 글이 떠오른다. '안나는 남편이 있어야 해. 아이들은 아버지가 있어야 해.' 이제 그들의 눈은 이렇게 말한다. "안나의 남편, 아이들의 아버지, 요한손이 집으로 돌아왔어." 하지만 그들의 눈 속에서는 또 다른 조바심이 소용돌이친다. 할머니와 할아버지는 다시 위층으로 올라간다.

아버지가 현관문에 박혀 있는 못에다 작은 종을 걸었다. 그 서슬에 왕거미 한 마리가 황급히 달아났다. 사람들은 이렇게 생긴 종을 '슈카'라고 부른다. 슈카를 집 안에 들이면 집안사람 누군가가 죽게 되지만, 현관문에 걸어두기만 하면 기쁨과 행복이 찾아온단다. 아버지가 말했다.

부엌에서는 궤짝이 우리를 기다리고 있다. 아버지가 자물쇠를 열자 궤짝 뚜껑의 안쪽에서 그림들이 보인다. 가운데에는 서로 아무런 관련이 없어 보이는 그림 아홉 개가 뒤죽박죽 섞여 있고, 가장자리에는 작은 그림들이 띠 모양으로 이어져 그림들을 빙 둘러싸고 있다. 작은 그림들은 모두 초상화이다. 어떤 얼굴들은 행복해 보이고, 어떤 얼굴들은 우울해 보인다. 어떤 얼굴들은 또렷하고, 어떤 얼굴들은 희미하다. 아홉 그림 중에는 사원에서 춤추는 인도 여자나 숲에 서 있는 말처럼 아주 선명한 것이 있는가 하면, 궤짝 뚜껑의 거뭇거뭇한 나무색깔에 묻혀 무슨 그림인지 도통 알아보기 힘든 것도 있다. 어둠 속에서 고통스럽게 웅크리고 있는 아이의 모습이 그랬다. 다른 여덟 그림들과 달리 한복판에 있는 그

림에는 사람도, 짐승도 보이지 않는다. 그저 아름다운
풀밭만 있다. 높이 자란 풀들이 황홀한 햇살 아래에서
샛노란 꽃을 피우고 있는 그림.

　궤짝은 반짝이는 꿈들로 가득 차 있다. 금화와 은화,
팔찌와 목걸이, 심지어 다이아몬드가 박힌 금반지도 있
다. 신발과 옷가지들도 있다. 하얀 셔츠, 검은색 정장,
부드러운 비단 스카프. 아버지는 우쭐대며 엄마에게 침
대 시트 한 장을 건네주었다. 그러나 그날 밤뿐이었다.
엄마는 침대에 새 시트를 깔았지만, 다음 날이 되자 시
트는 감쪽같이 사라져버리고 만다. 다시 궤짝 속으로 들
어간 것이다.

　"이 궤짝은 말이지, 콜카타에 갔을 때 피리 소리로 뱀
을 움직이는 난쟁이 마술사한테서 산 거란다. 뱀은 바로
이 궤짝 속에서 살고 있었어." 아버지가 말했다.

　아버지도 우리와 똑같이 머리카락이 검고, 눈동자가
갈색이다. 사실 얼핏 봐서는 거의 차이가 나지 않지만,
아버지의 눈동자는 우리보다 색깔이 조금 더 짙다. 엄마
가 커피를 끓여 왔다. 궤짝 뚜껑을 닫은 아버지가 길게
목을 빼고 커피 잔 위에서 콧구멍을 한껏 벌름거리며 킁
킁거렸다. 단단한 쇳덩이처럼 진하면서도 여인의 아랫
입술처럼 부드러운 커피 향이 솔솔 피어오른다. 가짜 커

피가 아니다.

"음, 정말 오랜만이야. 얼마나 그리웠던지? 당신 커피 맛은 일품이야." 아버지가 너스레를 떨었다. 그윽한 눈길로 엄마를 바라보며 커피를 홀짝이던 아버지는 다시 벌떡 일어나 또 다른 선물을 꺼내 왔다. 다섯 송이 장미. 첫째 송이는 엄마에게, 둘째는 에바에게, 그다음은 나에게, 그리고 넷째 장미는 가족의 사랑 앞에 바치는 것이라고 했다. 나머지 다섯째 장미에 대해서는 아무런 말이 없다.

아버지라는 사람과 함께 식탁에 앉아 있다는 것이 어색했다. 그는 나에게 낯선 사람이다. 그렇지만 에바는 그의 무릎으로 뛰어올라 뺨을 맞대고 깔깔거렸다. 아버지의 까칠한 수염이 뺨을 찔러댔을 텐데 아랑곳하지 않았다. 아버지는 면도를 하지 못해 미안하다고 말했지만, 면도를 하러 일어나지는 않았다. 관용과 자유로움으로 가득 찬 하루였다. 우리 가족 모두 아버지에게서 고개를 돌리기는커녕 그 까칠한 수염을 느껴 보고 싶어 안달이었다. 에바에 이어서 엄마가, 엄마에 이어서 내가 허리를 구부리고 아버지와 뺨을 맞댔다. 아버지는 팔을 크게 벌려 우리 셋 모두를 한꺼번에 껴안았다. 어둠 속에서 웅크리고 있던 그림 속 아이의 고통이 말끔히 씻겨 나가는 느낌이 들었다.

아버지가 부엌을 휘 둘러보았다. 노란색 방수포가 덮인 식탁, 그 양옆에 놓인 긴 의자, 잡동사니를 넣어 두는 나무 상자, 그 위에 올려놓은 양동이, 한쪽 구석에 서 있는 찬장, 거기서 조금 떨어진 곳에 있는 창문. 아버지가 창문 쪽으로 다가가 창 바로 아래쪽에 붙어 있는 개수대 안을 물끄러미 내려다보았다. 배수구가 뚫려 있긴 했지만, 수도관이 달려 있지는 않았다. 부엌에는 창문이 두 개 있었는데, 한쪽 창문 아래에는 부엌과 전혀 어울리지 않는 헌 소파가 하나 놓여 있었다. 잡아당기면 침대로도 쓸 수 있는 침대 겸용 소파. 에바와 내가 매일 밤 잠자리로 쓰는 소파이다.

이번에는 아버지의 눈길이 방을 향했다. 방문이 열려 있어 안이 훤히 들여다보였다. 방은 부엌보다 훨씬 작았다. 부엌에 서서 보았을 때 방 왼쪽 벽에는 장롱이, 오른쪽 벽에는 책꽂이가 서 있었다. 장롱 위에는 사진을 끼운 액자들이 세워져 있고, 책꽂이는 더 이상 꽂힐 자리를 찾지 못한 헌책들로 넘쳐났다. 엄마가 헌책방에서 사 가지고 온 책들이었다. 엄마는 새 침대 시트를 사러 갔다가도 책만 사 가지고 돌아오곤 했다. 우리는 아주 가난했다. 그러나 가난하다는 점에서만 본다면 스톡홀름의 미드솜마르크란센 구역에 모여 사는 노동자들과 별 차이가 없었다.

"책꽂이를 하나 더 짜야겠는걸." 아버지가 말했다.

방에도 침대로도 이용하는 길쭉한 소파가 문 맞은편 벽에 붙어 있었다. 소파 앞에는 둥근 탁자가, 둥근 탁자 옆에는 안락의자가 놓여 있었다. 방에는 부엌으로 통하는 문 말고도 또 다른 문이 하나 있었고, 그 문 바로 옆은 타일을 붙여 만든 벽난로였다. 벽난로 앞쪽으로도 또 다른 안락의자가 보였다. 엄마는 거기 앉아서 책 읽는 것을 좋아했다. 그 독서용 안락의자 옆에는 노란 천으로 갓을 씌운 키가 큰 스탠드가 있었다.

방 하나가 더 있기는 했지만, 우리 가족이 쓰지 않았다. 이바르손 씨가 세 들어 사는 그 방은 현관과 바로 통해서 집을 지을 때부터 세를 놓을 작정으로 만든 곳처럼 보였다. 이바르손 씨의 개인 소지품을 제외하고 그 방에 있는 것이라곤 침대, 탁자, 의자와 작은 장롱이 전부였다.

이바르손 씨는 20대 후반의 비쩍 마른 남자다. 기이하게 보일 정도로 다리가 길지만, 발은 무척 작았다. 만약 발이 조금만 더 작았더라면 아예 서 있기도 힘들 것 같다. 너무 말라서 그가 입고 있는 옷은 늘 몸에서 겉돌았다. 그가 걸어갈 때면 몸의 움직임과는 상관없이 옷이 위아래로, 좌우로, 제멋대로 헐렁거렸다. 그는 어쩌다 다른 사람들과 이야기라도 나눌라 치면 미소 띤 얼굴로 그저 고개를 끄덕이기만 하는 조용한 사람이었지만, 허리만큼은 늘 꼿꼿하게 펴고 다녔다. 데려오는 친구나 찾아오는 사람 한 명 없이, 퇴근하면 곧바로 돌아와 남은 시간을 혼자서 방에 틀어박혀 지냈다. 발전소에서 일하는 그는 방세를 꼬박꼬박 내긴 했지만, 아주 잠깐 집 밖으로 나갈 때라도 방문을 꼭꼭 걸어 잠그는 버릇이 있었다. 엄마는 기분이 상했다. 그의 태도에서 모욕감을 느꼈기 때문이었다. 문을 걸어 잠그는 행동에 대한 엄마의 반감은 시골에서 나고 자란 할머니와 할아버지에게서 물려받은 것이 틀림없다. 하지만 나는 엄마가 늘 문이란 문을 활짝 열어두는 게 못마땅했다. 잠을 자고 있을 때 누군가가 마음대로 들락거릴지도 모르는 일 아닌가? 끝도 없이 깊은 뮈르딩 호수 속에 살고 있는 괴물인 뮈르딩어 같은 것들 말이다. 밤이 되면 뮈르딩 호수에서—사실 호수라기보다는 조금 큰 못이라고 하는 편이 더 어울리겠지만—뮈르딩어들의 노랫소리가 들려왔다. 그들은 알아듣지도 못할 소리로 무시무시한 노래를 주절거리다가 어둠을 뚫고 슬금슬금 우리 집 뜰 안으로 기어 들어와 새벽녘까지 덤불 속에서 부스럭대곤 했다.

"아무래도 침실이 하나 더 있어야겠는걸." 아버지가
이바르손 씨의 방문을 힐끔 쳐다보면서 말했다.

"그렇지만 돈도 필요해요."

이제는 달라질 것이다. 엄마도 다른 집 엄마들처럼 집
안일이나 하며 지낼 수 있을 것이다. 더는 남의 집에 청
소하러 다닐 필요가 없으리라. 아버지가 돌아왔으니까.

에바와 나는 아버지 뒤를 졸졸 따라다녔다. 아버지는
어디 손봐야 될 곳이 없는지 구석구석 살피고 있었다.
막상 아버지의 눈길이 닿자 아무런 문제가 없어 보였던
집 안에서 산더미 같은 문제가 쏟아져 나왔다. 다 썩은
널빤지들이 깔려 있는 베란다 바닥, 페인트가 덕지덕지
일어나 비만 오면 안쪽까지 축축하게 젖어드는 벽, 녹슨
못 몇 개로 간신히 지탱하고 있는 문짝. 집주인인 벨린
씨는 자기가 해야 할 일을 전혀 하지 않는 사람이었다.
아버지는 주인이 집수리에 필요한 자재를 사 주기만 한
다면 직접 손을 보겠다고 말했다. 한눈에도 엄청난 일거
리였다. 우리 가족 중 어느 누구도 드러내놓고 인정하지
는 않았지만, 우리가 살고 있는 이 집은 사실 서서히 무
너져가고 있었다. 낡을 대로 낡아 조금씩, 아주 조금씩
무너져가고 있었다.

어떤 구역이건, 어떤 도시이건 '무너져가는 집'이 없

는 곳은 없다. 아무리 우리 집이 미드솜마르크란센 구역의 맨 끝에 붙어 있다 해도, 비록 '보통 사람들'의 집으로부터 조금 떨어져 있다 해도 '보통 사람들'이 모여 사는 곳에는 반드시 '무너져가는 집'이 있게 마련이다. 하지만 그 거리감은 딱 알맞았다. '보통 사람들'의 어느 누구도 자신을 '무너져가는 집'의 이웃으로 느끼지 않을 수 있을, 꼭 그만큼의 거리가 있었다. 그러면서도 '보통 사람들'의 시야에서 벗어나지 않고, '무너져가는 집'이 얼마나 흉측한 몰골을 하고 있는지 그들이 분명히 알 수 있는 거리. 만약 힘들여 내일을 준비하지 않는다면 언제라도 저 흉측한 몰골 속으로 휩쓸려 갈 수 있다는 사실을 잊어버리지 않도록, 그렇게 멀지도 또 그렇게 가깝지도 않은, 꼭 그만큼의 거리가 있었다. 그렇다. '무너져가는 집'은 '보통 사람들'이 얼마나 훌륭하고, 얼마나 칭송 받아 마땅한 사람들인지 보여주는 생생한 증거였다. 어쩌다 '보통 사람들' 중 누군가가 '무너져가는 집'에도 사람이 살고 있다는 사실을 떠올리게 된다면, 그리고 도대체 어떤 사람들이기에 저런 곳에서 살고 있는 것인지 궁금해지기 시작했다면, 그래서 '무너져가는 집'에 사는 사람들에게 슬쩍 눈길이라도 주게 된다면 그는 이제 자신이 지금까지 알지 못했던 새로운 사실에 눈뜨

게 될 것이다. '무너져가는 집'이란 그가 살고 있는 구
역에서 가장 비참하고 궁핍한 집이라는 사실보다, 자신
과는 전혀 다른, 비천하기 짝이 없는 인간들이 살고 있
는 곳이라는 그런 사실을 깨닫게 될 것이다.

　빈민 구제 단체나 구청의 사회복지과, 그것도 아니라
면 우연히 마음씨 따뜻한 누군가가 '무너져가는 집'에
서 '보통 사람들'과는 전혀 다른 방식으로, 예를 들어
짐승처럼 술이나 마셔대며 살아가는 그 사람들에게 도
움의 손길을 내밀지도 모른다. 그 손길의 도움으로 그들
은 다시 술을 마시지 않게 될지도 모른다. 그러나 술을
마시지 않게 된 그들은 이제 여기저기서 간음을 일삼으
며 돌아다니게 될 것이다. 간음을 일삼지 않는다면 그들
은 이제 그 빌어먹을 간음이 아닌 또 다른 패륜을 찾아
나서게 될 것이다. 어쩌면 그들은 새 직장을 얻고, 깔끔
한 차림으로 사람들에게 친절한 인사를 건네고, 정말이
지 더 이상 그 어떤 추잡한 짓도 저지르지 않고 마치 '보
통 사람들'처럼 살게 될지도 모른다. 그렇더라도 그것
은 '보통 사람들'을 기만하기 위한 간교한 속임수다. 어
느 누군가가 조금만, 아주 조금만, 그들의 속을 뒤집어
본다면 어쩔 수 없이 그들은 '보통 사람들'과는 전혀 다
른, 추잡하고 비천하기 짝이 없는 인간들이라는 사실을

쉽사리 알 수 있을 것이다.

하지만 그런 우리가 없다면 '보통 사람들' 역시 있을 수 없다는 것도 사실이다!

가끔 우리는 '보통 사람들' 의 마음속에 따뜻한 동정심을 불러일으키기도 한다. 칭찬 받아 마땅할 성실한 부인들이 자신들이 속한 거리를 떠나 선물을 한 아름 안고 우리를 찾아오는 것이다. 그러나 그들이 우리를 방문하는 진짜 이유는 어떻게든 '무너져가는 집' 을 한번 들여다보고 싶은 욕구가 마음속에서 부글거리며 끓어오르다가 마침내 폭발한 것일지도 모른다. 비요르크 부인과 라르손 부인이 헌 옷가지들을 들고 우리를 방문했다. 하지만 그들은 얼굴에 퍼져 있던 성스럽고 경건한 미소와 함께, 또한 그들이 들고 왔던 그 더럽고 냄새까지 나는 누더기들과 함께 발길을 돌렸다. 아, 그날이 성탄 전날 밤만 아니었더라면!

'무너져가는 집' 에서 사는 주제에 따스한 동정에 감사할 줄 모르는 배배 꼬인 자들, 무례하기 짝이 없는 자들, 살고 있는 집과 똑같은 꼬락서니를 한 자들, 아무 짝에도 쓸모없는 자들.

그들은 뭐가 뭔지 아무것도 모른다. 그들이 우리에 대해서 알고 있는 것은 아무것도 없다!

까옥까옥. 아버지가 소리 나는 쪽을 올려다보았다. 등잔걸이처럼 생긴 나뭇가지 위에 까치둥지가 얹혀 있다. 까치가 둥지를 튼 그 사과나무는 우리 집에서 가장 크고 아름다운 나무였지만, 한 번도 사과가 열린 적은 없었다. 원래 까치들은 저렇게 낮은 곳에, 저렇게 사람들이 사는 집 가까이에 둥지를 짓지 않는다. 우리 집에는 착한 사람들이 살고 있다는 걸 까치도 잘 알고 있기 때문에 그런 거라고 아버지가 말해주었다. 아버지의 그 말 한 마디에 우리는 얼마나 뿌듯했던가! 아버지의 말이 옳다는 것을 반드시 증명해 보이겠다고 마음속으로 다짐했다. 그러기 위해서는 지금 당장, 헛간 뒤에 있는 오줌통으로 느릿느릿 걸어가고 있는 할아버지에게 다정한 아침 인사를 해야 할 것 같았다. 안녕히 주무셨어요!

눈이 잘 보이지 않는 할아버지는 잘 듣지도 못했다. 게다가 덥수룩하게 자란 머리카락이 귀를 덮고 있었다.

"할아버지." 내가 다시 소리쳤다.

"안녕히 주무셨어요, 장인어른." 이번에는 아버지가 소리쳤다.

"오, 그래. 오, 그래. 요한손이 돌아왔지!"

할아버지의 건망증은 점점 심해지고 있었다.

헛간으로 갔다. 오래전에는 외양간으로 쓰였던 곳이

다. 문 왼편에는 빨래를 삶을 때 쓰는 화덕이 있고, 그 옆에는 작업대가 있다. 작업대 위에는 크고 작은 나사못이 담긴 유리병, 망치와 펜치, 드라이버와 스패너 따위가 널려 있다. 작업대 밑에는 석유를 담아 두는 양철통이 벽에 바싹 붙어 있다. 거친 나무로 짠 장도 있었는데, 술병들이 들어 있는 그 장은 항상 자물쇠가 채워져 있었다. 열쇠는 장 위에 놓여 있었다.

혼잣말로 중얼거리는 할아버지의 목소리가 밖에서 들려왔다.

헛간 맨 안쪽에는 토끼장이 있었다. 토끼장 바로 위에는 낡은 물지게가 걸려 있었는데, 이제 아무도 그것으로 물을 길어 나르지 않았다. 바닥에는 황마로 짠 자루, 양날톱, 쇠스랑, 총각 시절 아버지가 숲에서 일할 때 썼던 벌목 도구들 그리고 자질구레한 잡동사니들이 굴러다녔다. 대부분 덕지덕지 곰팡이가 났거나 녹이 슬었다. 이미 시커멓게 썩어 구멍이 숭숭 뚫린 것도 눈에 띄었다. 헛간 안은 늘 어둠침침한데다 조금만 움직여도 먼지가 풀풀 날렸다. 강아지만 한 쥐들도 득시글거렸다. 개중에는 집 안으로 슬금슬금 기어 들어와 돌아다니는 놈들도 있었고, 찬장 뒤에 놓아둔 쥐덫에 걸려 죽은 눈으로 빤히 앞만 쳐다보는 놈들도 있었다.

현관 복도에서 살고 있는 왕거미만큼 크지는 않았지만, 헛간 안은 그야말로 거미들의 천국이었다. 틈새라는 틈새마다, 구멍이라는 구멍마다 말벌이나 어리뒤영벌, 나방들이 진을 치고 있었다. "이 헛간엔 말이야 사실 무시무시한 괴물들이 굉장히 많이 살고 있어. 그런데 지금은 왜 아무것도 안 보이는지 알아?" 에바가 물었다. "나오지 말고 모두들 조용히 숨어 있으라고 내가 명령을 내려서 그래."

헛간 한쪽 구석에는 밀짚더미도 있었다. 할머니와 할아버지는 지금껏 단 한 번도 밀짚을 채워 넣은 매트리스 말고는 다른 매트리스 위에서 잠을 자본 적이 없었다.

헛간 밖으로 나왔다. 장미나무 덤불 바로 너머에 있는 높다란 철둑 위에서 전차가 지나갔다. 아버지가 전차를 뚫어져라 쳐다보았다. 아버지는 시내로 가는 전차가 우리 집 코앞을 지난다는 것이 아무래도 이상한 모양이었다. 우리 집 앞을 지나 텔루스보리로 가는 17번 노선.

할아버지가 '긴 계단'을 올라오고 있었다. 할아버지는 잘 걷지도 못하면서도 담배꽁초나 불쏘시개로 쓸 꼬챙이를 주우러 하루에 한 번씩은 꼭 크란센 구역을 한 바퀴 돌아오곤 했다. 가끔씩 땔감을 훔쳐오는 적도 있었다. 집집마다 벽 옆에는 잘 마른 장작들이 차곡차곡 쌓여 있었다. O자 모양으로 구부러진 다리, 제멋대로 뒤엉킨 덥수룩한 허연 수염, 종종거리는 걸음걸이. 할아버지를 보고 있으면 나도 모르게 웃음이 터져 나왔다. 할아버지는 에바와 내가 말동무라도 해줄라 치면 어린애처럼 좋아했다. 어쩌다 우리가 담배꽁초나 꼬챙이를 주워들고 오면 독수리처럼 매서운 눈을 지닌 아이들이라며 우리를 치켜세워주었다.

할아버지는 산책에서 돌아오면 현관 앞 나무의자에 앉아 주워온 꽁초를 일일이 깠다. 그렇게 모은 담뱃가루를 담뱃대에다 채워 넣고 불을 붙였다. 할아버지는 아무말 없이 담배를 피우면서 자신을, 자신이 살고 있는 이 '무너져가는 집'을, 자신이 살아온 쓰레기 같은 삶을 저주했다. 할아버지의 기분을 바꾸어주는 일은 쉬웠다. 그저 무엇인가에 대해, 누군가에 대해 슬쩍 험담을 늘어놓기만 하면 됐다. 그러면 할아버지는 기다렸다는 듯 두 눈을 반짝이며 지독한 욕설을 토해내기 시작했다. 후딩에에 살던 시절 할아버지는 역장으로 일했다고 주장하지만, 실은 기차역의 잡역부에 불과했다. 후딩에를 떠난 이래로 지금껏 살고 있는 이 크란센 구역은—할아버지의 말을 빌리면—그야말로 똥구멍 같은 곳이었다. 엄마의 가족이 크란센 구역으로 들어와 처음으로 세 든 곳은 테겔브룩스 거리에 있는 아파트였다. 그 아파트는 북향이어서 하루 종일 햇볕이 들지 않았다. 10년 동안 그들은 그 똥구멍에서 살았다.

그러나 그건 사실이 아니다. 엄마와 엄마의 남동생, 그러니까 에릭 삼촌이 둘 다 아직 어린애였을 때 할아버지는 할머니와 아이들을 버리고 어디론가 떠났다. 엄마와 삼촌은 베스테르예틀란드에 있는 먼 친척들에게 보내졌다. 할머니는 돈을 벌어야 했다. 엄마와 에릭 삼촌은 각각 다른 친척집에서 지냈다. 고단한 삶이야 다 마찬가지였겠지만, 그래도 엄마는 좀 나은 편이었고 에릭 삼촌은 불행했다. 삼촌은 일곱 살 때부터 노새처럼 일해야 했다. 밥도 그 집 식구들이 먹고 난 후에야 남은 찌꺼기를 얻어먹을 정도였다. 삼촌은 그 집에서 도망쳐 한동안 방적공장에서 일했다. 그 공장에서 일하는 동안, 그러니까 할머니가 다시 엄마와 삼촌을 데려올 때까지 병영 같은 노동자 숙소에서 상스럽기 그지없는 젊은 사내들과 함께 지냈다. 그러고도 오랜 세월이 흐른 뒤에야 할아버지는 집으로 돌아왔다. 할아버지는 이 모든 사실을—할머니의 주장에 따르면—새까맣게 잊어버렸다.

그렇게 건망증이 심한 할아버지였지만, 이상하게도 열일곱 살 때 미국으로 건너간 에릭 삼촌이 그곳에서 팔자를 고쳤다는 이야기만큼은 절대로 잊어버리는 법이 없었다. 미국의 삼촌이 보낸 편지에는 이렇게 적혀 있었다고 했다.

'도대체 어떻게 된 땅덩어린지 미국에서는 팔뚝만 한 옥수수가 셀 수도 없이 주렁주렁 열려요. 비처럼 쏟아져 내리는 닭이나 오리는 또 어떻고요. 어디 그뿐입니까? 갑자기 거위가 먹고 싶더라도 아무 걱정할 필요가 없어요. 말만 하면 곧장 잘 구워진 거위가 날아와 식탁 위로 내려앉으니까요.'

그렇게 에릭 삼촌은 자신의 운명을 가지고 노래 하나를 만들어냈다. 할아버지는 누구보다도 그 노래를 잘 이해했다.

아버지가 나더러 펌프질을 하라고 했다. 그리고 몸을 구부리더니 두 손으로 오목한 접시 모양을 만들어 펌프 주둥이 앞에 가져다 댔다. 아니, 저런 식으로 물 마실 생각을 하다니. 아버지는 물 한 방울이 우리 식구들에게 얼마나 귀중한 것인지 도무지 모르는 모양이었다. 물을 마신 뒤 아버지는 젖은 손가락으로 머리카락을 쓸어 넘기고 한참 동안 먼 곳을 바라보았다. 지금 자신이 서 있는 곳이 이 우주 어디쯤인지 가늠하고 있는 것처럼. '얼음구덩이’, ‘바다표범 바위’, ‘차가운 길’, 공원으로 가는 길가 여기저기 무덤 몇 개, 그리고 사람들이 뮈르딩엔이라고 부르는 호숫가 풀숲, 그리고 뮈르딩엔 위에서 뿔뿔이 흩어져 어디론가 사라지는 아침, 뮈르딩 호수, 헤게르스텐스 거리로 올라서는 ‘짧은 계단’, 전차 정류장까지 길게 이어진 나지막한 철책, ‘긴 계단’을 내려서면 집으로 오는 길, 그리고 집. 그 집 안에 아버지가 서 있었다. 그의 아이들과 함께, 사랑스러운 아내와 함께.

“애들아, 그네 하나 매줄까? 까치만 반대하지 않는다면 저 제일 큰 사과나무가 좋겠구나.”

그리고 또 하나의 선물. 아버지는 집 안에서 물을 받아 쓸 수 있게 수도관을 놓을 생각이라고 말했다.

아버지의 팔뚝에 엄마의 팔이 감겼다. 아버지가 몸을 돌려 엄마를 껴안았다. 아버지의 손 하나는 엄마의 엉덩이에 얹혀 있었다. 엄마와 아버지는 서로의 눈만 뚫어져라 쳐다볼 뿐, 에바와 나에게는 눈길도 주지 않았다. 우리 아이들은 그런 종류의 행복에 관해서는 아무것도 모른다. 그들은 베란다로 올라가는 계단을 통해 뒤도 돌아보지 않고 집 안으로 빨려 들어갔다. 아버지의 손은 여전히 엄마의 엉덩이 위에 있었다. 집으로 들어서는 아버지를 보자마자 한걸음에 달려 나가 기쁨에 겨운 탄성을 질러대던 엄마에게서 지금은 달뜬 콧노래가 흘러나오고 있었다. 아무도 우리에게 집 안에 들어오지 말라고 말하지는 않았지만, 우리는 서 있던 그 자리에, 흡사 푸른 바다 위로 불쑥 솟아오른 거대한 바다표범의 대머리처럼 생긴 커다란 돌덩어리 위에—에바와 내가 '바다표범 바위'라고 이름 붙인 그 돌덩어리 위에—그대로 앉아 있었다. '바다표범 바위'에 붙어 있는 부드러운 이끼를 조심조심 문지르면서.

장미나무 덤불 위에서 박새 한 마리가 야릇한 웃음을 띤 눈으로 우리를 빤히 바라보았다. 우리와 눈이 마주친 새가 덤불 속으로 쏙 들어갔다. 무성하게 자란 장미나무 덤불 속에는 박새가 숨을 곳이 많았다. 새들도, 크고 작은 다른 동물들도, 그들의 계절이 오면 모기와 파리 같은 곤충들까지도 모두 그 무성한 장미나무 덤불 속에서 숨바꼭질을 했다.

"우리 할머니한테 갈래?" 에바가 말했다.

스스웨덴 노노노동자계계급은 무무무엇이었던가…….

에바와 나에게 글을 가르쳐준 사람은 할머니였다. 할머니는 우리가 다섯 살이 되자 곧바로 글을 읽히기 시작했다. 우리에게 처음 읽혔던 책이 얄마르 브란팅에 관한 책이었는지는 정확하게 기억이 나지 않는다. 하긴 기억이 나지 않아도 문제될 것은 없다. 설령 그 책이었다 하더라도 다섯 살짜리 에바나 나에게는 그저 글읽기 교본일 뿐이었을 테니까.

"19세기 초 스웨덴 노동자계급은 무엇이었던가? 아무것도 아니었다. 허약하고, 멸시받고, 억압당하고, 박해받고, 그 어떤 권리도 없고, 정치적으로도, 사회적으로도 그리고 정신적으로도 노예가 되어 있는……."

할머니는 낡은 실내화를 질질 끌고 찬장으로 가서 직접 구운 딱딱한 식빵과 장미차를 꺼내들고 왔다. 식탁을 마주하고 우리 앞에 앉아 있는 저 몸집 자그마한 '장미나무할멈'이 직접 꽃봉오리를 따서 말려 끓인 그 장미차는 한 마디로 맛이 기가 막혔다. 자기가 만든 차를 맛있게 마시는 손녀, 손자의 모습을 조금이라도 더 잘 보기 위해 할머니는 언제나 우리 바로 앞에 마주 앉았다. 우리 할머니가 자기 할머니가 될 수 없는 사람들은 모두 할머니를 밉상스런 할망구라고 손가락질했다. 거뭇거뭇 피어난 검버섯, 길게 늘어뜨린 허연 머리카락. 사실 할머니는 마녀처럼 보였다.

할머니는 키가 작고 머리가 굉장히 컸다. 닳아서 반질

반질해진 살갗을 뚫고 금방이라도 툭 터져버릴 것 같은 핏줄이 울룩불룩 튀어나와 있는 손도 머리만큼이나 컸다. 할머니의 몸에는 사마귀들이 많았는데, 그중에는 억센 털이 솟아난 것도 있었다. 에바가 뽑아주곤 했지만 얼마 뒤에 보면 또다시 털이 자라나 있었다.

"자, 이제 책을 읽어보자꾸나."

"얄마르 브란팅은 40년 동안 노동자들의 대변인이 되어 수행했던 그 모든 활동들을 뒤로한 채 두 눈을 감았어. 그때 노동자계급은 어떻게 변모됐는가? 그들은 강해졌고, 정치적으로 성숙해졌고, 정신적으로 자유로워졌으며, 무엇보다 국가권력을 장악할 준비가 되어 있었단다. 누가 사회주의자들이지? 에바!"

"사회주의자들은 사회민주주의자들, 공산주의자들, 노동조합주의자들을 말해요. 때로는 무정부주의자들까지도 사회주의자에 포함돼요."

"그래, 잘 알고 있구나. 그런데 말이다. 사실 자유당원이나 보수당원 중에도 사회주의자가 있단다. 단지 그들은 자신이 사회주의자라는 걸 모르고 있는 것뿐이야. 좋은 사람들은 다 사회주의자지. 그러니까 너희도 사회주의자가 되어야 하는 거야. 알겠니?" 할머니가 말했다. 그것은 소망이라기보다는 명령에 가까웠다.

할머니가 나를 가리켰다. 내 차례였다.

"그가 급진주의자들과 관계를 유지하고 있었다는 것 그리고 그들 중에서 사회주의 국가를 함께 건설할 동지를 찾고 있었다는 것, 이 모두가 사실이란다. 그런데도 그는 이미 확고부동하게 형성된 사유재산제도의 분배방식에 반대하는 급진적 투쟁으로는 결코 그가 원하는, 모든 사람들에게 인간적인 삶을 보장할 수 있는 사회체제를 건설할 수 없다는 것을 일찍이 간파하고 있었어. 바로 이 사실이 그의 위대함을 말해주지. 그를 사회주의자로 만든 것은 우연이 아니라 신념이야. 그는 주저 없이 노동자들의 투쟁에 뛰어들었어. 그는 모든 인민들의 문화적 약진이 노동자들의 승리 속에서만 가능하다는 것을 이미 알고 있었던 거야. 노동자계급이 모든 것을 결정할 수 있을 때 사회주의가 실현되는 거란다."

우리 앞에 놓인 빈 잔에 장미차를 채워주면서 할머니가 말했다. "하지만 아주 강력한 적이 있어. 물론 알고 보면 그 적도 사실은 우리 편이라고 할 수 있지만. 아무것도 없으면서도 일하지 않는 사람들! 룸펜프롤레타리아……."

머릿속으로 한 무리의 끔찍한 사람들이 떠올랐다. 비쩍 마르고 거무튀튀한, 추악하고 비열한, 탐욕으로 시뻘

게진 눈을 하고 뚫어져라 빈민 구호물자만 바라보는 사
람들. 그들의 옷은 걸레로밖에는 쓸 수 없을 것 같은 누
더기로 덕지덕지 기워져 있었다. 원래 옷 색깔이 어땠는
지 알 수 없을 정도로 땟국이 줄줄 흐르고 쉰내가 풀풀
났다.

"요한손은 어떡해서든 일자리를 구해야 해."

할머니의 말은 언제나 이해하기 어려웠다. 그도 그럴
것이 할머니는 늘 듣다 보면 왜 세상은 이렇게 복잡한
걸까 하고 나 자신에게 꼭 되묻게 되는 알쏭달쏭한 말만
했다. 갑자기 왜 아버지에 대해 이야기를 하는 것일까?
아버지가 빨리 일자리를 얻을 수 있으면 좋겠다는 바람
이 불쑥 생각나서 이야기한 걸까? 아니야, 할머니는 그
런 식으로 말하는 사람이 아니야. 할머니는 무슨 말이
하고 싶었던 걸까? 도대체 무슨 뜻일까? 무슨 뜻이어야
할까? 그래, 아버지가 돌아오기만 하면 내가 이해하지
못하는 건 무엇이든 다 설명해줄 거라고 엄마가 말했잖
아? 그래, 아버지한테 물어봐야겠어. 그런데 아버지는
어디 있지?

어디로 간 거야? 다시 없어져버린 거야?

"그게 아냐. 아버지는 일자리 때문에 전화하시러 나
갔단다. 곧 돌아오실 거야." 엄마는 뜨개질바늘만 바라

보았다.

아버지가 돌아왔다. 일자리 문제가 잘 풀리지 않았다고 말했지만 왜 그런지 기분은 아주 좋아 보였다. 그렇게 아버지와 함께 지낸 첫 번째 날이 기울고 있었다.

저기 좀 봐. 이바르손 씨가 집으로 들어서고 있어. 일을 마치고 발전소에서 돌아왔네. 아버지와 악수를 나누는 동안 그는 먹이를 쪼는 비둘기처럼 머리를 끄덕이면서 조용히 미소만 지었다. 그가 부엌으로 들어서더니 찬장으로 다가간다. 그는 일요일 저녁이면 언제나 커다란 프라이팬에다 감자와 비곗살, 계란을 한꺼번에 넣고 지글지글 볶는다. 지글지글 요리한 것을 커다란 양재기에 담아 찬장 맨 아래 칸에다 넣어 둔다. 월요일부터 금요일까지 먹을 수 있을 만큼 충분한 양이다. 이유는 잘 모르겠지만, 그는 그것을 냉장고에 넣어 보관한 적이 단한 번도 없다. 얼마 지나지 않아 그 음식은 찬장 속에서 시커멓게 색이 변하고 불쾌할 정도로 꾸들꾸들 마르지만, 이바르손 씨는 그 지독한 음식을 눈 하나 꿈쩍 않고 아무렇지도 않게 아주 잘 먹는다. 배탈이 난 적은 한 번도 없다. 푹푹 찌는 한여름에도. 하지만 토요일과 일요일에는 자신에게 좀 특별한 음식을 허락하기도 한다. 롤빵을 산더미처럼 쌓아놓고 스위스 치즈와 손가락 두 마디만 한 비엔나소시지를 함께 먹는 것이다.

우리 집 저녁은 순무로 끓인 죽과 조린 돼지족발이다. 아버지가 좋아하는 음식이다. 요한, 당신 기억나요?

그는 기억하고 있을까! 그때를! 설설 끓고 있는 냄비에서 흘러나와 부엌을 가로지르고, 반쯤 열린 창문을 넘어 애간장을 태우다가 마침내 콧속으로 스며드는…… 아, 이 냄새, 이 냄새. 입 안에서 절로 군침이 도는 그 냄새는 너무나 진한 것이어서 1미터 반 정도의 허공 이상으로는 떠오르지도 못한 채, 하지만 수백 미터 넘게 떨어진 곳까지 낮고 넓게 퍼진다. 요한 요한손, 어디서 왔다가 어디로 가는지 오직 신만이 알고 있는 자. 길 위에서 떠돌아다니는 자. 초췌하고 우울해 보이는 자. 목마르고 배고픈 자. 그래, 바로 그 요한 요한손이 바로 그 냄새에 이끌려 황홀한 듯 지그시 눈을 감고, 반쯤 열린 부엌 창문 너머로 코를 들이밀었다. 그리고 다시 눈을 뜨고 그는 보았다. 무럭무럭 김이 오르는 순무죽. 겨자씨를 갈아 뿌려 조려낸, 기름이 뚝뚝 떨어지는 돼지족발. 그러나 그것만이 아니었다. 그의 눈동자에 맺혀드는 것은 세상에서 가장 아름다운 여인, 안나. 요한은 안나의 식탁에 앉아 배부르게 먹었다. 그 둘이 하나가 되는 데는 그리 오랜 시간이 걸리지 않았으리라.

순무죽을 담은 양재기가 식탁에 올라오기를 기다리며 아버지는 지그시 눈을 감고 떨리는 듯한 목소리로, 우리에게 그때 그 절미(絕美)의 순간들을 이야기한다. 그래, 그는 아직도 그때를 기억하고 있다. 당연하지!

저녁을 먹고 설거지를 마친, 세상에서 가장 아름다운 여인이 벽난로 앞에 놓인 안락의자에 앉아 헌책방에서 사 가지고 왔거나 혹은 아스푸덴의 도서관에서 빌려 왔을지도 모르는 책을 읽고 있다. 그녀가 도서관에서 빌려오는 책들은 주로 영국이나 독일, 러시아, 스웨덴 작가들의 소설이었다. 디킨스와 새커리, 만과 헤세, 도스토예프스키와 고리키, 아우구스트 스트린드베리, 셀마 라겔뢰프, 얄마르 베리만. 그리고 최근의 작가들인 에위빈드 욘손, 이바르 로 요한손, 하뤼 마르틴손과 모아 마르틴손. 마지막 두 작가에 관해서 할머니와 엄마는 몇 년 동안이나 격렬한 말다툼을 벌였다. 할머니는 모아 마르틴손이 하뤼 마르틴손보다 더 훌륭한 작가라고 주장했지만, 엄마는 정반대였다. 물론 엄마도 모아 마르틴손의 소설이 영원히 기억되어야 마땅할 위대한 작품이라는 할머니 말에는 동의한다. 자기 마음에 드는 책들을 할머니는 영원히 기억되어야 마땅할 위대한 작품들이라 불렀고, 엄마는 '영원한 천상총서(天上叢書)'라는 조금

우스꽝스러운 이름으로 불렀다.

안락의자에 앉아 코를 빠뜨리고 책을 읽는 엄마의 모습을 아버지가 그윽한 눈길로 바라본다. 엄마는 소설 속에 등장하는 사람들의 애달픈 운명에 빠져든다. 그들이 마치 실재하는 사람들이기라도 한 것처럼, 중요해 보이지도 않는 등장인물들에게까지 엄마의 그 애달픈 연민은 무한정 쏟아져 내린다. 절친한 동무의 일처럼 함께 울고 웃는다. 때로는 중얼중얼 그들에게 훈계를 늘어놓기도 한다. "이런 멍청이, 어쩔 수 없는 일이잖아. 발버둥 쳐봐도 이젠 아무런 소용이 없어. 받아들여야만 하는 거야." 방 안을 떠도는 자기 목소리가 귀에 들리면 엄마는 부끄럽다는 듯이 주위를 한번 휘 둘러보았다. 그러고는 다시 독서삼매경에 빠져들었다. 작가에게 투덜댈 때도 있다. "이봐요, 아우구스트 씨! 뭐, 가족이 모든 사회적 패륜의 원천이라고요? 게을러터진 여자들의 생계수단이라고요? 아이들의 지옥이라고요? 가족이? 오, 아니에요. 당신은 뭔가 거꾸로 생각하고 있는 거예요." 그러다가도 엄마는 물기 어린 눈으로 다시 중얼거린다. "그래, 그런 거야. 그렇게 우린 살아간다는 게 뭔지 조금씩 배워나가는 거야. 가여운 내 아이들. 얘들아, 잊지 마. 살아간다는 건 말이지……."

오늘 저녁에는 엄마의 그 중얼거리는 소리가 들리지 않았다. 똑같은 안락의자에 앉아 책을 읽고 있는데도. 에바와 나, 아버지는 소파에 앉아 있다. 에바와 나는 마치 누군가가 빨래집게로 매달아 놓기라도 한 것처럼, 점점 아빠라고 부르고 싶어지는 남자에게 딱 달라붙어 있다. 갑자기 다리가 허공으로 쑥 솟구쳐 오르고 머리가 곤두박질친다. 허공에서 한 바퀴 돈 내 몸이 아버지의 가슴 위에 내려앉았다. 껄껄껄 웃고 있는 아버지의 얼굴이 바로 코앞에 있다.

책을 읽기 시작한 지 15분 정도밖에 지나지 않았는데 엄마가 붉은 마분지로 만들어진 책갈피—자잘한 현화 장식(懸花裝飾)으로 테두리를 둘렀고, 가운데에 엄마의 이니셜이 멋들어지게 화압(花押)되어 있다—를 읽고 있던 페이지에 꽂고 책을 덮는다. 책은 덮었어도 엄마의 머릿속에서는 조금 전에 읽었던 문장 몇 개가 여전히 빙글빙글 떠돌고 있다. 저 위 허공에 붕 떠 있는 그것, 기계적으로 오르락내리락하는 그것, 하지만 저 위 허공에 그대로 머물러 있어야만 하는 그것. 좋다. 다시 한 번 내기를 해보자. 다시 한 번 시작해보자. 하지만 내가 있는 이곳으로 와. 제발, 바로 이곳에다 너의 그 두 발을 내려볼래…….

벽난로가 이글거린다. 내 마음에 맞장구라도 치듯이. 이제 아버지 차례다. 아버지가 입을 연다.

"그 뚱보여자가 얼마나 오랫동안 전화를 해대던지? 전화기가 그 여자 입속으로 들어가는 줄 알았다니까, 글쎄. 그렇게 한참을 기다린 후에야 공중전화부스 안으로 들어갈 수가 있었어."

"릴리 클라린을 말하는 거예요? 바텐레드닝스 거리 23번지에 사는?"

"그래, 그 여자. 도대체 어쩌면 하나도 안 변했지? 그 여자가 하는 얘기를 들을 수는 없었지만, 제기랄, 통화하고 있는 놈이랑 꼭 운율이라도 맞추고 있는 것 같았어. 무슨 얘기였는지 들을 수만 있었다면 꽤 흥미진진했을 거야. 아무튼 일자리가 다른 사람한테 넘어갔다는 소리를 듣고 울적해서 돌아오는데 별안간 멋진 생각이 하나 떠오르더라고. 어때, 당신 들어보겠어?"

엄마가 미소 띤 얼굴로 에바와 나를 돌아본다. 여기 그가 있다. 그녀의 남편, 우리의 아버지, 아니 우리의 아빠.

"좋아! 잘 들어봐. 누군가 말이지, 물론 그 누군가가 예를 들어 안나 당신처럼 상상도 할 수 없을 만큼 아름다운 여자라면 더할 나위 없어. 그래, 안나 당신이 그 공중전화부스 안에서 전화기를 들고 누군가와 통화하고 있는 거야. 하지만 그 공중전화부스 바깥에는 당신 얘기를 엿듣고 있는 또 다른 누군가가 있어야만 해. 당신이 하고 있는 얘기는 말이지…… 음, 그래. 정확하게 어떤 얘기를 할 건지는 우리 앞으로 차차 더 생각해보기로 하겠지만, 어쨌든 그건 사랑과 돈에 관한 얘기일 거야. 왜 하필이면 사랑과 돈에 관한 얘길까? 대답은 아주 간단해. 그건 말이지, 모든 사람들이 원하는 게 바로 사랑과 돈이기 때문이야. 아무튼 당신은 지금 당신을 열렬히 숭배하는 한 남자와 통화하고 있는 거야. 백만장자 백작과 말이야. 안나 당신이 전화기에다 대고 그 남자한테 '나도 또한 당신을' 하고 말해. 안나, 진짜로 한번 말해봐, 어서. 어서 한번 말해보라니까. 난 당신의 그 달콤한 목소리를 지금 당장 들어보고 싶어." 아빠가 엄마를 재촉한다. 엄마가 수줍게 웃으며 입을 연다. 나도 또한 당신을.

"브라보! 나도 또한 당신을! 그래, 그렇게 당신이 말하는 거야. '우리 조심하지 않으면 안 돼요. 사실이 알려지면 우리는, 우리는…….' 도대체 무슨 얘기를 하고 있는 걸까? 이제 귀를 쫑긋 세운 사람들이 공중전화부스 앞으로 슬슬 모여들기 시작해. 전화기를 든 당신은 모여든 사람들이 다 들을 수 있도록 또렷한 목소리로 이렇게 외치는 거야. '내일 이 시간에 다시 전화하겠어요' 하고 말이지. 다음 날 당신이 말했던 바로 그 시간, 공중전화부스 앞은 당신의 말을 한 마디도 놓치지 않으려고 그야말로 귀를 쫑긋 세운 사람들로 발 디딜 틈이 없어. 애들아, 우리 내기할래? 사람들이 모여드나, 안 드나? 난 목숨이라도 걸 수 있어. 평범해 빠진 그 작디작은 사람들은 안 나 당신이 했던 말이 도대체 무슨 뜻인지 생각하느라 건포도보다도 작은 그들의 뇌를, 오, 밤새도록 못살게 굴었던 거야. 당신은 단 몇 마디 말로 그 사람들한테 주술을 걸어버린 거지. 이제 당신은 당신이 원하는 대로 그 다음 얘기를 해주기만 하면 돼. 하지만 반드시 꿈결 같은 얘기여야만 해. 예를 들어 당신과 그 백만장자 백작이 아무도 모르게 음, 파리. 그래, 파리. 파리로 떠나는 거야. '뭐라고? 파리로 간다고?' 얘기를 듣고 있던 말 대가리처럼 얼굴이 긴 남자가 이렇게 소리쳐. '너희 들었어? 두 사람이 글쎄 파리로 떠난대' 하고." 아빠가 웃음을 터뜨린다.

"하지만 그게 당신 일자리랑 도대체 무슨 상관이죠?"

"무슨 상관이냐고? 글쎄. 무슨 상관일까?" 그 점에 관해서는 한 번도 생각해본 적이 없다는 듯 아빠가 고개를 갸웃거린다. "도대체 무슨 상관이 있는 걸까?" 아빠의 말이 메아리처럼 울려 퍼진다. "머나먼 세상을 여행한 자의 말을 들어보아라. 이 세계의 실존이란 실존은 모두 가능성이라는 것을 지니고 있는지라 지금의 자신이 아닌 전혀 다른 그 무엇이 될 수 있는 법. 내가 꿈이라고 부르는 것, 그 꿈이 필요치 않은 자 과연 누구인가. 우린 사람들한테 꿈을 선사하는 거야. 그리고 그것으로 돈을 벌어들이는 거지. 내 생각은 말이야, 그 공중전화부스 옆에서 커피나 레모네이드, 치즈를 얹은 롤빵이나 조각 케이크를 파는 거야. 당연히 과자도 같이. 어때, 에바? 사탕과 풍선껌, 군것질거리란 군것질거리는 죄다. 세기의 사랑 얘기를 들으면서 군것질하는 재미란 너무나 특별해서 단박에 사람들을 사로잡고 말 거야."

"난 아이스크림 먹을래." 에바가 소리 지른다.

"난 구운 소시지."

"난 레모네이드."

"와, 사업이 번창하고 있어. 그래, 우린 금세 종업원들이 필요해질지도 몰라." 아빠가 담배연기 사이로 눈을 찡그리며 에바와 나를 빤히 쳐다본다. "애들아, 잘 들어. 사업이란 말이지, 무엇을 파느냐가 중요한 게 아니라 어떻게 파느냐가 중요한 거란다. 그리고 벌어들인 돈을 어떻게 관리하느냐에 따라 사업의 성패가 좌우되는 거야. 우리가 벌어들이는 돈을 잘 관리한다면 요한손 가족은

머지않아 재산이 크게 늘어날 거야.”

“얼마나?”

“글쎄, 얼마나 될까? 지금으로선 나도 정확하게 뭐라 말할 수 없어. 하지만 얘들아, 지금이라도 내가 분명히 말할 수 있는 건 적어도…… 음, 여기서 함부로 말할 수 있을 만큼 적은 재산은 아니라는 거란다.”

“파리로?” 뭔가 골똘히 생각하는 표정으로 엄마가 말한다. “내가 백만장자 귀족과 파리로 떠난다는 걸 도대체 누가 믿을까요? 안 그래요?”

“그건 사람들을 이야기 속으로 끌어들이는 작은 장치에 불과해. 그 사이의 일들은 사람들이 자기 스스로 생각해내는 거야. 자기가 생각해낸 것에 빠지지 않는 사람은 아무도 없어.”

유려한 말들, 번득이는 재치, 폐부를 찔러 오는 설득력, 나의 눈은 경이로움으로 가득 차 아빠를 바라본다. 아빠는 계속해서 자기의 창조적인 생각의 열매인 가족 사업이 어떻게 진행될 것인지, 열정적으로 우리 눈앞에 그려준다. 그가 크란센 구역에 살고 있는 호기심 많은 사람들을 공중전화부스 앞으로 불러 모은다. 그리고 아주 잠시 그들을 거기에 세워 두고는 고심한다. 엄마는 이번에는 또 누구하고 통화하게 될까? 누구하고 파리로, 그래, 파리로 떠나게 될까? 언제 떠나는 걸까? 꼭 진짜처럼 생긴 근사한 장난감 활을 가지고 놀 때만큼이나 흥미진진하다.

"밤이 지나면 아침이 오고, 아침이 지나면 한낮, 그리고 마침내 한낮이 저물고 저녁이 오는 거야. 저녁이면 저녁마다 모여드는 호기심 많은 사람들. 그들은 공중전화부스 앞에서 들은 당신의 이야기를 날실, 씨실 삼아 또 그들만의 물레를 돌릴 거야. 자신만의 이야기 그물을 짜는 거지. 공중전화부스 앞에서 들었던 것과는 전혀 다른 이야기가 만들어지기도 할 테지. 그렇게 만들어진 문장 몇 개로 그 사람들은 자신의 인생에서 가장 중요한 순간을 만들어내는 거야. 위대하고 신비로운 사랑의 순간이지."

아빠가 노래를 부르기 시작한다. 사랑은 아름다운 것, 함께 있어 더욱 아름다운 것.

힘차면서도 아름다운 목소리.

"그다음엔 어떻게 돼, 아빠?"

"그다음엔 말이지, 꿈들이 사람들의 마음속 깊이 파고들어가는 거야. 파고들어가서는 너무나 깊은 곳에 숨겨져 있어서 그들이 지금껏 한 번도 보지 못했던 생각과 느낌을 불러내는 거란다. 그러면 무슨 일이 벌어지는지 알아? 바로 우리 집 금고 속으로 돈이 강물처럼 흘러들어 오는 거야. 안나, 이제 곧 당신은 '우리 언제 파리로 출발하나요' 하고 묻게 될걸. 내일이나 모레, 아니면 언제든지! 얼마나 벌었느냐고? 10만, 아니 100만……. 그래, 그래. 나도 또한 당신을!"

"잠깐만, 요한. 그건 안 될 말이에요. 어떻게 내가 당신을 두고 딴 남자하고 그런 통화를 할 수 있단 말예요? 그럴 순 없어요."

아빠가 잠깐 무엇인가를 깊이 생각하는 듯하더니 갑자기 웃음을 터뜨린다. "문제없어. 잠깐만 기다려." 아빠가 어디론가 사라졌다가 잠시 후 다시 나타난다. 하얀 와이셔츠에 정장을 하고, 아무 생각 없이 그냥 훌쩍 던져놓은 듯 비단 머플러를 어깨 위에 두르고, 흡사 무대 위로 오르는 배우처럼. 그의 손에는 흰 녹말가루가 담긴 유리병과 빵을 구울 때 쓰는 붓과 둥근 면도용 거울이 들려 있다. 거울을 통해 우리를 힐끔거리면서 붓을 들고 얼굴에다 하얗게 녹말가루를 뿌린다.

"안나, 문제의 해결책은 생각보다 아주 간단해. 내 사랑스런 아내가 통화하고 있는 상대는 말이지, 그러니까 전화선 저쪽 끝에서 들려오는 그 목소리의 주인공은 바로 나야. 당연한 거 아니겠어? 어때? 당신이 부정한 여자라고 손가락질 받아야 할 까닭은 그 어디에도 없는 거야. 내가, 당신이 사랑하는, 그리고 당신을 죽도록 연모하는 바로 그 백만장자 백작이야."

아빠가 비단 머플러를 너풀대면서 마치 행진이라도 하는 양 가슴을 내밀고 우쭐거리며 총총걸음으로 방 안을 돌아다닌다. 유쾌하게 깔깔대는 우리의 웃음소리에 한층 신이 나 행진을 멈추지 않는다. 에바와 내가 일어나 그의 걸음걸이를 흉내 내면서 뒤를 따른다. 여기 한 백만장자 백작이 나가신다. 요한 본 요한손, 미드솜마르 크란센의 백작.

"자, 이제 두고 봐. 우린 곧 백만장자가 될 테니까. 그럼 우린 여기를 떠나버리는 거야. 파리로 말이지. 센 강가를 따라 산책을 하는 거야. 파리에서 할 수 있는 모든 걸 다 해야지. 안 그래, 안나? 나는 당신과 함께 파리로 떠날 바로 그 백작이야. 당신은 손톱만큼도 거짓말을 할 필요가 없어. 꿈이 우리한테 선물을 내려준 거야. 꿈같은, 하지만 진짜 선물."

아빠가 손을 짚고 비스듬히 기대 서 있는 탁자 위 화병에 장미 다섯 송이가 꽂혀 있었다.

"우리 사업은 말이지, 무엇보다도 우리가 얼마나 사람들의 꿈을 잘 이해하느냐에 달려 있단다." 아빠의 목소리가 다시 진지해진다. "사람들의 마음속 깊이 숨겨져 있는 게 무엇인지 정확하게 알아야 한다는 말이지."

스웨덴 노동자계급은……. 그리고 모든 것이 변화할 것이다. 혹은 모든 것은 솟구쳐 오르기를 갈망한다는 법칙 하나. 아주 간단하게도 여기에 그가 있다.

집으로 돌아온 요한 요한손의 짙은 갈색 눈동자가 빛난다. 그의 빛나는 생각처럼. 빛나는 그의 생각이 우리 가족에게 선사한 기회. 그래, 커다란 기회, 아주 커다란 기회. 그 기회만큼이나 요한 요한손은 아주 위대하다. 엄마에게 그는 위대한 작가 중 한 사람이다. 위대한 작가라는 사람들도 어쩌면 우리보다 딱히 현명할 게 없을는지도 모른다. 그들과 우리의 차이는 단지 지식이라는 것을 쉽사리 얻을 수 있는 삶을 선물로 받았는가 아닌가에 있는지도 모른다. 엄마가 높게, 그토록 높게 평가하는 그 지식이라는 것 말이다. 하지만 그렇게 무게가 대단해 보이는 그것도 또한, 어쩌면 새털만큼이나 가벼울지도 모른다. 그것을 가진 사람들은 너무나 가볍게, 너무나 높이 날아오르지 않는가.

그래, 사람들은 수없이 많은 이야기를 하며 산다. 그리고 그 이야기의 용도도 참으로 다양하다.

할머니도 그랬다. 하지만 아버지와는 달랐다. 할머니의 이야기는 언제나 실재했던 일들에 관한 것이었다. 악랄했던 봉건영주의 폭정, 폭압을 당하던 농노들의 반란. 할머니의 이야기들이 나에게 얼마나 많은 깨달음을 주었는지는 훗날에야 알 수 있었다. 그 이야기들은 할머니가 흥미진진한 이야기로 승화시킨 사회주의의 고전들이었다. 그러나 엄마가 우리에게 들려준 이야기는 주로 민담이나 신화 같은 것들이었다. 간혹 영화 얘기를 들려주는 때도 있었다. 소설 이야기는 우리가 직접 읽어야만 한다는 이유로 꺼내지도 않았다. 그렇지만 엄마가 들려주는 이야기에는 알게 모르게 그녀가 읽었던 소설의 내용이 슬금슬금 끼어들었다. 집 안은 온통 이야기로 가득했다. 할머니가 즐겨 따라 불렀던 거리악사들의 즉흥 노래에도, 엄마의 단골 유행가에도, 할아버지의 비가에도, 여기에도 저기에도 온통 이야기가 흘러넘쳤다. 그리고 언제나 새롭게 밝아오던 아침과 함께 매일매일 새로운 이야기들이 태어났다.

아버지가 집으로 돌아오자마자 지금껏 내가 들어왔던 그 모든 이야기들은 색이 바랬다. 아버지의 마술 같은 이야기는 그 모든 것들을 능가했다. 아니, 어쩌면 내가 알지 못하는 그 이상의 어떤 것이었는지도 모른다. 아버지는 공허와 적막에서 생겨난 이 세상의 한가운데에 우뚝 서서 바로 그 세상에 관해, 그 세상의 시작과 끝에 관해 이야기해주었다. 아버지의 이야기들은 그야말로 마술처럼 결코 풀리지 않을 것만 같았던 수수께끼들을 단박에 해결해주었다. 그뿐 아니었다. 내 머릿속에서 뒤죽박죽 뒤엉켜 있던 세상을 정돈해주고 변화시켰다. 뮈르딩 호숫가의 허름한 집에 살고 있는 우리라 할지라도, '무너져가는 집'에서 살아가는 사람들이라 할지라도 알맞은 자리란 있게 마련이고 또 있어야 한다는 사실을 알게 된 것 역시 아버지의 이야기를 통해서였다.

그러나 들을 수 없는 이야기도 있었다.

일곱 대양을 떠돌았던 방랑에 관해 이야기해줄 수도 있었는데……. 그는 한 마디도 하지 않았다. 그는 지난 시절이 어떠했는지 단 한 번도, 단 한 마디도 입에 올리지 않았다. 우리는 아빠의 어린 시절이 궁금했다. 제발, 얘기 좀 해줘. 내가 매달렸다. 제발, 얘기 좀 해줘. 에바가 매달렸다. 아버지는 고개를 가로저었다. 그런 이야기는 침묵에 속하는 것이라고 말했다.

그리고 더는 아무 말이 없었다.

아니다.

다시 한 번 울리는 그의 무겁고 날카로운 음성. 그것

은 침묵에 속하는 이야기란다!

하지만 그렇게 기분이 나쁘지 않았다. 그를 더 이상 아버지라고 부르지 않게 된 것만으로도 족했으니까.

나는 아빠의 어린 시절 이야기를 듣지 못했어도 나쁠 것은 없다고 에바에게 말했다. 우리는 침대 겸용 소파 위에 나란히 누워 있었다. 창가 쪽에는 에바, 그 옆에는 나.

"이제 아주 집으로 돌아온 거야." 내가 말했다. "우리 아빠 말이야. 안 그래?"

"아니."

에바는 늘 그런 식으로 나를 놀렸다. 자기 스스로도 이해하지 못하는 그런 말로 나를 당황하게 했다. 내가 놀라서 어쩔 줄 모르고 허둥댈라 치면 재미있다며 깔깔거렸다. 그날 밤 나는 오랫동안 잠을 이루지 못했다. 아버지가 돌아왔다. 상실은 보상될 것이다. 결코 씻을 수 없을 것만 같았던 그리움은 이제 씻겨 나갈 것이다. 방 안에서 엄마와 아빠가 이야기하는 소리가 두런두런 들려왔다. 방문은 닫혀 있었다. 그들은 아마도 다섯 송이 장미가 화병에 꽂혀 있는 탁자에 마주 앉아 있을 것이다. 잘 알아들을 수 없는 말들이었지만, 나는 오랫동안 잠들지 못하고 엄마와 아빠가 나누는 이야기를 엿들었다.

"그러니까 당신 생각엔 아무래도 이바르손 씨 방을

빼는 게 좋겠단 말이죠?"

에바에게 물어볼 수도 없다. 에바는 벌써 잠들어버렸다. 우리에게 새 침대 시트가 필요하다는 것을 아빠는 도대체 어떻게 알고 있을까? 그는 도대체 어떤 사람일까? 자신의 지난날에 관해서는 왜 그토록 고집스럽게 말하지 않으려는 거지? 꼬리에 꼬리를 물고 일어나는 궁금증. 불쑥 언젠가는 지금 내가 이 침대 위에서 에바 곁에 나란히 누워 이런 생각들을 곱씹고 있었다는 사실을 까맣게 잊어버리게 될지도 모른다는 기분이 들었다. 그러자 가슴속으로 까닭 모를 슬픔이 마구 밀려들었다.

그러나 나는 그때를 영영 잊지 못했다.

엄마를 위한 것도, 에바를 위한 것도, 나를 위한 것도, 우리 가족의 사랑을 위한 것도 아니었다면 그 다섯 번째 장미는 침묵을 위한 것이었나? 아버지는 돌아왔지만, 엄마가 나에게 약속했던 것과는 달리 나에게 모든 것을 이야기해주지는 않았다. 멋진 웃음과 경이로운 이야기도 아버지의 것이었지만, 거대한 침묵 또한 아버지의 것이었다. 오랫동안 잠들지 못한 채 나는 생각하고 또 생각했다. 어쩌면 예상치도 못했던 아버지의 침묵 역시, 엄마가 '영원한 천상총서'라고 부르는 그 위대한 소설 중 하나일지도 모른다고. 그렇지만 나는 아버지를 그 위대한 작가의 반열에 올려놓고 싶지는 않았다. 그런 권력을 가진 아버지를 원하지 않았다.

하긴 따지고 보면 여행 그리고 그의 지난날에 관해서 전혀 아무런 이야기가 없었던 것은 아니었다. 콜카타의 한 난쟁이에게서 궤짝을 샀다는 이야기와 엄마를 처음 만났던 날의 이야기. 그러나 그뿐이었다. 그는 어디서 태어나 어떻게 자랐을까? 친할머니와 친할아버지는 어떤 사람들이었을까? 내가 알고 싶은 모든 것을 아버지가 이야기해줄 것이라 믿었던 기대가 맥없이 허물어져 내리자 더럭 겁이 났다. 그래, 그것은 두려움이었다. 왜, 무엇 때문에 아버지의 지난 시간들은 침묵 속에 갇혀 있어야만 하는 거야?

침묵으로부터 들려온 몇 가지 이야기. "베름란드 깊숙한 곳에 핀란드 사람들이 모여 사는 마을이 있었지. 영리하고 활기찬 한 소년이 집을 뛰쳐나가 바다로 향했어. 그것은 '달아남'이자 동시에 '찾아나섬'이었어. 소년은 비좁고 더러운 선실에서 마치 수도승처럼 종교와 철학과 문학과 과학을 공부했지. 헤아릴 수 없을 정도로 수많았던 위험천만한 모험 속에서도 그가 자신을 지킬 수 있었던 것은 바로 그때 쌓았던 지식 덕분이었는지도 몰라……."

막연하게 아버지 이야기일지도 모른다는 기분이 들었다. 하지만 그것은 어디까지나 추측일 뿐.

그리고 아버지의 아버지에 관한 몇 가지. "그 악마는 아주 먼 북쪽 출신이었어. 그는 냉혹한 백정이었고, 더러운 말 장수였고, 세상의 속임수란 속임수는 단 한 가지도 빼놓지 않고 몽땅 다 알고 있는 비열한 사기꾼이었어. 늙고 병든 말들을 헐값에 사들였지. 그러고는 이빨에 줄질을 한 다음, 비소를 조금 먹여 비싼 값에 다시 내다 팔았단다. 창자가 타 들어가는 아픔으로 희고 날카로운 이빨을 드러내며 활기차게 몸을 움직이는 그 말들은 앞으로도 10년은 더 건강하게 달릴 것처럼 보였어. 18년이란 세월 동안 혹독한 노동으로 휘어져버린 등을 알아보는 사람들은 거의 없었지.

어느 정도 속임수는 서로 눈감아주었지만, 지나치지는 말아야 한다는 게 말 장수들 사이의 불문율이야. 하지만 그는 콧방귀도 뀌지 않았어. 파렴치한 중 최고였지. 비루먹은 말들을 온갖 속임수를 동원해 몽땅 팔아치웠어. 코앞에 죽음만이 남겨진 늙어빠진 말들을 도살용으로 사들여 뭔가 또 수작을 부린 뒤에 눈 하나 꿈쩍 않고 되팔았지. 오늘 판 말이 바로 내일이면 죽을 줄 뻔히 알면서도 말이지. 그는 악마였어.

아론은 모세의 형제야. 핀란드 말 한 마리도 바로 그
이름, 아론으로 불렸어. 붉은 빛이 도는 갈색 갈기를 지
닌 아주 늠름한 말이었지. 냉혹하고 비열하고 파렴치한,
그 악마는 아론을……."

밤에 꿈을 꾸었다. 아버지가 뜰에다 구덩이를 파고 있
었다.

아직 컴컴한 새벽녘. 누군가가 살금살금 부엌으로 들
어왔다. 아버지는 밤새도록 구덩이를 파고 있었던 것일
까? 난로에다 장작 몇 개를 던져 넣고는, 국자로 양동이
에 담긴 물을 퍼서 마신다. 엄마의 긴 머리카락이 희미
하게 보인다. 엄마가 다시 방으로 들어간다. 엄마는 에
바와 내가 잠들어 있으면 아무리 캄캄하더라도 절대로
불을 켜는 법이 없다. 나는 날이 밝아올 때까지 깨어 있
었다. 혹시 밖에서 땅 파는 소리라도 들리지 않을까, 귀
를 쫑긋 세우고 오들오들 떨면서.

아침이 밝았다. 비가 내렸다. 비 오는 날은 집 안에만
틀어박혀 있어야 했기 때문에 싫었다. 다행히 곧 비가
그쳤다. 한달음에 뜰로 뛰어 나갔다. 해가 나지 않았는
데도 풀잎에 맺힌 빗방울이 영롱하게 반짝거렸다. 밤새
껏 뮈르딩 호수 위를 떠돌던 안개가 이리저리 흩날리며
어디론가 사라지고 있었다. 마치 처음 보는 새 한 쌍이

춤을 추며 날아가고 있는 듯했다.

　손으로 흙을 팠다. 몸이 떨려 왔다. 꿈속에서 아버지가 구덩이를 파던 곳. 검은 흙은 비에 젖어 축축했다. 손을 멈췄다. 흙 속에서 무엇인가 움직이는 것 같았다. 그가 아직 살아 있는 걸까? 하지만 아무 소리도 들리지 않았다. 구덩이에 묻혀 신음하는 사람 따위는 없었다.

　비에 젖은 흙에서 좋은 냄새가 났다.

　그리고 해가 났다. 햇빛이 쏟아져 내렸다.

　아버지가 베란다에 서 있었다. 귀청 떨어지겠다며 손으로 귀를 긁적이면서 꽥꽥 소리를 질러댄 게 너냐고 물었다. 그렇다. 환호성을 지른 건 나였다. 보아라! 사과나무에 그네가, 정말로 그네가 매달려 있지 않은가. 아버지가 나를 보면서 한바탕 껄껄껄 웃어젖히더니 손을 가슴에 대었다가 떼서 다시 앞으로 죽 내밀며 천천히 머리를 숙여 절하는 시늉을 했다. 나에게, 그리고 나의 이 주체할 수 없는 기쁨에 공감을 표시하고 있는 것이다. 무엇보다도, 모든 게 가능하다는 것을 자랑하고 있다. 아버지의 그 우아한 동작이 그렇게 말하고 있었다.

　일요일이 되었다. 일요일은 미드솜마르크란센 구역에 사는 사람들이 모두 멋들어지게 차려입고 밖으로 쏟아져 나오는 날이다. 아침을 먹은 뒤 어디 근사한 카페에 앉아 커피라도 한 잔 할까 하고 집을 뛰쳐나온 사람들. 혹은 그렇게 멀리 떨어지지 않은 곳에 살고 있는 친척의 초대를 받고서 늦었지만 성대한 아침식사를 하러 종종걸음을 치고 있는 사람들. 스스로를 자기만의 식탁으로 초대하는 사람들도 있었다. 그들은 모두 외로운 사람들이었다. 여기 살고 있는 사람이라면 그 누구라도 진심으로 환영합니다! 엄마가 커다랗게 소리쳤다. 우리는 엄마의 식탁으로 초대받았다. 식탁에 둘러앉은 우리는 이제 외롭지 않았다.

크란센의 거리거리는 마치 축제라도 벌이는 듯한 기분으로 쌍쌍이 팔짱을 끼고 이 골목 저 골목을 기웃거리며 빈들빈들 돌아다니는 사람들로 북적인다. 수많은 영국의 섬들을 넘고 넘어 온화하게 불어오는 대서양의 바람. 오데콜롱 향수와 아쿠아베라 로션 냄새를 흩날리며 거리를 걸어가는 여자들과 남자들. 그들의 어깨 위로 쏟아져 내리는 햇살. 마주 오는 사람이 어디에선가 한 번이라도 본 적이 있는 것 같다면 남자들은 주저 없이 모자를 들어 올리고, 여자들은 다정다감하게 고개를 끄덕이며 목례를 보낸다. 아는 사람을 만나면 반드시 발걸음을 멈춰 그들을 붙들고 거리에 서서 수다를 떨어야만 직성이 풀리는 사람들도 있다. 라르손 부부가 그랬다. 라르손 부부와 함께 길 위에 서서 웃고 있는 저 남녀는 블롬멜린 부부다. 키가 작은 블롬멜린 부인의 몸은 꼭 죄는 코르셋 속에서 그럭저럭 날씬하고 정숙해 보인다. 눈에 뜔 정도로 특이하게 생긴 새 모자를 쓰고 있다. 자, 이제 블롬멜린 부인의 모자를 본 사람들의 마음속으로 참을 수 없는 질문 하나가 떠오른다. 저 모자, 꽤 괜찮은 걸. 얼마 줬을까?

저어, 말씀 나누시는데 죄송합니다만…… 저어, 무례한 질문이 될지도 모르지만…… 허락해주신다면 부인이 쓰고 계신 그 멋진 모자를 얼마 주고 사셨는지 가격을 좀 물어봐도 되겠습니까? 얼마래? 도대체 얼마 주고 샀대? 그렇다. 그 질문은 무례하다. 하지만 그냥 가슴속에 묻어두기엔 너무나도 참기 어려운 질문이다. 블롬멜린 부인의 봄철용 새 모자는 그토록 멋지고 비싸 보인다. 칼레 블롬멜린 씨는 빵공장에서 일한다. 세상 누구도 그보다 더 뚱뚱할 수는 없을 것이다. 어휴, 저 여자 남편은 도대체 돈을 얼마나 잘 벌기에? 그 점에 관해서 사람들은 꽤 긴 시간 동안 토론에 토론을 거듭할 것이다. 지나쳐가던 누군가가 칼레 블롬멜린 씨가 빵공장에서 일하는 사람이라고 일러줄 것이고, 그러면 그들은 또 이렇게 한 마디씩 덧붙이게 될 것이다. 그래? 그럼, 그 사람들

누구한테서 상속이라도 받았대?

블롬멜린 부부의 가족사가 도마 위에 오른다. 도대체 어디서 돈이 나서 저런 모자를 산 거야? 뒷구멍으로 무슨 엉뚱한 짓들을 하고 다니는 건 아냐? 하지만 그들 중에 돋보기를 들고 그 부부를 꼼꼼히 들여다본 사람이 있다면 아마도 그렇지는 않을 것이라고 잘라서, 하지만 주저하면서 말할 것이고, 그러면 이제 그들의 토론은 또다시 새로운 국면으로 접어들게 될 것이다. 블롬멜린 부인이 쓴 모자의 가격에 관한 그 간단한 질문이 마침내 윤리적이고 정신적인, 하지만 형이상학적인 자연과는 아무런 상관이 없는 문제로 발전하는 것이다.

모자를 얼마 주고 샀느냐는 단순하기 짝이 없는 질문에 블롬멜린 부부가 쭈뼛거리지만 않았어도 이 경건한 토론은 애당초 벌어지지 않았을지도 모른다. 하기는 사람들이 진정으로 윤리적이고, 정신적이고, 경건하다면 블롬멜린 부인에게든, 블롬멜린 씨에게든 모자의 가격 따위는 물어보지도 않겠지만. 뭐라고? 그렇게나 비싼 가격에? 완전히 속아서 샀군. 이건 뭐 동정할 여지조차 없잖아. 늘 허영이 문제라니깐. 이제 블롬멜린 부부는 멍청한 허영덩어리가 되어 두고두고 심술궂은 사람들이 찧어대는 입방아 위에 오르내릴 것이다. 사람들만을 탓

할 수도 없다. 자업자득이다. 마음 한구석에 어쩌면 놀림거리가 될지도 모른다는 두려움이 없던 것은 아니다. 하지만 휘황찬란한 안장 덮개처럼 보이는 모자를 사게 만들었던 것은 결국 그들의 욕심이었다. 남에게 뭔가 특별하게 보이고 싶다는 우스꽝스런 욕심이 발단이었던 셈이다. 심술궂은 사람들은 언제나 그러한 두려움 사이를 비집고 들어온다.

그 모자 얼마래? 떨이할 때 산 모양이군. 아무리 싸더라도 웬만하면 그런 물건은 사면 안 되는데. 그런 싸구려는 자세히 들여다보면 꼭 무슨 문제가 있더라고 글쎄. 아니면 오래 쓰지도 않았는데 금방 망가져버리든가. 물건 가격이라는 게 그래. 꼭 제값을 하더라니까. 그러니까 싼 게 비지떡이라는 거야. 나는 누구보다 그 사실을 잘 알고 있다. 그 사실을 이 세상 누구보다 제일 잘 알고 있는 건 바로 우리처럼 그런 물건을 살 수밖에 없는 가난한 사람들이니까.

도대체 그 모자가 얼마래? 하지만 블롬멜린 부부가 진실을 이야기하리라고 누가 장담할 수 있을까? 이런저런 우려로 그들은 본래의 값보다 더 싸게, 아니면 더 비싸게 말할 수도 있다. 하지만 이러나저러나 결과는 마찬가지다. 모자 좀 싸게 샀다고 으스대는 멍청이가 되거나 모자 하나도 제값 주고 살 줄 모르는 멍청이가 되거나 이래저래 멍청이가 될 수밖에 없다.

그렇다고 꼭 모자의 본래 가격을 말해야 한다는 소리는 아니다. 그들이 산 그 모자가 얼마나 특별한 것인지를 꼭 보여주고 싶다면 블롬멜린 부부는 모자는 싸지만 그렇게 싼 것도 아니며, 비싸지만 그렇게 비싼 것도 아니라는 사실을 사람들이 납득할 수 있도록, 동시에 자신이 설득당하고 있다는 것을 절대로 눈치 채지 못하도록 설득해야만 한다. 아무나 그럴 수 있는 것이 아니다. 그런 능력이 있는 사람들은 소나 먹는 귀리죽을 유리병에 넣어 팔 수도 있다. 도대체 그런 걸 누가 산단 말이야? 누가? 누구나! 가격만 맞는다면…….

그 모자 얼마 줬어요? 블롬멜린 부부에게 실제로 그런 질문을 한 사람은 아무도 없다. 블롬멜린 씨와 블롬멜린 부인은 라르손 씨와 라르손 부인에게 다음에 또 보자는 인사를 건넨다. 블롬멜린 씨가 들어 올렸다가 다시 머리 위로 내려놓는 저 중절모는 라르손 씨의 모자와 똑같다. 거리를 걷고 있는 다른 남자들의 머리 위에도 똑같은 중절모가 얹혀 있다. 한겨울 내내 쓰고 다니던 그것을, 봄으로 들어선 지도 꽤 지난 지금까지 쓰고 다니는 것이다. 오랜 세월 모자로서의 직무를 묵묵히 수행해

온 저 낡은 중절모들은 앞으로도 몇 년은 더 그럴 테
고……. 그런데 가만, 도대체 저 중절모는 또 얼마나 주
고 산 거야? 아니, 이제 그만! 이제는 저 사람들이 이 오
래된 외곽지역의 거리를 어슬렁거리며 산책을 즐기도록
내버려 두자.

팽창을 거듭하던 스톡홀름은 외곽지대에 노동자들을
위한 새로운 주거지역이 필요했다. 그렇게 개발된 곳이
미드솜마르크란센 구역이었다. 막 20세기로 접어든 시
점이었다. 하지만 그 전에 이미 역과 항구가 세워졌고,
공장들도 속속 들어찼다. 도금 공장, 골분 공장, 염료 공
장, 알코올 공장, 암모니아 공장, 폭약 공장, 석회 공장,
벽돌 공장 등등. 또 목재 집하장 같은 것들도 있었다. 공
장들을 따라 스톡홀름의 빈민가에서 자라난 사람들이
몰려들었다. 그들은 네 명 중 세 명이 실업자였다.

공장들이 들어서기 이전에는, 가난한 사람들이 몰려
오기 이전에는, 나중에 노동자 주거지역이 건설되기 이
전에는 스톡홀름 부자들의 여름 별장과 작은 텃밭들, 도
축장 몇 개가 그곳에서 찾아볼 수 있는 시설의 전부였
다. 그곳에 땅을 가진 사람들이 모여 남부철도주식회사
를 만들어 시내로 가는 레일을 깔면서부터 모든 것이 변
하기 시작했다. 낡고 지저분해진 쉐데르말름 구역에서

살고 있던 노동자들이 대도시의 편리함과 전원의 쾌적함을 동시에 누릴 수 있으리라는 희망을 품고 새로 건설된 주거지역인 미드솜마르크란센으로 몰려왔다.

그 사람들이 바로 그 미드솜마르크란센의 거리에서 산책을 하고 있다. 그들은 어슬렁어슬렁 걸으며 길가에 늘어서 있는 이런저런 상점 안을 기웃거린다. 큰길에 연해 있는 건물의 1층과 반지하층은 거의 다 상점들이다. 식료품 가게, 옷 가게, 생선 가게, 정육점, 빵 가게, 찻집, 철물점……. 길 한복판에 서 있는 커다란 나무를 꺾어 돌면 작은 공원 하나가 나타난다. 그리고 다닥다닥 붙어 있는 집들. 대부분 침실이 한두 개밖에 없는 작은 집들이다. 개발 당시에는 토지의 가격이 천정부지로 올라 있었다.

아이들은 자바, 백조, 텔루스 같은 소극장 앞에 줄지어 서 있다. 미드솜마르크란센은 스톡홀름에서 가장 아이들이 많은 구역에 속한다. 그 때문인지 이곳의 소극장들은 일요일 오전이면 아동극을 무대에 올리곤 한다. 걷다 보면 어느새 스반담스플란에 도착한다. 얕은 인공 연못과 신발 가게 '오스카리아', 그리고 옷 가게 '팔크팟츠'가 있는 곳이다. 전에는 꽤 큰 벽돌 공장이 있었다. 바파르츠 거리를 따라 조금만 더 가면 널따란 헤게르스텐스 거리와 만나게 된다. 거기서부터 킬라베리의 신문 가판대까지가 미드솜마르크란센의 번화가다. 사람들이 가판대에서 신문을 사서 펼쳐 들고, 종전(終戰) 직후에 비해 송아지 고기의 값이 약 15퍼센트 더 올랐다는 기사를 읽는다.

자, 이제 다시 크란센으로. '긴 계단'을 내려서면 '자갈길'이다. 저기 뮈르딩 호숫가의 허름한 집. 요한손 부인이 간이 잘 밴 고깃덩어리를 오븐에 넣으면서 흥얼거린다. 사랑은 아름다운 것, 함께 있어 더욱 아름다운 것. 음식을 시간에 맞춰 식탁 위에 올려놓으려면 이제 엄마는 노래를 멈추지 않으면 안 된다. 엄마의 노래가 계속되는 한 아빠 역시 엄마의 손을 잡고 함께 계속해서 노래를 부를 것이다. 엄마의 손을 이끌고 바이올린의 흥겨운 선율에 맞춰 빙글빙글 왈츠만 추려 들 것이다. 엄마의 귀에다 속삭이면서⋯⋯. 사랑은 아름다운 것, 함께 있어 더욱 아름다운 것.

에바와 나는 식탁 밑에 숨어서 엄마와 아빠가 춤추는 모습을 훔쳐보았다. 아빠가 우리를 불러낸다. 우리가 여기에 있는 것을 어떻게 알았을까? 우리 모두는 손에 손을 잡고 깔깔거리면서, 서로 걸려 넘어지면서, 껑충껑충 뛰면서, 빙글빙글 돌면서 원무를 춘다. 힘차고 아름다운 목소리를 지닌 남자. 세상에서 가장 아름다운 여인. 세상에서 가장 착한 아이들. 세상에서 가장 행복한 가족. 세상에서 제일가는 부자는 바로 우리야! 왠지 알아? 우리에겐 우리 가족이 있으니까. 아빠가 말한다.

하지만 실제로도 부자였다면, 아니 지금 당장 돈이 몇 크로네만 더 있었더라도 크게 나쁘지는 않으리라 생각이 든다. 그랬다면 지금 막 오븐에서 나온 저 고깃덩어리가 조금 더 커졌을 테니까. 그렇지만 지금 이대로도 그렇게 나쁜 것은 아니다. 할머니 혹은 다른 모든 엄마들처럼 우리 엄마 역시 전쟁 뒤에 남겨진 이 신산한 시기를 어떻게 살아가야 하는지 잘 알고 있다. 엄마가 구운 고기를 썰었다. 섬세하게, 다시 말해서 아주 얇게. 될 수 있으면 많은 조각으로. 조금 과장한다면 여름이 오고 그 여름이 다 갈 때까지 집어먹고 또 집어먹는다 하더라도 넉넉할 만큼 수없이 많은 조각으로. 그렇게 크지 않은 대접에 월귤나무 열매를 담아 식탁 위에 올려놓는다. 완두콩과 총총 썬 당근을 삶아 담아낸 그릇 옆에는 중간 크기 정도의 숟가락이 놓여 있다. 버터가 담긴 접시 옆에는 날렵하고 자그마한 칼. 커다란 유리 대접에는 삶은 감자가 가득 담겨 있다. 빵 바구니도 그렇게 가득.

수많은, 영국의 섬들을 넘고 넘어 온화하게 불어오는 대서양의 바람 덕분에 우리는 우리의 식탁을 베란다에 차릴 수 있었다. 모두들 한동안 놀라움으로 입을 벌린 채 아무 말도 하지 못했다. 더할 나위 없이 조화로운 색깔들. 초록 완두콩, 선홍빛으로 반짝이는 월귤, 잘 저민 연분홍 살코기, 우리 한 사람, 한 사람의 색깔까지. 그리고 그 한 사람, 한 사람 앞에 놓인 작고, 크고, 넓고, 좁은 유리잔들. 아쉽게도 서로 크기가 다르고, 모양까지 다른 유리잔들이 식탁의 이 훌륭한 조화를 깨트리고 있었다. 어느 집에나 꼭 있게 마련인 유리잔 세트가 우리 집에는 없었다.

하지만 유리잔이 무슨 대수란 말인가? 저토록 먹음직스런 음식이 우리를 기다리고 있는데! 입 안에서 침이 돌았고, 뱃속에서 꾸르륵 소리가 들렸다. 눈물이 날 지경이었다.

"맛있게 드세요. 맛이 있을지 어떨지는 모르겠지만, 어쨌든 여러분을 위해 기쁜 맘으로 준비했어요."

우리가 숨도 제대로 쉬지 못한 채 허겁지겁 음식을 집어먹는 사이사이에 엄마는 자꾸 왠지 불안한 눈초리로 슬금슬금 할머니를 곁눈질했다. 할머니가 말했다. 음식이 그런 대로 다 맛이 괜찮네. 살짝 붉어지는 엄마의 뺨.

표시 나지 않게 내쉬는 안도의 숨. 비로소 엄마의 얼굴이 평온해졌다. 할머니는 엄마가 왜 그토록 안절부절못하며 자기 눈치를 살피고 있는지 잘 알고 있다. 비록 음식 맛이 조금 마음에 들지 않는 구석이 있다 하더라도, 오늘 같은 날에는 엄마에게 어떤 말을 해야 하는지 잘 알고 있다. 엄마와 에릭 삼촌이 베스테르예틀란드의 그 지독한 친척들 집에서 지낼 수밖에 없었던 그 시절, 할머니는 이런저런 여객선에서 요리사로 일했다. 할머니는 그때부터 베스테르예틀란드의 농부들을 지독하게 미워했다. 그토록 미워하는 자본가들보다도 더. 이렇게 많이 차려진 음식들을 보면 아이들을 떼어놓고 요리사로 일해야 했던 그때가 떠올라 가슴속이 부글부글 들끓어 올랐지만, 오늘 같은 날에는 소스를 집어 맛을 보고 진심을 의심받지 않도록, 호들갑스럽지 않게 덤덤한 칭찬으로 딸아이의 뺨을 붉게 물들여야 한다는 걸 할머니는 잘 알고 있었던 것이다.

엄마는 한쪽 눈을 가늘게 뜨고 에바와 내가 제대로 먹고 있는지 지켜보았다. 우리는 감자가 싫었다. 살이 찌려면 감자를 많이 먹어야 한다는 엄마와 늘 옥신각신 실랑이를 벌였다. 에바나 나나 비쩍 마른 강아지 꼴을 하고 있어서 엄마는 늘 속이 상했다. 언제 또 전쟁이 터질

지 모르니 갈비뼈 사이에 살을 좀 붙여놔야 한다고 억지
로 감자를 먹였다. 사실 감자 말고는 뭐 특별히 먹을 것
도 없었다.

할머니도 그렇지만 엄마도 에바와 내가 맛있게 음식
을 먹는 모습을 보면 뛸 듯이 좋아했다. 다른 엄마들과
는 달리 우리가 입속에 뭔가를 넣고 쩝쩝 소리를 내며
우적우적 씹어먹는 모습을 행복에 겨운 눈으로 그윽하
게 바라보곤 했다. 뭔가 모자라는 것은 없는지 살펴보려
고 엄마가 식탁을 한번 휘 둘러보았다. 꼭 엄마의 몸이
공중으로 붕 떠올라 어른 키 한 길 반쯤 위에서 식탁과
식탁에 둘러앉은 우리를 굽어보고 있는 것 같은 느낌이
들었다. 에바와 나는 목까지 차도록 음식을 집어넣고는
주체할 수 없는 포만감으로 낑낑거리며 늘어져 있었다.
허공에 둥둥 떠 있는 엄마의 입가에 행복한 미소가 어렸
다. 조용히 앉아서 음식을 먹고 있던 이바르손 씨가 최
고의 식사라면서 입을 떼자 아빠는 슬쩍 고개를 옆으로
돌리고는 아무도 모르게 쉰내 나는 감자볶음 어쩌고저
쩌고 하며 혼자 중얼거렸다.

사람의 생각이란 얼마나 허약한 것인가! 우리는 이바
르손 씨가 친절하고, 조용하고, 수줍음이 많고 방세까지
제때에 꼬박꼬박 내는 참 좋은 사람이라 생각하고 있었

다. 이바르손 씨는 하나도 달라진 것이 없지만, 우리는
아빠가 돌아온 뒤부터 그의 그 온화함이 실은 오만함의
다른 모습일지도 모른다고 생각하기 시작했다. 그의 침
묵 앞에서 행복에 겨운 우리 가족의 목소리는 영 꼴불견
이었다. 그러나 그는 언제나 그랬던 것처럼 미소 띤 얼
굴로 조용히 고개를 끄덕이다가 술을 권하는 아버지를
향해 고개를 가로저었다. 할아버지가 술잔을 들었다.

"자, 그럼. 이 멋진 음식들을 준비하느라 수고한 안나
를 위해!"

두어 순배가 돌자 할아버지의 말이 많아졌다. 두어 순
배가 더 돌자 잔뜩 기분이 좋아진 할아버지가 이바르손
씨의 어깨를 툭툭 두드리며 이런저런 만담을 늘어놓기
시작했다. 에바와 나는 가정교육을 잘 받은 아이들처럼
얌전하게 앉아 어른들의 우스갯소리에 귀를 기울였다.
긴 이야기, 짧은 이야기, 이런 이야기, 저런 이야기. 모
두들 행복했으면 좋겠다는 똑같은 소망이 담긴 이야기
들. 행복에 겨운 우리의 눈이 푸른 하늘을 볼 수 있도록,
흥겹게 떠가는 비행접시 몇 개를 찾을 수 있도록 모두들
한껏 고개를 뒤로 젖히고 큰 소리로 웃었다.

할머니의 웃음이 단연 최고였다. 언제나 엄청난 폭발
음으로 시작되어 수시로 높낮이가 변하는 "호호호"로

이어졌다가, 조금은 괴팍스럽게 들리는 기침 소리와 함께 사그라지는 웃음이었다. 웃음이 시작되는 것과 동시에 할머니의 손은 황급히 입으로 향했다. 할머니는 자신의 이를 부끄러워했다. 실은 부끄러워해야 할 이도 몇 개 남아 있지 않았다. 그나마 남아 있는 이들도 아주 오래된 상아처럼 몹시 싯누랬다. 그것은 일종의 딜레마였다. 입을 가리고 있는, 힘줄이 울룩불룩 튀어나온 무지막지하게 큰 손, 자신의 그 손 역시 자신의 이만큼이나 남에게 보여주고 싶지 않았다. 하지만 할머니는 웃음을 멈출 수 없었다. 할아버지의 이는 할머니의 이보다 상태가 훨씬 더 심각했다. 그런데도 할아버지는 그런 것에 전혀 신경을 쓰지 않았다. 목젖이 다 보이도록 입을 크게 벌리고 껄껄 웃어젖혔다. 이바르손 씨는 여전히 고개를 끄덕이며 조용히 미소만 지었다.

그 유쾌한 식사는 어른들이 커피를 마시는 것으로 막을 내렸다. 흥겹고 따스한 공기가 집 안 가득히 퍼졌다.

날이 저물었다. 아빠는 다시 사랑이 가득한 눈길로 엄마를 바라보았고, 엄마는 양말을 기웠다. 엄마의 머릿속에는 우리 모두 행복했던 오늘 오후가 고스란히 남아 있었다. 엄마는 누가 무슨 이야기를 했는지, 어떤 표정을 지었는지, 어떻게 웃었는지 하나도 빠짐없이 흥겨운 목소리로 이야기했다. 아빠는 엄마의 그 긴 이야기를 흐뭇한 표정으로 듣고 있었다.

밤이 깊어갔다. 엄마의 들뜬 행복감은 좀처럼 가라앉지 않았다. 이윽고 엄마는 자신을 진정시키려는 듯 책을 펼쳐 들었다. 아빠도 엄마에게 자신의 사랑을 보여주려고, 책꽂이에서 무슨 책인가를 뽑아들고 곁에 앉았다. 하지만 아빠는 책을 읽지 않고 무릎 위에 얹어 두기만 했다. 읽지 않아도 책의 내용을 이미 다 알고 있을 터였다. 바다를 떠돌던 그 시절에 이 세상 책이란 책은 전부 읽지 않았던가? 그래서 이제는 책을 읽는 대신 설탕을 탄 럼주를 홀짝홀짝 마셨다. 사람들은 잠이 오지 않는 밤이면 '그로크'라고 부르는 술을 한 잔씩 마시고 잠을 청했다. 아빠가 다시 그로크 한 모금을 마시고 '로빈 후드' 한 개비를 꺼내 피워 물었다.

아빠가 들고 있는 담배에서 모락모락 연기가 피어올랐다. 방 안은 고요했다. 책에 빠져든 엄마의 나직한 중얼거림. 흡사 책 속의 누군가가 아빠에 관해서 이야기하고 있는 것처럼 보였다. 선량하고 지혜롭고 활기찬 사람. 나에게 이야기를 들려주는 사람. 그의 이야기는 신기한 마법. 이 세상 모든 궁금증을 풀어주네. 그가 도대체 누구인지?

나는 아빠를 그림자처럼 졸졸 따라다녔다. 여전히 일자리를 얻지 못했지만, 집 안 구석구석 그가 해야 할 일은 차고 넘쳤다. 나는 그의 첫 번째 조수였다. 때때로 에바가 두 번째 조수로 우리 일을 도왔다. 조수 일이 시들해지면 아빠가 혼자 일하도록 내버려 두고 에바와 놀았다. 언제나 에바와 나, 그렇게 둘뿐이었다. 다른 아이들은 우리와 함께 놀지 않으려 했다. 하지만 별 문제는 없었다. 나에게는 에바가 있고, 에바에게는 내가 있으니까. 게다가 우리에게는 그네도 있었고, '얼음 구덩이'도 있었고, '바다표범 바위'도 있었고, '차가운 길'도 있었고, 장미나무 덤불도 있었고, 물 펌프도 있었고, 뜰 밖으로는 뮈르딩엔도 있었고…….

에바와 나는 텔루스보리 거리로 이어지는 '긴 계단'에서 놀고 있었다. '긴 계단'은 모두 스물아홉 개의 턱으로 되어 있었는데, 뮈르딩엔의 다른 편에 있는 계단보다 턱이 하나 더 많았다. 그래서 에바와 나는 턱이 하나 적은 그 계단을 '짧은 계단'이라고, 지금 우리가 서 있는 이 계단을 '긴 계단'이라고 불렀다. 키가 작은 아이 하나가 뭐가 그렇게 즐거운지 까불거리면서 계단을 올라왔다. 그 아이는 커다란 목소리로 쾌활하게 이제 곧 자기는 여섯 살이 될 거라고, 생일 파티를 할 거라고, 그

생일 파티에 자기가 아는 친구들은 누구든지 다 초대해도 좋다는 허락을 받았다고 했다. 그러니 우리가 와도 좋다며 생일 파티는 목요일 세 시라고 말했다.

우리도 아는 아이였다. 그 아이의 아버지는 화물차를 사서 자기가 직접 그 차를 모는, 말하자면 차주 겸 운전기사였다. 그 훌륭한 라르손 씨 가족은 바텐레드닝스 거리 29번지에 살았고, 이름이 가리였던 그 아이는 나하고 나이가 같았다. 같은 반이 될 뻔한 적도 있었지만, 라르손 부부는 아들에 대한 기대가 무척 커서 그 아이를 미드솜마르크란센 공립 초등학교에 보내는 대신에 베스트베르가 사립 초등학교로 보냈다. 내가 다녔던 미드솜마르크란센 초등학교는 온갖 질 나쁜 아이란 아이들은 다 모여 있는 곳이었다. 멀리 프렘링스 거리에 사는 가난한 아이들도 우리 학교를 다녔다. 라르손 부부는 어차피 믿지 않았겠지만, 우리 학교에도 상당히 괜찮은 선생님들이 많았다. 베스트베르가 사립학교의 선생님들이 어땠는지 잘 모르지만, 어쨌든 초등학교 졸업을 끝으로 가리는 더 이상 학교에 다니지 않았다.

그 애에게서 우리가 생일 파티에 초대를 받은 것이다. 그 며칠 동안 우리는 얼마나 가슴을 졸였던지. 생각해보면 사소하기 짝이 없는 일이었지만, 그때 우리에게는 얼마나 행복한 걱정거리였던지. 예를 들면 이런 고민이었다. 가리에게 에바와 내가 따로따로 선물을 해야 하나, 아니면 함께 해야 하나. 그 고민에는 기쁨이 얹혀 있었고, 우리는 그 며칠 내내 들떠 있었다.

목요일이 왔다. 모든 것이 잘 준비되었는지 엄마에게 검사까지 받았다. 깨끗이 씻고, 잘 다려진 옷을 입고, 신발을 반짝반짝 닦아 신고, 단정하게 머리를 빗고, 말끔하게 손톱까지 깎았다. 엄마가 우리를 꼼꼼하게 살피고 난 후, 주머니에 손수건이 들어 있는지 다시 한 번 확인하라고 말했다. 그리고 마지막 당부.

잊지 마. 정중하게 인사해야 한다.

잊지 마. 인사할 때는 약간 무릎을 구부려야 해.

잊지 마. 음식을 대접받으면 항상 고맙다고 말해야 하는 거야.

잊지 마. 엄마, 아빠가 너희한테 기대하고 있는 대로 꼭 그렇게 행동하렴.

그런데 휴, 가는 길에 옷이라도 더럽히면 어떡하지.

거기에 가지 말았어야 했다. 하지만 어떻게 그 사실을 미리 알 수 있었겠는가? 그곳에 도착했을 때야 비로소, 가리가 문을 열어주었을 때야 비로소 가지 말았어야 했다는 그 사실을 알 수 있었다. 어떻게 미리 알 수 있었겠는가? 문이 열렸고, 가리가 우리를 쳐다보았다. 가리 뒤에 서 있던 수없이 많은 아이들이 믿을 수 없다는 표정으로 쑥덕거렸다. 그리고, 그리고 라르손 씨의 음성이 들렸다.

 "가리, 네가 초대한 거냐?" 라르손 씨가 이미 아이들 속으로 사라지고 있는 가리의 등에다 대고 소리쳤다. "이렇게 축하하러 와주다니 얼마나 고마운지 모르겠구나." 그가 우리 쪽으로 돌아섰다. "그런데 아이들이 너무 많아서 다 들어올 수가 없는데 어떡하지? 너희 선물은 내가 가리한테 잘 전해주마."

 우리는 '긴 계단' 을 뛰어서 내려갔다. 나는 내 선물을 그 화물차 운전기사에게 건네주었지만, 에바는 자기 선물을 그대로 가지고 있었다. 우리는 한참 동안 '자갈길' 위에 멈춰 서 있었다. 그리고 '이불언덕' 을 향해 달렸다. 이대로 집으로 돌아갈 수 없다는 것을 나도, 에바도 잘 알고 있었다. 이름처럼, 때때로 해가 쨍쨍 나는 날이면 아낙네들이 커다란 이불 빨래들을 들고 나와 그 언덕 위에다 주렁주렁 걸어놓고 말리곤 했던 '이불언덕'.

 이 언덕에서 조금 더 들어가면 에바와 내가 '노아 아저씨' 라고 부르는 남자의 원두막이 나왔다. 그 이름은 당시 꽤 잘나가던 유행가 가수 벨만이 부른 노래의 제목에서 따온 것이다. 사실 아저씨라고 부르기에는 어울리지 않는 나이가 지긋한 노인이었는데, 정말 성경에 나오는 노아처럼 근엄하고도 부드러운 사람이었다. 우리는 그 '노아 아저씨'의 원두막 주위에서 빙글빙글 돌았다.

그러다가 성당 안으로 들어가 앉았다. 그곳은 술주정뱅이들이 모이는 곳이었다. 에바와 나는 성당 바닥에서 굴러다니는 빈 맥주병들과 왕관처럼 생긴 병뚜껑들만 하염없이 내려다보았다. 우리가 지금 느끼고 있는 이 기분을 스스로에게 납득시키기 위해 안간힘을 썼다. 하지만 아무래도 잘되지 않았다. 에바가 가리의 생일 선물이라고 들고 갔던 책을 펼쳐 책장을 한 장 한 장 찢었다. 그렇게 낱장이 된 것을 다시 가로로 찢고, 가로로 찢은 것을 다시 포개 세로로 찢고, 규칙적인 모양으로 찢고 또 찢었다. 나에게도 몇 장을 건네주었다. 나도 에바와 똑같은 방법으로 찢고 또 찢었다. 찢고 또 찢어 작은 조각들로 만들었다. 그 작은 종이 조각들을 성당의 높다란 천장을 향해 뿌려 올렸다. 하얀 종이조각들이 흩날리다가 다시 성당 바닥으로 내려앉았다. 에바와 나는 내려앉은 종이조각 위에서 발을 구르며 뛰고 또 뛰었다. 하얀 종이들이 발에 밟혀 더럽고 너덜너덜한 넝마조각이 될 때까지 뛰고 또 뛰었다.

"너희 꽤 지쳐 보이는구나." 아빠가 말했다.

"왜 안 그렇겠어요?"

"맞아, 맞아. 파티에서 돌아오면 지치게 마련이지."

엄마와 아빠는, 우리가 친구의 생일 파티에 초대받아 갔다 왔다는 사실이 못내 흐뭇한 모양이었다. 우리가 뭐라 말을 꺼낼 겨를도 없이 두 사람은 서로 말을 주고받았다. 그러고는 파티에서 무슨 일들이 있었는지 하나도 빼놓지 말고 소상하게 말 좀 해보라고 성화를 부렸다. 에바가 너무 너무 신나는 파티였다고 입을 뗐다. 나는 아무 말도 하지 않았다. 무엇을 먹었는지, 무엇을 마셨는지, 어떤 놀이를 했는지 에바가 줄줄 늘어놓았다. 우리가 아주 예의 바르고 의젓하게 행동해서 칭찬까지 받았다고도 말했다. 엄마, 아빠의 얼굴은 환하게 빛났고, 눈은 영롱하게 반짝였다. 그들은 끝도 없이 질문을 쏟아냈고, 에바는 또 에바대로 그들의 질문에 척척 끝도 없이 둘러댔다. 에바의 이야기는 너무나 상세하고도 아름다워 누군가 다른 사람이 옆에서 듣고 있었다면 분명히 거짓말이라는 것을 알아차렸으리라는 생각이 들었다. 하지만 별 문제는 없을 것 같았다. 저렇게 기뻐하는 엄마와 아빠를 보고 도대체 그가 무슨 말을 하겠는가.

그래, 사람들은 수없이 많은 이야기를 하며 산다. 그

리고 그 이야기의 용도도 참으로 다양하다. 사람들은 자기만의 진실을 짜 맞추며 산다. 그들의 부모뿐만 아니라 그들 스스로도 그것이 진실이라고 믿는다. 우리도 그렇게 보인다. 하지만 아무래도 미심쩍었다. 엄마는 에바의 말을 믿지 않았던 것 같다. 그렇지 않다면 그날 밤 우리에게 그런 이야기를 해줄 턱이 없었다.

"내가 어렸을 때야." 엄마의 이야기가 시작되었다. "할아버지가 어디론가 떠나버린 뒤 할머니는 에릭 삼촌하고 나를 친척집으로 보내야만 했단다. 난 베스테르예틀란드에 있는 할머니의 사촌 집으로 가서 살게 됐어. 막 어두워졌을 때야. 농번기라서 남자들은 모두 밭에 나가고 없었지. 완전히 어두워질 때까지 일을 했기 때문에 남자들이 돌아오려면 아직 좀 더 있어야 했어. 난 그때 이미 잠자리에 들었고, 아주머니와 그 집에서 식모살이를 하고 있는 언니가 부엌에 앉아 무슨 일인가를 하고 있었지. 그때 별안간 문 두드리는 소리가 들렸어. 웬일인지 아주머니도, 식모 언니도 문을 열어주지 않았어. 집에 아무도 없는 것처럼 꾸미려고 숨을 죽인 채 가만히 있는 것 같았지. 정적만 흐르고 있었어.

다시 문 두드리는 소리가 들렸어. 아까보다 좀 더 세

게. 내 방문이 조용히 열리더니 아주머니가 살금살금 들어와서 창문을 통해 바깥문을 내다봤어. 그러고는 몸을 돌려 아주 나직하게 속삭였지. '집시들이야.' 아주머니의 목소리가 떨렸어.

집시들이 문손잡이를 잡고 눌러 보았다면 문이 잠겨 있지 않았다는 걸 알아차렸을 텐데, 다행히도 그들은 그냥 문만 두드려 보았던 거야. 혹시 집 안에 남자가 있나, 먼저 확실하게 해 두고 싶었던 거지. '조용히 기어서 거실로 가.' 아주머니가 식모 언니한테 속삭였어. '집 뒤편으로 난 창 알지? 그 창으로 빠져나가. 나간 뒤에 다시 창문 닫는 것 잊지 말고. 나가서 울타리까지는 절대 뛰지 마. 기다시피 살금살금 가야 해. 무슨 소린지 알아듣겠지? 울타리를 넘어서면 그때부터는 뒤도 돌아보지 말고 밭으로 달려가. 가서, 집시들이 집으로 들어오려고 한다고 남자들한테 전해. 서둘러. 절대 들키면 안 돼. 어이구, 하느님, 도와주세요.'

그때 또 문 두드리는 소리가 들렸단다. 얼마나 무서웠던지. 정말이지 겁이 나서 죽을 것만 같았단다. 너희도 집시들이 어떤 종족인지 잘 알고 있지? 아무렇지도 않게 칼부림을 하는 인간들이야. 여자들은 또 어떻고. 아이들을 훔쳐가는 데 선수들이지. 훔쳐간 아이들은 절대 집으로 다시 돌려보내주는 법이 없어. 성스러운 구석이라곤 눈곱만치도 없는 사람들이야.

우린 침대 위에서 눈만 살짝 내놓고 바깥문을 내다보고 있었어. 문을 걸어 잠그러 아주머니가 그쪽으로 갔던 거야. 물론 바깥에 서 있는 집시들이 듣지 못하도록 살금살금……. 아주머니가 문에 다 갔다 싶었을 때였어. 난 거의 악 하고 소리를 지를 뻔했어. 그때 내가 뭘 봤는지 알겠니?” 엄마가 우리를 둘러보았다. 자기 말에 대한 우리의 반응이 궁금했던 모양이었다.

“문손잡이가 아래로 내려가고 있었어. 그런데 그 마지막 순간에 아주머니가 문고리를 돌렸던 거야. 어휴, 문을 걸어 잠근 거지. ‘무슨 일이에요?’ 하고 아주머니가 소리쳤어. ‘우리 집에는 땜질할 냄비 따윈 없어요. 어서 가요.’” 엄마가 침을 한 번 꿀꺽 삼키고 나서 말을 이었다. “남자들이 허겁지겁 집으로 돌아오는 소리가 들리자 집시들이 바람같이 사라졌단다. 아마 난 평생토록 그때 그 공포를 잊지 못할 거야.”

“그냥 땜질할 냄비가 있나 물어보려고 했던 것일 뿐이야.” 아빠가 참견했다.

“어휴, 당신 바보예요? 집 안으로 들어오려고 거짓말을 했던 거예요.”

이야기는 끝났지만 엄마는 슬쩍 한 마디를 덧붙였다.

"너희도 잘 알 거야. 우리하고는 다른 사람들이 이 세상에 얼마나 많은지……."

캄캄한 밤이었다. 나는 몸집이 작은 에바가 부엌에 놓인 낡은 침대 겸용 소파 위에서 웅크리고 잠든 모습을 한참 동안 바라보았다. 개수대에 걸어 둔 젖은 행주에서 똑똑 물 떨어지는 소리가 들려왔다. 엄마와 아빠가 있는 방에서는 아무 소리도 들리지 않았다. 나는 조심조심 무릎으로 기어 잠든 에바의 발치로 가서 창밖을 내다보았다. 뮈르딩 호숫가에 서 있는 우리 집을 별들이 반짝이며 내려다보고 있었다. 전차 한 대가 비처럼 불꽃을 뿌리며 킬라베리를 넘어 달리고 있었다. 아름다웠다.

밤이 깊었지만 아직 잦아들지 않은 바람이 신비로운 마술 바이올린에서 꾀어낸 아름다운 멜로디를 안고 나에게로 다가와서 말을 건넸다.

"안 자고 뭐 하니?"

나는 지금 뭘 하고 있을까? 나도 잘 몰라.

"그냥 뭐, 바깥을 구경하고 있는 거야."

까닭을 알 수 없는 행복감이 몰려들었다. 가슴이 벅차올랐다.

바로 그날 밤이었다. 무엇인가가 울부짖는 소리에 잠을 깼다. 다친 여우의 울음소리였을까? 아니면 들개가 짖는 소리였을까? 몸을 일으켜 밖을 내다보았지만 뮈르딩엔 너머에는 아무것도 보이지 않았다. 꿈을 꾼 걸까? 방에서 엄마의 말소리가 들려왔다. 엄마가 주기도문을 외우고 있었다. 밖에서 짐시가 문을 두드리고 있기라도 한 듯 겁에 질린 목소리로 기도문을 외우고 있었다. 그 전에도 나는 가끔 한밤중에 엄마가 기도하는 소리를 듣곤 했다. 에바와 내가 잠든 것을 확인하고 나서 엄마는 방으로 들어가 기도를 드렸다. 하늘에 계신 우리 아버지. 우리 곁에는 없는, 우리 곁에는 없는……. 그리고 엄마는 하느님에게 이런저런 걸 묻기 시작했다. 아이들과 함께 어떻게 살아가야 할지, 나중에 아이들은 또 어떻게 될지, 남편이 집으로 돌아올지, 돌아온다면 그다음엔 또 어떻게 될지, 살아간다는 건 무엇인지, 존재하지 않는다고는 감히 생각할 수 없는 그에게 묻고 또 물었다.

주일마다 교회에 나가는 독실한 신자는 아니었지만, 엄마는 때때로 주기도문을 외웠고, 우리에게도 가르쳐주었다. 엄마는 기도의 아름다움과 힘을 믿고 있었다. 나는 주기도문을 외우다 잠이 들었다.

잠에서 깨어나고 싶지 않아. 방에서 들려오는 저 고

함. 듣고 싶지 않아. 듣고 싶지 않아.

"제발. 그만 해요. 당신 취했어요."

"주둥아리 닥쳐. 내가 모르고 있는 줄 알아? 내가 그렇게 바본 줄 알아? 내가 없을 때 네년이 무슨 짓을 했는지 내가 모를 거 같아?"

엄마가 흐느껴 우는 소리.

"그래, 밤이면 밤마다 여기서 어떤 잡놈이랑 뒹굴었어? 어서 말해! 어서!"

"요한, 제발! 아이들 깨겠어요."

"오오, 천만에! 걔들도 알아야 해. 자기 엄마가 얼마나 지저분한 년인지 다 알아야 해."

"제발, 그런 말 하지 말아요."

나는 귀를 틀어막고 동그래진 에바의 눈만 쳐다본다.

"주둥아리 닥치라니까. 이 더러운 화냥년!"

그가 아니었다. 그렇다면, 그렇다면 누구란 말인가? 그 대답도 침묵에 속하는 것일까?

"이 더러운 화냥년!"

위에서 쿵쿵 소리가 들렸다. 누군가 바닥을 망치로 내려치고 있었다.

"그래요, 요한. 이제 만족해요?"

"상관하지 마. 상관 말고 악마들한테로 꺼져버려." 그가 위층에 있는 할머니, 할아버지를 향해 으르렁거렸다.

그러고는 조용해졌다. 아주 조용해졌다. 길고 긴 끔찍한 잿빛 정적.

에바와 내가 일어나 문으로 기어갔다.

그들은 침대에 꼿꼿이 걸터앉아 우리를 바라보았다. 우리는 엄마에게로 기어갔다.

"괜찮아, 아무 일도 아니야. 괜찮아." 엄마가 말하고는 아버지를 힐끗 지켜보았다. "괜찮아, 아무 일도 아니야. 괜찮아." 엄마가 다시 말했다. 에바가 엄마의 그 말을 되풀이했다. 넋이 나간 듯 아무런 높낮이도 없이 텅 빈 눈동자로. "괜찮아, 아무 일도 아니야. 괜찮아."

"불쌍한 요한." 엄마가 말했다. 에바의 뺨이 파르르 떨렸다. "아빠는 지금 제정신이 아닌 거야. 너희 알지?"

아버지의 머리가 엄마의 무릎 위로 떨어져 내렸다. 엄마가 손을 들어 그의 머리카락을 부드럽게 쓸어주고 있었다. 그의 뺨 위로 눈물이 흘러내렸다.

"슬퍼하지 말아요, 요한. 우리는 당신을 용서해요. 당연히, 당연히 당신을 용서해요. 얘들아, 아빠가 이렇게 슬퍼하지 않아도 괜찮지? 그치? 아빠를 용서하는 거지?"

"고마워. 당신은 착한 사람이야." 그가 흐느껴 울었다. "고마워. 너희 모두. 너무너무 고마워."

그의 눈 속에서 기이할 정도로 날카로운 빛들이 이글
거렸다.

살아야 한다. 작디작은 인간들아, 살아야 한다.
살아야 한다, 기쁨과 행복 속에서.
살아야 한다, 죽음이 너희의 영혼을 거두어 갈 때까지!

현관문에 걸어두면 기쁨과 행복이 찾아온다는 슈카에
서 소리가 들려왔다.

길게.
길게.
길게.

2

슈카의 종소리가
들려준 이야기

Живи, челвек, Живи

Живи в радоти и счастье

Живи пока смерть не забрала твою дуву

(살아야 한다. 작디작은 인간들아, 살아야 한다.
살아야 한다, 기쁨과 행복 속에서.
살아야 한다, 죽음이 너희의 영혼을 거두어 갈 때까지.)

　'슈카'는 원래 핀란드의 종이었다. 하지만 슈카에 찍혀 있는 글자는 러시아어였는데, 슈카가 처음 만들어질 당시 핀란드가 러시아 차르의 영토에 속해 있었기 때문이다.

슈카는 틀에다 놋쇠를 부어 만든 작은 종이다. 보통 마차의 끌채에 달고 다닌다. 벌목장에서 베어낸 나무를 가득 실은 마차가 앞이 잘 보이지 않는 깊은 산길을 달릴 때 슈카는 앞서 걷고 있는 벌목꾼들에게, 마주 달려오는 짐을 싣지 않은 마차에게, 아니 마차에 부딪힐 수 있는 그 모든 것들에게 위험하다고, 어서 빨리 비켜서라고 딸랑딸랑 울리고 또 울린다. 그렇게 수 킬로미터까지 멀리 퍼져나간다.

뮈르딩 호수에서 불어오는 거센 바람이 현관문 틈새에서 윙윙거리면 슈카는 마치 무슨 이야기라도 들려주려는 듯이 딸랑거렸다.

"아론은 사람들이 자기한테 손이라도 뻗을라 치면 뒷발질을 해대며 냅다 달아나버리는, 아주 고집이 센 고약한 말이었지. 마부들이 얼씬거리기만 해도 길길이 날뛰었어. 아론의 이전 주인은 도축장으로 보내는 값보다 몇 푼이라도 더 받을 수 있다는 사실에 만족해서 입을 헤벌리고 돌아갔지. 아론은 그런 말이었어. 열 살하고도 몇 살인가 더 먹었으니까 그때 이미 젊다고 말할 수 있는 나이는 아니었지. 그래도 붉은 빛이 도는 갈색 갈기하며, 정말이지 멋진 핀란드 말이었어. 아들은 아론이

마음에 쏙 들었던 거야. 아버지를 졸랐지. 제발 되팔지
말라고. 자기가 한번 길들여보겠다고. 요한에게서는 이
제 제법 청년 티가 흘렀어. 그해 겨울부터는 벌목장에서
마부 일을 하기로 돼 있었지. 벌목장에서 벤 나무들을
마차에 가득 싣고 산 아래에 있는 제재소로 운반하는 일
이었어.

처음으로 마구를 채우려고 했을 때 아론이 길길이 날
뛰는 바람에 요한은 큰일을 당할 뻔했어. 막 고들개를
채우려는 순간, 아론이 펄쩍펄쩍 뛰어오르다가 미친 듯
이 앞으로 튀어나간 거야. 요한은 고들개에 매달려 한참
을 끌려갔지. 요한의 아버지는 아무 말도 하지 않았어.
그렇지만 속으로는 악귀 같은 저따위 말은 차라리 쏴 죽
여버리는 게 나을 거라고 생각했어. 다음 날 요한이 다
시 아론에게 다가갔어. 어찌 된 일인지 이번에는 마구를
다 채울 때까지 가만히 있는 거야. 심지어 마구를 차고
요한이 끄는 대로 뜰 안을 두어 바퀴 돌기까지 했어. 요
한의 아버지가 지켜보고 있었지. 요한이 수레의 끌채를
연결하려고 했어. 아론이 다시 날뛰기 시작했어. 어제처
럼 그렇게 걷잡을 수 없을 정도로 심한 건 아니었어. 그
런데도 요한의 아버지는 요한한테 저런 미친 말은 당장
쏴 죽여버려야 한다고, 아들의 생명을 위험 속에 방치할

수 없다고 말했어. 요한은 아버지한테 매달렸어. 길을 들일 수만 있다면 저만큼 뛰어난 말은 또 없을 거라고, 딱 한 번만 더 기회를 달라고. 아론을 바라보는 요한의 눈이 얼마나 빛나는지, 요한의 아버지도 이미 알고 있었어. 경험 많은 말 장수였던 요한의 아버지 역시 저 고약스런 악귀를 길들일 수만 있다면 마부의 친구로서는 그지없이 훌륭할 것이라고 여겼어. 결국 요한은 아론을 위한 마지막 기회를 얻어냈던 거야. 조금이라도 날뛴다면 그걸로 끝이라는 단서와 함께 말이지."

"나는 아론의 귀에 대고……." 아빠는 스스로 긴장했다. "간청을 했지. 제발 뛰어오르지도, 뒷발질을 해대지도, 튀어나가지도 말라고. 나는 네가 죽기를 원하지 않는다고. 내가 원하는 것은 저 높은 벌목장의 산길을 너와 함께 달리는 거라고. 그렇게 간청했지.

내 말을 알아들었는지 아니면 또 다른 무엇인가가 있었는지, 아무튼 다행스럽게도 아론은 아무런 문제도 일으키지 않았어. 수레를 끌고 뜰 안을 빙글빙글 돌았지. 여느 말과 다름없이 말이야. 아니 훨씬 더 훌륭했지. 그 이후로 아론은 내 말을 그렇게 잘 들을 수 없었어. 싫다고 머리 한 번 주억거리는 법이 없었지. 나는 아론과 함께 겨울이면 벌목장의 나무를 날랐고, 여름이면 집채만

한 짚단들을 날랐어. 아론을 누구한테도 빌려주지 않았
지. 지금 생각해보면 아무래도 그건 좋은 생각이 아니었
던 것 같아. 어쨌든 아론은 나 말고는 다른 누구한테도
제 고삐를 맡기려 들질 않았어.

  속으로는 꽤 놀랐을 테지만, 아버지는 칭찬 한 마디
하질 않았어. 물론 나도 아버지 칭찬이나 듣자고 위험을
무릅쓰고 아론을 길들였던 건 아니야. 나는 이미 알고
있었지. 그 사람은 자기 아들이 뭔가 어려운 일을 해내
면 칭찬을 하고 함께 기뻐하는 그런 아버지들하고는 전
혀 다른 인간이라는 것을. 칭찬하기는커녕, 자기 생각에
는 도무지 어려울 것 같은 일을 내가 해내기라도 하면
오히려 잡아먹을 듯이 화를 내곤 했어. 실망 때문에 분
노가 부글부글 끓어오르는 그 늙은 악마의 얼굴을 나는
아마 무덤 속에 들어가서도 잊지 못할 거야. 내가 어떻
게든 해낼 수 있는 일이란 생각이 들어도 나는 시치미를
떼곤 했지. 분노로 눈먼 늙은 악마가 으르렁거리는 모습
을 보는 것보다 내가 멍청이가 되는 편이 훨씬 나았던
거야. 그리고 한편으로는 그 사람을 멋지게 골려먹은 것
같아서 기분이 아주 좋았지. 하지만 나는 아직 아버지가
뭐라고 하든 아무 상관이 없는 그런 나이는 아니었어.
아무리 나이가 들어도 그럴 수 있는 사람은 아무도 없을

테지만."

사람들은 언제나 그런 얘기를 들은 뒤에는 밖으로 뛰쳐나가고 싶어한다. 슈카가 그런 이야기를 하도록 한 바람을 찾아서. 바람은 어디 있는가? 바람은 어디에서 오는가? 바람의 원천은 무엇이며, 바람의 시작은 어떠했는가?

에바와 내가 뜰을 지나 뮈르딩엔 쪽으로 달려가다가 공원에서 멈춰 선다. 잔디밭에 구멍들이 송송 뚫려 있다. '할렐루야 천막'을 받치고 있던 막대기 자국일지도 모른다. 두더지가 파놓은 구멍일지도 모른다. 호수에서 걸어나온 뮈르딩어의 발자국일지도 모른다. 구멍 속 깊숙한 곳에서 여린 노랫소리가 흘러나온다. 에바와 나는 그 소리의 원천을 찾으려고 공원 가장자리로 간다. 딸기나무 덤불 속을 뒤진다. 전차 정류장까지 길게 이어진 나지막한 철책을 따라 야생포도넝쿨 사이를 뒤지기도 했다. 멀고 먼 황무지에서 들려오는 것 같은 그 소리의 원천을 찾으려고.

에바와 나는 아무도 본 적이 없는 바람 같은 들개 한 마리를 떠올렸다. 들개가 다녀간 다음 날이면 사람들은 그 짐승의 발자국과 마주친다. 하지만 사람들은 그런 들개는 없다고 말했다. 아침에 일어나면 이슬에 젖은 풀잎마다 들개의 냄새가 진동을 하는데도 사람들은 그런 들개는 없다고 말했다. 한밤중에 문득 그 야생의 울부짖음에 잠을 깨서 그 소리가 다시 잿빛 정적 속으로 사라질 때까지 몸을 떨고 있었으면서도, 사람들은 그런 들개는 없다고 말한다.

지금 에바와 내가 찾고 있는 그 야수는 풀리지 않는 수수께끼처럼 우리의 상상력을 자극했다. 어디 있는가? 어디 있었는가? 무엇이 그것을 울부짖게 하는가? 모든 것이 불분명했다. 생각해보면 사람들이 바라는 세상의 모습이라는 것도 보이지 않는 들개와 비슷할지 모른다. 멀고 먼 황무지에서 바람처럼 달려왔다가 바람처럼 사라져버리는, 수수께끼 같고, 신비롭고, 잠든 우리를 깜짝 놀라게 하는 그것. 에바와 나는 바람의 뒤를 쫄랑쫄랑 따라다니며 찾고 또 찾았다. 바람은 언덕 위로 달려가 들장미 덤불을 흔들었다. 그러다가 또 잽싸게 자리를 옮겨 들장미 덤불 옆에 서 있는 노간주나무 가지 위에서 바스락거렸다. 우리는 그렇게 바람을 따라다녔다. 월귤나무 잎사귀 사이를 뒤져 보았다. 여기서는 자라기 어려운 나무라고 했다. 그런 월귤나무가 여기서 자랐고, 아름다운 6월이 오면 자신의 몸에 풍성한 열매를 달고 우리를 초대했다. 높직하니 웃자란 속새들을 헤쳐 보았다.

들개도, 바람의 원천도 보이지 않는다. 사람들이 위험하다고 잘 들어오지 않는 곳이다. 사람들에게는 얼마나 많은 곳이 위험한가. 위험한 곳에 이미 와버렸다면 그곳이 처음부터 위험하지 않다는 사실을, 그곳이 이리로 와달라고 우리에게 소망하고 허락한다는 사실을 알게 된다. 뮈르딩 호숫가에는 명확하지는 않지만 확고부동한 법칙이 존재했다. 그렇다. 그래서 에바와 나는 생각하는 것이다. 들개는, 바람의 원천은 우리 집에서 그리 멀지 않은 그 어디에 있을지도 모른다고.

돌연 기억들의 은신처에서 무엇인가가 활개 치며 날아오른다. 에바와 나는 무덤을 따라 뮈르딩엔으로 가고 있었다. 길 반대편에 내 또래의 남자아이가 서 있었다. 처음 보는 아이였다. 그 아이는 미심쩍은 표정으로 우리가 누구인지, 자기 영역인 이곳에서 무엇을 하고 있는지 물었다. 우리는 함께 꽤 오랫동안 재미있게 놀았다. 그때까지 단 한 번도 에바 이외에는 다른 아이와 놀아본 적이 없던 나는 그 아이가 하자는 대로 다 했다. 아이가 물었다. 너희 아빤 뭐 하는 사람이야?

"잘 몰라." 내가 대답했다.

"뭐? 자기 아빠가 뭐 하는 사람인지도 모른다고?"

"우리 아빠는 죽었어." 에바가 말했다.

그 아이의 얼굴 위로 무엇인가가 스쳐 지나갔다. 동정심. 그리고 커다란 기쁨.

왜 그 아이는 그렇게 기뻐했을까? 왜 나는 아버지가 바다로 갔다고 대답하지 못했을까? 왜 에바는 아버지가 죽었다고 말했을까? 왜 그 아이는 뮈르딩엔으로 가고 있는 우리를 막아섰을까? 수많은 질문들이 대답을 기다리며 머릿속에서 빙빙 떠돌았다.

겨울이 되면 꽁꽁 얼어붙은 뮈르딩 호수 위를 아이들이 스케이트를 신고 달린다. 겨울을 제외하면 뮈르딩 호숫가는 언제나 축축하게 젖어 있다. 사람들의 발길도 거의 찾아볼 수 없다.

호수의 주변에서는 양치식물들이 무성하게 자란다. 늪지대와 흡사하다. 군데군데 잔뜩 물기를 머금은 더운 김들이 무럭무럭 솟아오르고, 미끌미끌한 진창에서는 언제나 고약한 냄새가 피어오른다. 펄 냄새와 갯버들 냄새를 뒤섞어놓은 것 같다. 우리는 상상한다. 아주 멀고 먼 옛날, 원시시대에 바로 이곳에서, 꾸르륵꾸르륵 소리를 내며 끓어오르는 이 혼탁하기 짝이 없는 물속에서, 괴괴한 초록빛이 도는 이 잿빛 진흙탕에서 생명을 띤 모든 것들이 생겨난 것이라고. 죽음과 부패의 냄새가 진동하는 이곳에서 모기와 물잠자리의 유충들이, 소금쟁이와 거미들이 생겨나 자라고 죽고 그리고 또 태어났다고. 어느 날 이곳에서 작은 개구리 수백 마리가 뮈르딩엔을 건너 우리 집 뜰 안으로 펄떡펄떡 뛰어 들어온 적이 있었다. 우리는 개구리들을 밟지 않기 위해 될 수 있으면 움직이지 않고 그 자리에 가만히 서 있었다. 어느 저녁 무렵에는 노루 세 마리가 물을 마시고 있는 것을 본 적도 있었다. 이름 모를 큰 새가 노루들 위에 떠서 빙빙 돌고 있었다. 마치 망이라도 봐주고 있는 것 같았다.

뮈르딩 호수는 거대한 눈동자다. 그 눈동자가 바라보고 있는 것은 하늘이 아니다. 끝도 없이 깊고 검은 자신의 심연을 들여다보고 있는 것이다. 타원형의 눈동자 위에서 오리 한 쌍이 헤엄친다. 오리들은 지금 갈대가 숲을 이루고 있는 호수 저편으로 건너가고 있는 중이다. 바람이 갈대 숲 속에서 윙윙 소리를 내며 흐느낀다.

하늘에 계신 우리 아버지, 그러나 우리 곁에는 없는, 우리 곁에는 없지만 그러나 또 우리가 잠든 밤이면 우리 곁에서 엄마와 얘기를 나누곤 하는 기이한 존재, 하늘에 계신 우리 아버지. 그리고 들개. 그들은 존재하지 않는다. 하지만 그들은 또 어딘가에 분명히 존재한다. 뮈르딩어들도 마찬가지다. 한 번도 태어난 적이 없는 그들. 그럼에도 불구하고 분명히 존재하는 그들. 너도 분명히 들었지? 그들이 부르는 노래를 너도 분명히 들었지? 그렇지?

나는 고개를 끄덕인다.

"나는 그들을 똑똑히 봤어." 에바가 말한다. "그들은 머리가 커다래. 하지만 얼굴은 아주 작아. 우리가 어릴 때 그렸던 꼴뚜기 그림 기억나니? 그 꼴뚜기들이랑 비슷하게 생겼어. 뮈르딩엔 위를 어슬렁거리기도 하지만, 진짜 집은 뮈르딩 호수야. 반만 뮈르딩어인 것들도 있어."

누군가 우리를 부르는 소리가 들렸다.

"얘들아! 너희 어디 있니? 도서관에 가지 않을래? 아빠도 같이 갈 건데."

우리는 들개를, 아니 바람의 원천을, 아니 그냥 바람일지도 모르는 그것을 다음 기회에 찾기로 하고 집으로 달려갔다. 뮈르딩엔을 지나, 머위가 노란 트럼펫을 피워 들고 팡파르를 울리고 있는 무덤들 위를 날아 집으로 달려갔다. 아빠도 같이 간대!

도서관에 처음 갔던 날, 우리는 몹시 긴장하고 있었다. 할머니와 엄마, 에바, 나 그렇게 넷이 함께 갔다. 사람들이 모두 우리를 쳐다보았다. 처음이라서 그렇기도 했겠지만, 우리는 그곳에 있는 다른 사람들처럼 자연스럽게 행동할 수가 없었다. 우리가 환영받지 못한다는 사실을 느낄 수 있었다.

여자 사서는 우리에게 계속 미심쩍은 눈초리를 보냈다. 반환된 책들을 서가에 꽂는 척하면서 우리 뒤를 졸졸 따라다녔다. 그리고 나직한 목소리로 치열하게 주고받는 할머니와 어머니의 열띤 토론을 오래토록 엿들었다. 도대체 하뤼 마르틴손이 모아 마르틴손보다 덜 위대한 작가일 까닭이 어디 있는가? 그렇다면 모아 마르틴손이 하뤼 마르틴손보다 덜 위대한 작가일 까닭은? 나는 사서를 힐끔거렸다. 그녀는 우리를 당장이라도 도서관 밖으로 집어 던질 것 같았다. 그 사이의 일은 잘 기억이 나질 않는다. 꼭 결정을 해야만 하는 문제는 아니잖아요. 둘 다 훌륭한 작가인 걸요. 안 그래요? 그런데 그 작가들의 작품을 정말 다 읽은……. 그들 셋은 오랫동안 얘기를 나누었고, 그 뒤 우리는 환영받는 존재가 되었다.

할머니는 후딩에서 살았던 소녀 시절, 한 독서모임에서 운영하는 작은 도서관에서 일했다고 이야기했다. 사실 도서관이라고 말하기에는 좀 그런 곳이다. 빈 농가를 조금 고쳐 작은 도서관으로 꾸며 놓은 곳이었는데, 책도 그리 많지 않았다. 일요일이 되면 할머니는 아침 일찍 그곳에 혼자 나와 부엌에 불을 지폈다. 부엌에서 독서토론회가 열렸다. 할머니의 말을 그대로 옮기자면 땡전 한 푼 받는 것은 없었지만, 돈보다 소중한 기쁨을 얻을 수 있었다. 가난했지만 책읽기에 대한 열정만큼은 남달랐던 사람들이었다. 주로 국민윤리학과 관련된 책이나 어학 교본, 소설 같은 것을 많이 빌려 갔다. 당시에는 잭 런던의 작품이 제일 인기가 있었다. 폐결핵을 앓고 있는 사람들은 대출이 금지되어 있었다.

"책을 읽는 사람들은 뭔가 특별한 사람들이에요." 사서가 말했다.

"옛날에 만들어진 그런 도서관들은 이제는 다 없어져 버렸지요." 할머니가 말했다. 그러고는 잘 교육된 진짜 사서들, 따뜻하고 아늑한 서가 등등 요즘 도서관들이 얼마나 훌륭한지, 옛날의 도서관과는 비교도 안 된다며 칭찬을 늘어놓았다.

그 사서는 뭐가 그렇게 궁금한 것이 많은지 한참 동안이나 할머니에게 이것저것 물어보았고, 할머니는 내가 조금 불안을 느낄 정도로 살을 붙여 대답했다. 하지만 사서가 우리에게 더 친절해진 것 외에는 아무 일도 일어나지 않았다. 그날 이후로 우리는 아스푸덴의 그 도서관에서만큼은 선택받은 자들이었다. 사서는 곧잘 엄마의 의견을 물어보곤 했다. 요한손 부인, 이 책 어떤 것 같아요? 괜찮지 않아요? 맙소사, 우리 이름까지 기억하고 있 었던 것이다.

도서관은 아스푸덴의 에릭 세게르셀스 거리가 시작되 는 곳에 있었다. 바로 옆은 선술집 '노르마' 였다. 아버 지가 노르마 쪽을 힐끔거렸다. 어둡고 눈에 잘 띄지 않 는 도서관 건물이었지만, 우리에게는 더 없이 성스러운 곳이었다. 도서관에 갈 때마다 우리는 축제라도 벌이러 가는 기분이었다. 그것은 커다란 기쁨—혹은 행운?—이 었다. 고요한 도서관의 서가 사이를 살금살금 돌아다닐 때, 제각각 서가 C 혹은 서가 Dg 앞에서 책을 뒤적거리 고 있을 때, 이리저리 책을 찾고 다니다 서가 Hc와 Hce 사이의 좁은 통로에서 다시 서로 마주쳤을 때, 도서관을 휩싸고 있는 그 기분 좋은 정적을 깨트리지 않기 위해서 그저 눈으로만 웃음을 주고받고 지나칠 때 우리의 마음 속에는 행복감이 밀려들었다. 정말 그것은 행운이었다.

헤아릴 수 없이 많은 책들이 서가에 꽂혀 있었다. 그 들은 서로 종류가 다른 책들이었지만, 똑같이 붉은 표지 를 하고 있어서 겉으로 보기에는 모두 같은 책들인 것 같았다. 그렇지만 책등에는 저마다 다른 제목들이 적혀 있었고, 저자의 이름 역시 각기 달랐다. 잭 런던, 모아 마르틴손 혹은 하뤼 마르틴손.

책 한 권을 뽑아 펼쳐들면 책 속에서 마법에 걸린 울부짖음이 들려온다. 바다의 냄새가 넘실거린다. 끼룩끼룩 울며 나는 갈매기, 출항을 알리는 기적 소리, 뱃사람들이 돛을 펼치는 모습, 일곱 대양을 항해했던 당신, 아버지. 당신은 이미 알고 있지 않은가. 울긋불긋한 오색 테이프들이 흩날리는 그 광경을. 오색 테이프의 한쪽 끝은 배에 올라탄 사람들이 잡고, 또 다른 한쪽 끝은 항구에 남은 사람들이 잡은 그 광경을. 그들 사이의 거리가 점점 멀어지고, 오색 테이프의 길이가 점점 늘어나고, 수백 수천 미터, 그렇게 늘어나 팽팽해지다가 이내 울긋불긋한 오색 테이프가 끊어져 허공에서 흩날리다 출렁이는 바닷물 위로 떨어져 내리는 그 광경을. 당신은 이미 알고 있지 않은가. 그 광경에 빠져 오랫동안 우두커니 서 있지 않았는가, 아버지.

그다음 책에는 어떤 울부짖음이 숨어 있는가? 우울한 이야기? 혹은 위안? 그리고 그다음, 그다음 책에는 또 어떤 울부짖음이 숨어 있는가? 한 작은 소년이 용기와 기지로 온갖 위험을 헤쳐나가는 옛날이야기? 혹은 세상의 커다란 비밀?

아스푸덴의 그 크지 않은 도서관에는 모든 세상이 언어의 형태로 요약되어 있었다. 온갖 형태의 지식이 들어 있는 책들. 바로 우리 코앞에 꽂혀 있는 책들. 우리에게서 등을 돌리고 있는 책들. 하지만 그것은 오만이나 배척이 아니었다. 책꽂이에 책을 꽂을 때 책등이 앞쪽으로 오도록 꽂으면 적어도 서너 권은 더 꽂을 수 있다는 사실을 사람들은 잘 알고 있었다. 때로는 그 책등에 적힌 제목들을 일별하는 것만으로도 사람들은 자신이 소망하는 모든 것을 발견하기도 했고, 때로는 총을 들고 들짐승을 쫓는 사냥꾼 그림과 같은 삽화 하나를 보는 것으로, 때로는 납득하기 어려울 정도로 신비로운 힘을 지닌 한 요정 이야기를 읽는 것으로 그들은 문득 마음 깊숙한 곳에 숨겨져 있던, 스스로는 결코 알지 못했던 어떤 그리움과 맞닥뜨리기도 했다. 그들이 펼쳐 들고 있는 책장 위에서 아침이 뿌옇게 동터 오기도 했고, 모든 생명들이 깨어나기도 했다.

책을 한 권씩 가슴에 꼭 껴안은 사람들은 또 한 권의 멋진 세계를 찾아서 서가를 기웃거리거나 어서 도장을 받고 집으로 빌려 가기 위해 서둘러 대출대 앞으로 종종걸음을 쳤다. 그들은 집으로 돌아가 한 불우한 가수의 일생에 눈물을 흘리고, 사랑하는 자들의 재회를 기뻐하고, 햄릿의 고뇌에 빠져들었다.

적어도 한 달에 한 번씩은 꾸준히 대출 도장이 찍히는

책들도 있었고, 신간으로 분류되던 시기에만 반짝 대출 도장이 몰려 있는 책들도 있었다. 언젠가는 수많은 사람들의 손이 자신을 집어 들 날이 오리라는 기대로 쓸쓸한 날들을 견디고 있는 많은 책들. 단 하나의 도장도 찍혀 있지 않은 책들도 있었다. 엄마가 매주 빌려 오는 것 중에는 그런 책이 적어도 꼭 한 권은 들어 있었다. 누구의 눈길도 받지 못한 책이 있다는 사실에 엄마는 몹시 슬퍼했다. 그리고 그런 책들을 읽다 보면 진가를 인정받지 못한 숨은 대가의 작품을 만날 수 있을지도 모르는 것 아니냐고 말했다. 엄마는 꼭 그런 작가와 작품을 찾아 사람들에게 알리고 싶어했다.

오래된 책들에서 풍겨 나오는 그 아득한 냄새에 둘러싸여 우리는 꽤 오랜 시간 동안 도서관에 머물렀다. 에바와 나는 바람과 들개에 대한 단서를 찾기 위해 이 책 저 책을 뒤적였다. 아쉽게도 도서관에 작별을 고해야 할 시간이 왔다. 엄마가 우리에게 다가와 이제는 집에 가야 한다고 속삭였다. 빌려 가는 책들이 들려줄 이야기들에 대한 기대를 안고 우리는 도서관을 나섰다.

아버지는 바다를 항해하는 커다란 배와 울긋불긋한 오색 테이프에 관한 책을 빌리지 않았다. 도서관 안에서는 더 이상 그를 찾아볼 수가 없었다. 아버지는 왜 그 책을 빌리지 않았을까? 어쩌면 자유를 얻기란 불가능하다는 이야기가, 살아갈 수밖에 없다는 굴욕감에 대한 이야기가, 다른 남자들과는 전혀 다른 한 남자에 대한 이야기가, 그 남자와 다른 남자들 사이의 유일한 공통점에 대한 이야기가, 실제로 그렇든지 아니면 꿈속에서나 그렇든지 모르지만 남자들이 아무리 발버둥 쳐도 결국은 아내에게 예속되어 살 수밖에 없다는 이야기가 바다를 항해하는 커다란 배와 울긋불긋한 오색 테이프에 관한 바로 그 책에도 적혀 있었기 때문일까?

모든 사람들이 공포를 지니고 살아간다는 그 공포스런 사실이 적혀 있었던 것일까? 침묵에 속해 있어야 할 이야기가 적혀 있었던 것일까? 그가 항해했던 바다 이야기가 있었을까? 무엇인가를 찾아 떠나는 사람들이 나왔을까? 불가피한 공포에 대처하는 기술에 관해서도 몇 마디쯤은 있지 않았을까? 그 책은 아버지에게 자유가 무엇인지 결코 설명할 수 없으리라는 사실을 가르치려 들었을까? 굴욕감과 공포가 어디에서 오는 것인지 알고 있는 사람은 이 세상에 아무도 없다는 사실을 가르치려 들었을까? 그는 왜 그 책을 빌리지 않았을까?

그는 바다를 항해하는 커다란 배와 울긋불긋한 오색 테이프에 관한 그 책을 빌리지 않았다. 하지만 그가 비록 도서관에 남아 있었다 하더라도 결코 그 책을 빌릴 수 없었을 것이다. 도서관에 그런 책은 없었으니까.

우리는 에릭 세게르셀스 거리에 서 있었다. 선술집 노르마에서 한 남자가 고주망태가 되어 갈지자걸음으로 비틀비틀 걸어 나왔다. 우리는 안 보는 척하면서 그쪽을 슬쩍 훔쳐보았다. 아버지는 아니었다. 북슬북슬한 눈썹과 사나운 눈초리. 그 사람은 영락없이 채플린 영화에 악한으로 등장하는 에릭 캠벨의 복사판이었다. 사람들은 그를 에브루라고 불렀다. 아무 때나 욱하는 그의 못된 성미와 술주정 때문에 남부 외곽 도시에 사는 사람들은 누구나 머리를 절레절레 흔들었다.

에브루는 '술 푸는 형제들' 중 하나였다. 사람들은 크란센의 술주정뱅이들을 그렇게 불렀는데, 코가 삐뚤어지도록 술을 마시고 쓰러질 듯 걷는 그들의 모습이 흡사 무거운 십자가를 지고 비틀거리며 가파른 언덕을 오르는 고난에 찬 사람들처럼 보였기 때문이다. 성당 안에 모여 곧잘 술을 마셨던 그 '술 푸는 형제들'을 보고 또 어떤 사람들은 '가톨릭교도들'이라고 부르기도 했다. 하지만 그들이 실제로는 가톨릭과 아무런 상관도 없다는 것은 '가톨릭교도들' 중 한 사람이었던 에브루를 보면 알 수 있었다. 그는 가톨릭에서 허락하지 않는 이혼을 거듭했고, 그의 아이들은 모두 엄마가 달랐다. 나는 그가 자식들을 어떻게 대하는지, 또 그 아이들이 아버지를 어떻게 생각하는지 몹시 궁금했다. 그는 앞에 누가 오든지 간에 절대로 자기가 먼저 길을 비키는 법이 없었다. 꼬부라진 눈초리로 마주 오는 사람의 눈을 노려보곤 했다. 만일 마주치는 사람이 더러운 싸움꾼이기라도 하면 한 판 벌일 요량이었던 것이다.

노르마에서 아버지가 나왔다. 우리 모두를 안아주려는 듯 두 팔을 활짝 벌렸다.

"오, 미안해. 여기서 기다리고 있었던 거야? 이거 교장 선생과 철학에 관한 문제를 토론하느라 시간 가는 줄 몰랐군."

"교장 선생님?"

아버지가 선술집 창을 가리켰다. 창 안에 키가 크고 비쩍 마른 사내가 앉아 있는 것이 보였다. 아무리 보아도 교장 선생님으로는 보이지 않았다.

"교장 선생님이 노르마에는 왜?"

"나도 교장 선생한테 똑같은 질문을 했지. 그 사람 하는 말이, 사실 자기는 노르마에 처음 와본 거라고 하더군. 길을 가다가 우연히 창 너머로 여자 종업원을 보게 됐는데, 그 여자의 미모가 너무나 출중해서 자기도 모르게 발길이······.” 별안간 아버지가 말을 멈추더니 엄마를 보면서 멋쩍게 웃었다. “하지만 내 사랑 안나, 내 말 좀 들어봐. 먼지가 풀풀 나는 이 목구멍에다 맥주 한 모금 부었다고 뭐 큰일이 나는 건 아니잖아? 당신은 남편한테 그 정도도 허락하지 못할 정도로 옹졸한 여자가 아니잖아, 그치? 우리 사랑에 무슨 문제가 생기는 것도 아니고. 뭐, 그렇게 나쁜 건 아니잖아? 안 그래?”

당연히 뭐 그렇게 나쁜 건 아니지. 짧은 시간이 흐르고, 무엇인가를 다짐한 듯한 엄마의 표정이 다시 밝아졌다. 아버지의 얼굴도 환해졌다.

때때로 사람들은 얼마나 쉽사리 행복해지는가. 우리는 웃고 떠들며 헤게르스텐스 거리를 따라 걸었다. 사람들이 우리를 바라보았다. 아니, 사람들이 바라보는 것은 우리가 아니다. 모두들 아버지를 뚫어져라 응시한다. 불쑥 나타난 무뢰한을 쳐다볼 때와 같은 눈초리들. 한 사람이 아버지에게는 눈길도 주지 않고 지나쳐 갔다. 백만장자 사무엘 라스크 씨다. 궁정 악사였던 그는 이런저런 연회에 빠짐없이 불려 다니며 연주를 해주고 많은 돈을 벌었다. 물론 많은 궁정 악사들이 있었지만, 다 그처럼 돈을 많이 벌 수 있었던 것은 아니다. 그에게는 마술 바이올린이 하나 있었다.

"언제였더라? 저 친구하고 함께 연주를 한 적도 있었지." 아버지가 말한다. "하지만 부자가 된 뒤로는 날 보고 아는 척도 안 한단 말이야. 사실은 나뿐만이 아니라 모든 친구들을 멀리하기 시작했어. 그러더니 기어코 자기 바이올린한테까지 등을 돌려버리더군. 그 멋진 바이올린을 팔아버렸던 거야. 아무리 돈이 좋기로서니. 모두들 할 말을 잃고 말았지. 물론 그 마술 바이올린을 팔아서 백만장자가 되긴 했어. 하지만 결국 이제 그가 가진 것이라곤 돈밖에 없지. 이제는 후회하고 있다는 소리를 듣긴 했지만, 여전히 친구들을 만나려고 하지는 않는다더군. 아마도 자신이 몹시 부끄러워 친구들 앞에 나설 용기가 없나 봐. 금방 날 못 본 척 그냥 지나쳐버린 것도 다 그 때문이야."

"우리도 마술 바이올린이 있었으면." 내가 말한다.

"우리한테는 마술 슈카가 있잖아." 아버지가 말한다.

맞아. 참, 그뿐만이 아니라 우리한테는 다섯 송이 장미도 있지. 지금 현관 복도에 걸려 예쁘게 말라가고 있는 그 장미.

그래, 아무 문제도 없는 거야. 이렇게 우리 모두가 함께 즐겁게 길을 걷고 있잖아. 바다를 항해하는 커다란 배와 울긋불긋한 오색 테이프에 관한 그 책에는 생의 기쁨에 관해서도 적혀 있었을까?

에바와 나는 수수께끼와 신비로 가득 찬 이 세상을 관찰하고 연구했다. 우리의 연구 활동에 새롭고 재미있는 일거리 하나가 추가되었다. 아버지에게서 한 권씩 받은 일기장에 우리가 연구하고 관찰한 결과들을 기록하기로 했다. 일기장에는 무엇인가를 측정해서 그 수치를 일련 번호에 따라 적어 넣을 수 있는 공란이 있었다. 첫 번째 측량 대상은 '차가운 길'이었다.

혹독하게 추운 겨울날에는 '차가운 길' 위로 얼음 안개가 둥둥 떠다녔다. 알록달록한 빛을 뿌리며 살이 에이도록 차가운 공기 사이를 날아다니는 깨알처럼 작은 수정 꽃잎들. '차가운 길' 위의 공기는 다른 곳보다 10도나 낮았다. 날씨가 따뜻한 지금도 역시 그렇다는 사실을 우리는 온도계의 눈금을 보고 알게 되었다. 일기장에 오늘의 날짜, '차가운 길' 위의 온도와 다른 곳의 온도를 써넣었다.

우리는 온도가 현격하게 낮아지는 곳을 정확하게 찾아 나무 막대기나 돌로 표시했다. 처음에는 발을 포개 개미걸음으로 길이를 재기 시작했지만, 곧 기록을 위해서는 정확하고 세밀한 측정이 필요하다는 것을 깨달았다. 아버지에게 달려가 노란색 접자를 빌려 왔다. 우리 집으로 향하는 쪽은 6미터 64센티미터 지점에서 차가운 공기가 더운 공기로 변했고, 철둑 방향으로는 우리 집 쪽보다 30센티미터가 더 길었으며, '얼음 구덩이' 쪽으로는 2미터 50센티미터로 그 길이가 아주 짧았다. 뮈르딩엔으로 향해 있는 쪽은 차가운 공기가 떠 있는 부분이 아주 좁고 무척 길어서 측량하기가 너무 힘들었다. 어쩌면 뮈르딩엔과 '차가운 길'이 맞닿는 그 지점에서 차가운 기운이 시작되는 것은 아닐까 하는 생각이 들었다. 아니면 반대로 그곳에서 차가운 기운이 사라지는 것이라고 볼 수도 있었다. 우리는 이 차가운 기운이 우리가 전에 찾던 바람 혹은 바람과 유사한 그것과 어떤 관련이 있지 않을까 하는 생각도 해보았다. 알 수 없는 노릇이었다.

우리가 일련번호 뒤에 기록해놓은 항목들과 숫자들은 또래의 다른 아이들과는 달리 우리가 이미 글을 읽고 쓸 수 있다는 것을 증명해주었다. 또래 중에서 글을 읽고 쓸 줄 아는 아이들은 거의 없었다. 하지만 우리가 '차가운 길'을 측량하고 기록한 것은, 당시 우리는 모르고 있었지만, 사실 글을 읽고 쓰는 것 이상의 의미 있는 행위였다. 우리는 그저 '차가운 길'과 관련된 수수께끼에 한

걸음 더 가까이 다가갔다는 막연한 설렘과 뭔가 해냈다는 기쁨으로 가슴이 뿌듯했다. 우리는 번갈아가며 서로에게 각자가 적어놓은 것을 읽어주었다. '차가운 길'은 우리 집 방향으로 6미터 64센티미터, 철둑 방향으로 6미터 94센티미터, '얼음 구덩이' 방향으로 2미터 50센티미터, 뮈르딩엔 방향으로…….

차가운 기운이 어느 정도 위까지 뻗쳐 있는지, 그 높이도 쟀어야 하는 게 아닐까?

에바가 등을 구부리고 엎드렸다. 나는 에바의 등 위로 올라서서 손을 뻗을 수 있는 데까지 뻗어 보았지만, 공기의 온도가 달라지는 곳은 결국 찾을 수 없었다. 그러니까 '차가운 길'은 비록 눈에 보이지는 않았지만, 분명히 이쪽과 저쪽을 구별하는 벽이 있는, 그러나 지붕은 없는 공간이었던 것이다. '차가운 길'은 아버지가 '안나의 법칙'이라고 부르는 것과 비슷한 모양이라는 생각이 불쑥 들었다. 그 둘 사이에 어떤 관련이 있는 것은 아닐까?

"뮈르딩어 소리가 안 들려?" 에바가 물었다.

"뮈르딩어는 '차가운 길'로 다니지 않아."

그러자 에바가 웃었다.

"왜 웃는 거야?"

에바는 대답하지 않았다.

집으로 돌아왔다. 베란다에 거무튀튀한 남자와 조금 까무잡잡하다 싶은 여자가 앉아 있었다. 여자는 매우 아름다웠다. 그들은 오랫동안 거기에 앉아 우리가 '차가운 길'을 측량하는 모습을 다 지켜보고 있었던 모양이다. 만일 그들이 지켜보고 있었다는 사실을 우리가 알았다면 무엇인가 달라졌을까?

그들은 우리에게 우리가 거기서 뭘 했는지 물었고, 또 우리가 일기장에 써놓은 것을 보고 싶어했다. 우리가 '차가운 길'을 측량한 결과를 이야기해주자 그들은 귀담아들었다. 그들이 '차가운 길'에 대해 이미 무엇인가를 알고 있는 것은 아닐까 하는 생각이 머리를 스쳤다. 엄마가 내 일기장 쪽으로 손을 뻗었다. 하지만 그것을 건네주기가 왠지 좀 꺼려졌다. 혹시 엄마가 "그런 건 함부로 재는 게 아니란다" 하고 말하면 어떻게 하나? 아니면 "왜 그런 쓸데없는 짓을 하고 다니는 거야" 하고 말한다면? 하지만 엄마는 나를 실망시키지 않았다. 진지한 얼굴로 내가 적어놓은 것을 하나하나 꼼꼼하게 읽었다.

"흥미로운데. 이거 정말 흥미로워. 어떻게 이런 생각을 다 했니? 정말이지 대단하구나. 그래, 이제 뭔가 또 다른 걸 찾아서 연구해보렴." 그리고 엄마는 다시 한 번 늘 강조하곤 하던 이야기를 꺼냈다. 지식이 얼마나 중요하고 의미 있는 것인지에 관한 이야기.

엄마의 생각을 우리는, 특히 에바는 누구보다 잘 이해하고 있었다. 에바는 초등학교를 다니기 시작한 첫날부터 고등학교를 졸업할 때까지 한 번도 자기 학년에서 일등을 놓친 적이 없었다. 합격하면 대학에 진학할 수 있는 자격을 얻게 되는 아비튀르(Abitur, 고등학교 졸업시험) 시험에서도 체육을 제외하고는 전 과목에서 최고 점수를 받았다.

"그래. 정말 대단해. 뭔가 연구할 만한 또 다른 걸 찾아보도록 하렴." 엄마는 아까 했던 말을 되풀이하고 일기장을 돌려주었다.

엄마의 말처럼 우리는 계속해서 무엇인가를 관찰하고 측정하고 기록했고, 알지 못했던 사실들을 발견하면서 무엇인가를 배워 나갔다. 하지만 아무것도 달라진 것은 없었다. 그 사실이 우리에게는 커다란 놀라움이었다.

"아까 우리가 '차가운 길'을 재고 있을 때 말이야, 이바르손 씨가 자기 방 커튼 뒤에서 우리를 내다보고 있던 거 너도 봤니?" 에바가 속삭였다.

세상은 불가사의로 가득 차 있었고, 인간 역시 그 수많은 불가사의 중 하나였다. 이바르손 씨가 우리 집에

세를 얻어 들어왔을 때부터 에바와 나는 그를 대상으로 상상의 나래를 펴기 시작했다. 예를 들어 이바르손 씨는 무엇인가 아주 중요한 일을 하는 사람인데, 자신의 목숨을 노리는 악당을 피해 한동안 여기에 숨어 있을 수밖에 없는 형편이라는 따위의 상상. 우리는 이바르손 씨에게 호감을 가지고 있었기 때문에 그는 항상 우리의 상상 속에서 선량하고도 중요한 사람으로 등장했다. 하지만 조금씩 시간이 흐르면서 그에 대한 우리의 상상도 차츰 퇴색되었다. 집에 돌아온 아버지는 그를 싫어했다. 심지어 뭔가 개운치 않은 구석이 있다며 의심했다. 결국 이바르손 씨와 관련된 우리의 호의적인 상상은 완전히 중지되었다. 매가리라곤 하나도 없어 보이는 그 녀석 말이야, 분명히 뭔가 있어. 아버지는 곧잘 이렇게 말했다. 하지만 너희 조심해. 궁지에 몰리면 어떤 위험한 짓을 저지를지 모르니까. 그런 녀석들이란 늘 그렇지.

우리는 의심하기 시작했다. 이바르손 씨는 악당을 피해 온 것이 아니라 그 자신이 악당이 아닐까? 크나큰 범행을 저지르고 숨어 들어와 어수룩한 척하며 주위를 속이고 있는 악당 중 악당이 아닐까? 만약 그렇다면 그가 저지른 범행이 어떤 것이었는지 서둘러 밝혀내야 했다. 우리는 시간만 나면 창 안을 들여다보았다. 들여다보는 횟수가 많아졌어도 밝혀낸 것은 없었다. 하지만 그가 틀림없이 뭔가 숨기고 있다는 의심은 점점 커져갔다. 우리가 아무것도 밝혀내지 못했다는 사실이 곧 그가 아무 짓도 저지르지 않았다는 것을 뜻하는 건 아니지 않는가.

우리가 자신의 뒤를 캐고 있는 사실을 그가 이미 알고 있을지도 모른다는 생각이 들었다. 그런 생각은 우리를 더욱더 야릇한 긴장감으로 몰아넣었다. 누가 누구의 비밀을 먼저 벗겨낼 것인가? 아침이면 에바와 나는 귓속말로 소곤소곤 서로에게 주의를 주곤 했다. 그가 개수대에 서 있다고. 우리를 곁눈질로 살펴보고 있다고, 조심해야 한다고, 얼굴빛 하나로도 우리의 비밀 임무가 탄로날 수도 있다고.

이제 이바르손 씨를 좋아하는 사람은 할머니뿐이었다. 그는 담배를 피우지도 않았고, 술을 마시지도 않았고, 욕을 하지도 않았다. 예의범절이 발랐고, 셈이 정확했다. 과장된 몸짓이나 큰 소리로 아첨을 떤 적이라곤 한 번도 없었지만, 할머니는 마음에 쏙 들어했다. 할머니는 이바르손 씨가 자신의 아들, 그러니까 에릭 삼촌과 많이 닮았다는 말을 자주 했다. 하지만 나는 이바르손 씨와 닮은꼴은 바로 에바라고 생각했다. 둘 다 도무지 이해할 수 없다는 점에서 같았다.

에바와 나는 우리의 임무를 성공적으로 수행하지 못했다. 이바르손 씨에게서 아무것도 밝혀낼 수 없었던 것이다. 그렇다고 해서 안 되는 짓까지 할 수는 없었다. 이를테면 그가 방 안에 없을 때라도 우리가 '아무도 없는 방'이라고 이름 지은 그 방에 몰래 들어가 그의 물건을 뒤지는 따위의 파렴치한 짓까지 할 수는 없었다.

분명히 그때는 그런 짓 따위를 하지 않았다. 하지만 그 이후에는? 분명히 나는 하지 않았다. 하지만 에바는?

✺

나한텐 임무가 하나 있었어. 오랜 세월이 흐른 후에 에바는 그것을 그런 식으로 표현했다. 1970년대의 어느 날이었다. 나는 룽그로에 있는 정신병원으로 그녀를 찾아갔다.

"이 임무를 준 사람은 아버지야. 아버지가 오래전에 이 임무를 줬던 거야. 나한텐 임무가 하나 있었어. 좀 더 정확하게 말하면 나는 지금 아버지한테 빚이 하나 있어."

나는 그녀에게 프루엥엔 지하철역 앞에서 산 사과 하나를 건네주었다. 옆에 있던 머리가 허연 노파가 탐욕스런 눈빛으로 사과 봉투를 응시하고 있었다.

나에게도 임무가 하나 있었다. 어머니는 나에게 그 독일인에 관해 에바와 꼭 이야기를 나눠 보라고 당부했다. 어머니가 말한 그 독일인이란 에리히였다. 어머니는 에바가 정신병원 신세를 지게 된 건 모두 다 에리히 때문이라고 생각했다.

“어때? 지낼 만해?” 내가 물었다.

그녀가 나를 쳐다보았다. 하지만 그녀의 눈동자는 텅 비어 있었다.

“저쪽에 있는 공원으로 산책 좀 다녀오려고 하는데……. 괜찮겠습니까?” 내가 간호사에게 물었다.

“물론이죠, 괜찮고말고요.”

연못가로 갔다. 오리 한 쌍이 모이를 던져줄지도 모른다는 기대를 품고 우리 쪽으로 헤엄쳐 왔다.

“이런, 사과 봉투를 잊고 왔네.” 내가 말했다. 고개를 돌려 에바를 바라보았다. 검고 긴 머리. 조금 까무잡잡하다 싶은 피부. 아름다운 눈동자. 그녀는 끄는 듯한 발걸음으로 아주 느릿느릿 걸었다. 나는 그녀에게 무슨 이야기든지 해야 한다고 생각했다. 하지만 입이 떨어지지 않았다.

오리가 다시 저쪽으로 헤엄쳐 갔다. 에바와 내가 비어 있는 벤치에 앉자 이번에는 오리 대신 비둘기 한 쌍이 우리 곁으로 날아왔다. 내가 무슨 말인가를 했다. 그녀는 듣고 있었던가? 그녀는 나의 짧은 이야기가 끝나기를 기다리고 있었다. 갑자기 몰려오는 웃음을 터뜨리기 위해. 작위적인 웃음, 소란스럽기 그지없는 웃음. 지나가는 사람들의 눈초리를 무시하고 나는 똑바로 앞만 쳐다보았다. 그녀의 웃음은 곧바로 울음으로 넘어갔다. 울면서 주먹을 쥐고, 그녀 자신을, 허벅지와 배, 가슴을 내려쳤다.

"아무리 용을 써도 자기 자신은 세게 때려지지가 않아." 그녀가 흐느꼈다. "자신의 몸과 분리된 다른 사람을 때릴 때의 힘은 아무래도 나오지 않아."

"그만둬."

"나한텐 임무가 하나 있었어. 하지만 그들은 내가 임무 수행하는 걸 방해했어. 그래서 그건 지금 나한테 빚으로 남아 있게 된 거야. 하지만 그들은 여전히 나를 여기 가둬놓고 있어. 이해할 수 있겠니?"

나는 주위를 둘러보았다. 그녀를 여기다 묶어놓는 것은 아무것도 없었다. 그녀는 언제든지 저 열린 문을 통해 이렇듯 산책을 나올 수도 있지 않은가? 도대체 왜 여기 앉아서 이 따위 시시껄렁한 연극을 하고 있지?

"나는 정치범이야."

그래, 그래. 에리히도 그렇게 주장했어. 독일 적군파의 일원이며 비밀경찰에게 쫓기고 있다 했지.

"돼지로 살든지, 인간으로 살든지 길은 둘 중 하나뿐이야. 그래, 온갖 굴욕을 참으면서 살아남든지, 죽을 때까지 싸우든지 둘 중 하나뿐이야. 다른 건 없어. 그 둘 사이에는 다른 어떤 것도 존재하지 않아."

나는 침묵 속에서 그녀를 꼼꼼히 살펴보았다. 어릴 때부터 그녀는 지독한 고집불통이었다. 타협이라고는 없었다. 하지만 지금 그녀가 말하려고 하는 그 점에 관해서만큼은 그녀 스스로도 확신하지 못하고 있었다. 그렇다. 그녀가 비록 자신을 이처럼 자책하고 있다 하더라도, 그 어떤 경우에라도 그녀는 용서받지 못할 사람들의 범주에 속하지 않았다. 그녀는 여전히 무엇인가를 찾고 있는 사람일 뿐이었다.

"단식투쟁을 할까 생각 중이야." 에바가 말했다.

제발 그따위 연극은 이제 집어치워. 아니, 그녀는 지금 병들어 있는 거야. 그래, 병들어 있는 거야. 내가 생각했던 것보다 훨씬 더 심각하게. 이제 그만 일어나야겠다고 생각했다. 에리히에 관해서 이야기하고 싶은 마음은 추호도 없었다. 그래도 어머니의 당부가 있었는데……. 다음에 기회가 있겠지.

"누나, 뭐 필요한 것 없어? 있으면 말해봐. 다음에 올 때 가져다줄게."

"필요한 거? 아니, 난 아무것도 필요하지 않아. 아, 그래. 보고 싶은 게 있긴 해. 어릴 때 내 모습이 어땠는지 보고 싶어. 그때 그 사진! 담배 가게 앞에 동네 아이들 모두 모여서 찍었던 그 사진, 기억나지? 혹시 너 그 사진 아직도 가지고 있니?"

"모르겠어."

"찾아보고 있으면 그 사진 한 장 인화해서 가져다줄래?"

우리는 한동안 아무 말도 하지 않고 조용히 앉아 있었다. 상관하지 말라고, 그녀의 인생은 나나 에리히하고는 아무 상관도 없다고, 상관 말고 악마들한테나 꺼져버리라고 그녀가 그렇게 소리라도 지르지 않을까 걱정이 되긴 했지만, 결국 나는 에리히에 관한 이야기를 꺼내고야 말았다. 다행히 에바는 아무 소리도 지르지 않고 내가 하는 말을 가만히 들었다. 나는 에리히의 좋은 점들을 부각시키기 위해 노력했다. 비록 그는 하나의……. 나는 돌연 침묵했고, 에바 역시 아무 말도 하지 않았다. 우리는 침묵 속에 앉아 서로를 보지 않으려고 애쓰고 있었다. 에리히의 장점을 말하면 할수록 우리는 점점 알지 못할 불쾌감 속으로 빠져 들어갔다. 그러다 어느 순간 우리는 문득, 거의 동시에 그 불쾌감의 원인이 무엇인지 명확하게 깨달았다. 에리히가 우리의 아버지와 너무나 비슷하다는 사실을! 우리는 훨씬 이전부터 알았어야 했다.

에바의 병동으로 돌아왔다. 머리가 허연 그 노파가 사과 봉투 속에다 훅훅 입김을 불어넣고 있었다. 사과는 하나도 남아 있지 않았다.

"아마 할머니가 어디 숨겨 뒀을 거야. 마음 쓰지 마. 먹은 셈치지 뭐."

연극은 끝났다. 그녀의 말투와 목소리는 완연히 정상으로 되돌아 와 있었다. 나는 다시 한 번 그녀의 생일을 축하했고, 그녀는 내가 와준 것과 사과를 가져온 것이 고맙다고 말했다. 에리히와 그녀의 관계는 그렇게 오래 가지는 않을 것 같다는 생각이 들었다. 에리히와 헤어졌을 때 그녀가 다시 병들지나 말았으면.

"살아가는 게 우리 임무였지." 내가 발길을 돌리려는 순간 그녀가 말했다. "우리 빚은 바로 그거야. 우린 서로를 믿어줘야 해. 더 이상 엄마를 비난해서는 안 돼. 엄마는 단지 우리에 대한 실망감을 숨기려고 노력했을 뿐이야. 하지만 그렇다 해도 우리는 정말 멋진 어린 시절을 보냈어. 안 그러니?"

에바가 얘기했던 그 사진. 아버지가 사진기 하나를 빌렸다. 또 무슨 생각이 떠올랐는지 그는 아주 기분이 좋았다. 훌륭하면서도 익살스러운 일들을 생각해내는 데 그를 따라갈 사람은 아무도 없었다. 물론 그가 생각해낸 일들이 모두 실행으로 옮겨진 것은 아니다. 하지만 그런 경우가 아주 드물었다고 말할 수만도 없다.

"나는 모든 아이들한테 기억을 선물할 생각이야." 아버지가, 아니 아빠가 '포토－프랑스'라는 간판을 단 사진관에서 빌려 온 사진기를 높이 쳐들었다.

옥토베리가타에 있는 그 사진관의 주인 프란손 씨는 아빠와 아는 사이였다.

"그 사진사 말이지, 프란손 말이야. 진짜 말도 못하는 뻥쟁이라니까." 아빠가 딸꾹질을 했다. "글쎄, 전부터도 자기가 궁정 사진사였다고 늘 뻥을 치긴 했지만 이번에 가보니까 알겠더군. 그 증거랍시고, 그러니까 궁궐 정원이랍시고 내놓은 게 좀 산다 하는 지주들의 정원을 찍은 사진이지 뭐야."

"그거 궁정이 아니었어? 정말이야?"

"얘들아, 잘 들어라. 이 아빠는 말이다, 거짓말은 절대로 안 해. 물론 딱 잘라서 진실이라고 말할 수 없는 경우가 간혹 있기는 하지만.”

수입의 10퍼센트를 넘겨받기로 하고 그 뻥쟁이는 사진기와 암실과 사진을 뽑는 데 필요한 자재들을 아빠에게 빌려주었다.

아빠는 지금까지 무엇이 어땠다는 말은 거의 하지 않았다. 아빠가 쏟아놓았던 그 많은 말들은 대부분 앞으로 무슨 일이 일어날 것인지에 관한 것들이었다. 그날도 그랬다. 사진기와 함께 무슨 일이 일어날 것인지 아빠는 우리에게 자신의 생각을 펼쳐 보여주었다. 그의 계획은 우리 구역의 아이들을 모아놓고 사진을 찍고, 나중에 그 아이들에게 멋진 추억거리가 될 그 사진을 부모들에게 파는 일이었다. 에바와 내가 아이들을 모아야 했다.

“어서 달려가. 나도 옷 갈아입는 대로 뒤따라갈 테니까. 담배 가게 앞에서 만나자꾸나. 한 명도 빼놓지 말고 너희 친구들한테 다 말해야 한다. 알았지? 아니 정 어려우면 우선 적어도 첫 번째 사진을 찍을 스무 명이나 서른 명 정도만 모아. 알아들었니? 자, 어서 가.”

아빠는 우리에게 친구가 단 한 명도 없다는 사실을 전혀 모르는 모양이었다. 하지만 그의 그 들뜬 기대감 앞에서 이의를 제기한다는 건 불가능했다. 우리는 크란센

의 거리를 돌아다니면서 단 몇 명이라도 모아보려고 애
썼다. 그러나 헛수고였다. 우리는 한 명도 모으지 못했
다. 집으로 돌아오는 길에 '긴 계단'에서 아버지와 마주
쳤다.

"얘들아, 괜찮아. 고개 들어. 세상이 끝난 것도 아닌데
뭘 그래. 괜찮아. 아무 문제없어. 아빠가 다 해결할 거
야, 다……." 그 말은 사실이었다. 그가 문제를 해결했
다. 그것도 순식간에 해결했다. 대문 앞이나 담 모퉁이
에 서 있는 몇몇 아이를 불러 중요한 임무를 띤 전령으
로 만들었다. 밀파된 그 전령들은 다른 아이들에게로 달
려가 비밀스럽고 중요한 새 소식을 전했다. 사진사가 왔
어. 5분도 지나지 않아 서른 명가량 되는 아이들이 모여
들었다. 그는 아이들의 그 순간을 영원한 것으로 만들었
다. 자, 모두 여기 봐!

"제기랄, 여기서 뭐 하는 거야?"

에브루다. 저쪽 모퉁이에서 나타나 비틀거리며 다가
와서는 눈알을 부라리며 코흘리개 아이들과 아빠를 번
갈아 바라본다. 서랍처럼 생긴 턱을 쑥 빼들고는 주억거
린다.

"너 이 새끼, 여기서 도대체 무슨 짓을 벌이고 있는 거
야?"

아빠는 검은색 정장에 하얀 와이셔츠를 받쳐 입고 넥타이까지 맸다. 게다가 어깨 위로는 비단 머플러를 우아하게 늘어뜨렸다.

우악스럽고 덩치가 큰 에브루의 열린 셔츠 사이로 북슬북슬한 가슴털이 비어져 나온 게 보였다. 흡사 대팻밥 같다. 아이들 사이에서 동요가 일었다. 하지만 아빠는 조금도 흔들리지 않았다. "에브루, 정말 좋은 날씨야. 안 그런가?"

"이 새끼가 정말. 네 그 이상한 낯짝으로 여기서 대체 뭘 하고 있느냐고 묻잖아."

아빠는 귀족적인 창백함을 과시하기 위해, 그리고 사진 사업의 번창을 위해 전에 했던 것처럼 집에서 얼굴에다 하얀 녹말가루를 뿌리고 나왔다.

"백작이었던 내 조상님들에 대해서 자넨 아직 잘 모르는 모양이군. 열심히 일에 몰두하고 있는 한 예술가를 더 이상 방해하지 말게나. 알아듣겠지? 자, 애들아. 모두 여기 봐!"

"백작!" 에브루는 픽 웃더니 상체를 뒤로 젖히고, 성당 안에 모여 있을 '가톨릭교도들'을 찾아 '이불언덕'을 비틀거리며 올라갔다. 요즘 술주정뱅이들은 벌건 대낮에도 공공연하게 술에 취해 비틀거리고 거리낌 없이 아무 데서나 오줌을 싸지른다. 사람들은 그들을 보면, 사춘기 때 길이 잘못 든 탓이라고 꼭 한마디씩 우물거리며 지나갔다. 일리가 없지는 않은 것이, 그 술주정뱅이들은 별로 나이가 많지도 않았다. 대부분 졸업하자마자 학교 걸상에서 곧바로 도심의 공원 벤치로 자리를 옮겨 앉은 자들이었다. 바로 그런 자들이, 말이 성당이지 세상의 가장자리에 난 틈새 같은 곳에 은신처를 마련하고 술을 퍼마시는 것이다.

"아저씨, 정말 백작이에요?"

"그럼. 백작이고말고. 자, 이제 여기 봐!"

"아빠, 에브루 알아?" 내가 물었다.

"안다고 말하기에는 좀 지나치고……. 자, 모두들 여기!" 아빠는 손을 들어 올리고 손가락으로 셔터를 눌러 사진을 찍었다.

사흘을 연이어, 오후 내내 우리는 도시를 휘젓고 다니면서 아이들을 불러 모았다. 떠버리 광장에서, 6월 공원에서, 소방서 앞에서, 프렘링스 거리에서, 그리고 다른 많은 곳에서도. 이 말은 우리가 그 넓은 지역을 다 휩쓸고 다녔다는 뜻이다. 아스푸덴, 그륀달, 릴레홀멘, 에르스타달, 그륀브링크까지 그 넓은 곳을 다. 하얗게 녹말가루를 뿌린 요한손 본 크란센 백작의 얼굴은 가는 곳마다 사람들의 눈길을 잡아끌었다. 뿐만 아니라 순간을 영원한 것으로 만들기를 애타게 갈망하지 않는 아이들도 쉽사리 불러 모을 수 있었다.

"처음부터 끝까지 모든 걸 순식간에 해치워야 돼. 능장을 부렸다간 끝이야. 다들 집으로 돌아가서 엄마한테 이 일을 얘기할 거고, 그러면 엄마들은 또 애들을 씻기고, 빗질하고, 멋진 옷으로 갈아입힐 거 아니겠어? 시간이 너무 지체된단 얘기야. 그러니 수입을 올리려면 될 수 있는 대로 빨리 움직여야 해. 알겠니?"

며칠 뒤에 아빠는 사진들을 인화했다. 전문가가 아닌 그의 눈으로 보나, 궁정 사진사였던 프란스 프란손 씨의 눈으로 보나 나무랄 데 없이 멋진 사진들이었다. 학교가 파할 무렵이 되면 우리는 아빠와 함께 사진을 팔러 나갔다. 우리의 임무는 소리치는 것이었다. 사진이 왔어요! 하루하루가 지나갈수록 우리 목소리는 더욱 우렁차고 거침이 없었다. 사진이 왔어요!

아이들이 달려온다. 아빠는 자랑스럽게 사진을 보여 준다. 아이들은 사진 속에서 자신을 찾고, 손가락으로 가리키면서 큰 소리로 웃는다.

"자, 나의 전령들이여. 가서 소식을 전해라!" 사진을 다시 거두어들이면서 아빠가 소리쳤다. 아이들이 달려갔다. 사진이 왔어!

"가서 돈들 가져와." 아빠가 달려가는 아이들의 등을 향해 외쳤다. "사진 한 장에 1크로네씩이다!"

얼마 지나지 않아 우리는 곧 사람들에게 둘러싸였다. 아이들과 엄마들. 그 속에는 늘 그렇듯이 별것도 아닌 걸로 꼬투리를 잡는 까다로운 아줌마들도 있다. 우리 라세는 겉옷에 얼룩이 진 것처럼 보이잖아요? 우리 울라카린은 왜 첫째 줄에 세워주지 않은 거예요? 무슨 이런 사진 한 장에 1크로네씩이나 받아요? 좀 깎아주면 안 되나요?

"이 사진을 돈으로 생각하지 마세요. 이 사진은 아이들의 소중한 추억입니다, 추억. 아이들이 사랑하는 친구들과 함께 여기에 있지 않습니까? 바로 이 사진 속에 말입니다."

비싼 가격에도 불구하고 거의 모든 사람들이 사진을 샀다. 아빠가 몇 장 더 사면 깎아준다고 사람들을 구슬렸다. 할머니에게도 한 장, 할아버지에게도 한 장. 기가 막힌 생각이다. 하지만 사람들은 주저한다. 아빠는 사진이 몇 장 남아 있지 않다고 위협한다. 둑이 터지고 봇물이 밀려나오듯 사람들이 아우성친다.

작은 소요가 일어났다. 욕심 많고 뚱뚱한 블롬멜린쉐 부인이 자기처럼 뚱뚱한 친척들을 위해 사진을 대량으로 샀다. 그렇게 많이 사면 어떡해? 그럼 난 빈손으로 돌아가라고? 마치 백화점의 바겐세일을 보는 것 같다. 하지만 사진 값은 그대로다. 아니, 그 반대다. 아빠는 사진 값을 조금씩 올려 불렀다. 그런데도 사진은 순식간에 동이 났다. 아빠는 사진 값과 함께 우송료까지 덧붙여 선불로 받고, 그들의 주소를 적었다. 프렘링스 거리에서 찍은 사진은 사실 역광 때문에 누가 누군지 얼굴을 알아보기가 꽤 어려웠다. 그래도 거의 다 팔려 나갔다.

에바와 내가 함께 찍었던 그 첫 번째 사진은 이상하게 쉽게 팔려 나가지 않았다. 아버지는 바텐레드닝스 거리 23번지에 사는 릴리 클라린의 아들 라르스우베 클라린 때문이라고 생각했다. 기괴할 정도로 뚱보였던 그 아이는 터질 것 같은 배 위에 두 손을 포개고, 완벽한 원형의 얼굴에 억지웃음을 띤 채 사진의 한가운데 떡 버티고 서 있다. 이 살찐 돼지새끼. 아버지가 투덜댄다. 하지만 이 사진도 어느 정도 팔려 나갈 기미를 보이기 시작하자 아버지의 성화는 금세 어디론가 날아가버린다. 릴리 클라린이 사진 한가운데 잘생긴 자기 아들을 다정한 눈길로 들여다본다. 영원히 기억될 소중한 추억이다.

혹시, 남은 사진 있어요?

저녁에 릴리 클라린이 우리 집 문을 두드렸다. 그녀는

남아 있던 일곱 장을 모두 샀다. 뿐만 아니라 아빠는 도대체 무슨 수를 쓴 건지, 두 장 남아 있던 프렘링스 거리에서 찍은 사진까지 모두 팔아 치웠다. 그 사진에는 그녀의 아들이 없었는데도.

"드디어 나는 뭘 해야 할지를 알게 됐어." 아빠는 흥분했다. "그래, 사랑하는 안나. 내 말 좀 들어봐. 내가 변변한 일자리 하나 없어서 당신 속이 얼마나 안 좋았을지 다 알고 있었어. 그런데 수시로 직업을 바꾸는 덜렁쇠가 되고 싶은 사람이 어디 있겠어? 난 이제 알았어. 내가 뭘 해야 할지 말이야. 바로 장사야. 난 아무래도 탁월한 수완이 있는 것 같아. 그래, 장사를 하는 거야. 그게 바로 내 직업이야."

엄마가 다정하고 따뜻하게 미소 지었다.

그래, 에바. 나는 그 사진을 가지고 있어. 아버지가 담배 가게 앞에서 찍은 사진. 굴렁쇠를 들거나, 작은 고무공을 들거나, 비석치기 놀이를 하다가 온 듯 납작한 돌멩이를 들고 서 있는 머리가 헝클어진 아이들 서른네 명. 그들은 누구인가? 그래, 나는 그들을 알고 있어. 한가운데 라르스우베. 키 큰 비요른도 보여. 비요른 곁에서 자기 체크무늬 셔츠 자락을 만지작거리는 아이는 로

난 안데르손이야. 스티칸도, 릴렐레도 모두 로난과 똑같은 셔츠를 입었어. 미바에서 바겐세일 할 때 산 셔츠들이야. 예테 긱은 위아래로 트레이닝복을 입고 있는데, 윗도리의 지퍼를 가슴 아래까지 열었군. 쉘레는 손으로 짠 스웨터를 입었어. 손으로 짠 스웨터가 대개 그렇듯이 쉘레의 스웨터에도 뒤에 끝이 뾰족한 모자가 매달려 있었지. 몇몇 여자아이들은 베레모를 쓰고 있고, 아니타 칼손과 바르브로 린드는 머리띠를, 위본네는 장식이 달린 넓은 머리끈을 하고 있어. 아마 그 머리띠와 머리끈은 크란센 상회에서 샀을 거야. 여자아이들이 입고 있는 치마나 원피스에는 대부분 주름이 잡혀 있어. 울라는 방풍점퍼를 입고 지퍼를 턱까지 채웠어. 보세의 여동생은 그 당시에 꽤나 비쌌던 어깨 끈이 달린 치마를 입었어. 맞아. 보세네 집이 그나마 형편이 괜찮은 편이었어. 리타는 마치 미래를 꿈꾸는 것처럼 몽롱한 표정이야. 모두들 비슷해 보이는 아이들. 줄줄 흘러내린 양말. 다 떨어진 슬리퍼. 구멍이 열 개도 더 뚫린 운동화.

이제 곧 육아 지원금 제도가 시행될 것이다. 변화가 올 것이다.

여기에 아이들 서른네 명이 서 있다. 진지한 표정을 지은 아이들. 어떤 아이들은 무엇에 놀랐는지 눈을 동그렇게 떴고, 또 어떤 아이들은 금방이라도 눈물을 뚝뚝 흘릴 듯한 기색이다. 모두들 가난해 보이고, 부끄러운 표정을 지었다. 그런 시절이었다. 거의 모든 사람들이 하루에도 몇 번씩, 가난은 부끄러운 것이 아니라는 말을 들었던 시절이었다.

그들의 부끄러움과 그들의 이름과 그들이 입고 있는 옷을 제외한다면 그 아이들은 누구인가? 그 사진을 아주 꼼꼼하게 들여다본 사람이라면 아마도 셔터를 누르는 아빠의 손가락을 바라보고 있는 아이들의 진지한 눈동자 속에서 적의에 찬 눈빛과 반항적인 미소를 발견할 수 있을 것이다. 하지만 얼마나 풍성한 눈동자인가. 그 속에 그들의 미래가 있지 않은가!

그들은 무엇이 될 것인가? 그 대답은 이렇다. 여기에 그들의 미래가 있다!

그래, 에바. 나는 아직 그 사진을 가지고 있어. 하지만 나는 그것을 너한테 보여주지 않을 거야. 아마도 네가 움직였을지도 모르지. 아니면 현상할 때 아버지가 실수를 한 건지도 몰라. 하지만 나는 알아. 네가 결코 이런 설명을 받아들이지 않으리라는 것을. 사진 속의 네 얼굴을 지워버린 그 하얀 얼룩에 대한 내 설명을 곧이듣지 않겠지.

여름이 되었다. 여름날은 길고 길었다. 에바와 나는 늘 뭔가 놀이거리를 찾아 전전긍긍했다. 우리는 장미나무 덤불 속에 아무도 모르는 굴 하나를 만들었다. 그 속에서는 우리 집 뜰에서 일어나는 모든 일들을 보고 들을 수 있었다. 그네를 맨 사과나무 아래에 할머니가 앉아 있었다. 우리는 장미나무 덤불의 그 굴속에 숨어 할머니 쪽으로 이것저것을 훌쩍훌쩍 집어 던졌다. 아니 도대체 이런 것들이 어디서 날아오는 거지. 뭔가 날아올 때마다 할머니는 큰 소리를 지르며 깜짝 놀랐다. 우리는 굴 밖으로 살금살금 기어나와 마치 아무것도 모른다는 듯한 표정으로 할머니 곁에 앉았다. 할머니는 눈을 동그랗게 뜨고는 우리에게 금방 아주 괴상한 일이 일어났다며 뭔가 알지 못할 것들이 휙휙 날아왔을 뿐만 아니라 심지어 하늘에서 솔방울이 비가 내리듯이 떨어져 내렸다고 말했다. 우리는 터져 나오는 웃음을 참느라 용을 써야 했다. 우리의 그런 모습을 바라보는 할머니의 그 주름진 얼굴 또한 즐거운 웃음으로 더욱 쪼글쪼글해졌다.

할머니가 커피를 마실 때면 늘 어디에선가 할아버지가 쓱 하고 나타났다. 그들은 커피를 작은 받침 접시에 따라 식혀 마셨는데, 버릇이 된 탓인지 다 식은 커피도 그렇게 마셨다. 각설탕 하나를 입에 넣고 접시를 들어 입에 댄 다음 마치 빨아 당기듯이 후루룩 소리를 내며 마셨다. 찢어지도록 가난했다던 옛 시절의 이런저런 이야기를 할머니가 늘어놓을 때면 할아버지는 커피 잔을 만지작거리며 아무 말 없이 가만히 듣기만 했다. 먹을 것은 하나도 없는데 배가 너무 고파서 결국 밭에 심었던 씨감자를 다시 파내 먹었다는 이야기도 했다. 할아버지도 지난 시절에 관한 이야기를 즐겨 했지만, 할머니와는 관점이 정반대였다. 할머니는 사회가 올바른 방향으로 발전하고 있다는 것을 증명하기 위해 옛날을 회상했다. 궁핍했던 지난 시절에 비하면 지금은 퍽 살기가 좋아졌다는 것이었다. 하지만 할머니가 이야기를 그런 식으로 끌고 갈라 치면 할아버지는 슬그머니 자리를 떴다. 할아버지는 옛날이 지금보다 모든 면에서 나았다고 생각했다. 할아버지에게는 지난 것, 이전의 것이 지금의 것보다 언제나 더 좋아 보였다. 할아버지는 과거와 현재의 차이가 요즘처럼 심한 때는 없었다고 불평했다. 무엇인가가 변할 수 있다는 것을 이해하지 못했고, 이해하려 들거나 바라지도 않았다. 무엇인가 나아지고 있다는 조그마한 징후조차도 그는 놓치지 않았는데, 그것을 바라기 때문이 아니라 오히려 그 개선의 징후에 조소를 보내기 위해서였다. 아버지가 집에서 일하는 모습을 할아버지는 그런 눈으로 바라보았다. 까치집에 빵 부스러기를 얹어주는 따위의 일이 도대체 무엇에 쓸모가 있는지 할아버지는 도무지 이해하지 못했다.

"이거 요한손이 또 시궁쥐한테 먹이를 갖다 주고 있구먼." 할아버지가 아버지를 보고 빈정거렸다. 하지만 아버지가 고개를 돌리면 할아버지는 얼른 저쪽으로 도망가버렸다.

할아버지와는 달리 엄마는 모든 것이 나아지리라는, 미래에 대한 할머니의 확고한 믿음에 전적으로 동의했다. 다만 할머니와 표현방식만 조금 다를 뿐이었다. 엄마의 말에 따르면 모든 것은 솟구쳐 오르기를 갈망하고 있고, 또 그렇게 모든 것은 조금씩이라도 나아지고 있다는 것이다. 그것은 소망 이상의 의미가 있었다. 말하자면 법칙 같은 것이었다. 모든 것을 아래로 끌어당기는 힘만큼이나 강력한, 오히려 그보다 더 강력한 어떤 힘이 있어서 이 세상의 어떤 것이든 혹은 누구든 조금씩 상승시킨다. 엄마는 이렇게 말했다.

우리는 아버지를 쳐다보았다. 아버지가 고개를 끄덕였다.

"'안나의 법칙'이라는 거야. 그건 말이지……. 어쨌든 너희는 엄마 말을 잘 새겨들어야 해. 왜냐하면 엄마는 아름다운 용모만큼이나 현명하기 때문이지. 이 세상의 많은 것들은 말이야, 실은 한 발짝도 위로 올라갈 수 없도록 꽁꽁 묶여 있어. 하지만 그 묶여 있는 것들의 아주 작은 부분들이, 그러니까 우리 눈에는 보이지 않지만 사람들이 원자라고 부르는 것들이 묶여 있는 곳에서부터 조금씩 떨어져 나와 위로 올라가고 있는 거야. 예를 들어 사람들의 생각이나 말은 눈에 보이지 않지만, 조금씩……. 그래, '안나의 법칙'을 너희가 이해하기는 쉽지 않을 거야. 하지만 이해하려고 늘 노력해봐. 만약 그래도 이해가 되지 않으면 그냥 쉽게 이것만 기억하면 돼. 엄마 하고 아빠는 항상 너희한테 우리가 줄 수 있는 최선의 것을 주려 한다는 사실, 이 사실만 기억하면 되는 거야."

그럼 할머니는? 전쟁이 끝난 후에 유럽은 굳건하게 재건되었고, 앞으로도 또한 점점 더 나은 사회가 이룩될 것이라고 믿어 의심치 않는 할머니 역시 그 법칙에 대해서 말하고 있는 것일까? 스웨덴에는 또 다른 선각자가 나타날 것이다. 얄마르 브란팅이 죽은 뒤 타게 에를란데르가 그의 자리를 이어받았고, 생산량이 눈에 띄게 증가할 것이고……. 그러면 요한손도 일자리를 얻을 수 있을 것이다. 아닌가?

그 점에 대해서 할머니는 우리에게 아무런 대답도 해주지 않았다. 우리 또한 아버지가 얼마나 자주 술을 마시는지, 조금이라도 돈을 벌어오는지 꼬치꼬치 캐묻는 할머니의 물음에 아무런 대답도 하지 않았다.

"할머니는 왜 아빠를 싫어하는 거야?"

에바의 예상치 못한 노골적인 질문에 할머니는 단지 이렇게 대답했을 뿐이다. 이 세상에는 옳은 것도 있고, 그른 것도 있는 법이란다. 그리고 할머니는 사회주의에 대한 이야기로 넘어가버렸다. 사회주의가 실현될 날도 이젠 멀지 않았단다. 그리고…….

에바와 나는 할머니의 이야기를 한 귀로 흘려들으며 울적해진 기분을 어떻게 달랠 수 있을까, 뭔가 재미있는 게 없을까 궁리했다. 우리는 모기 잡아먹기 놀이를 했다. 뜰에는 감당할 수 없을 만큼 많은 모기들이 살았다. 모기를 꿀떡꿀떡 삼키는 모습을 본 할머니는 기겁을 하고 우리를 꾸짖었다. 모기가 충분히 피를 빨아먹도록 내버려 둬야 해. 그런 다음에 모기가 문 자리에 침을 발라서 살살 문질러 봐. 그러면 하나도 가렵지 않을 테니까. 할머니는 모기에게 물렸을 때만이 아니라 '기름진 난봉꾼들' 이라는 별명으로 불렀던 피를 빨아먹는 체체파리

나 재붙이등에, 왕진드기 따위한테 물렸을 때도 늘 손가락으로 침을 찍어 발라 문지르곤 했다. 그것들은 이상하게도 할머니에게 더 많이 달려들었다. 할머니의 피가 더 달콤한 걸까? 왕진드기가 사람들의 살갗에 머리를 처박고 배부르게 피를 빨아먹고 나면 짙은 갈색의 그 구역질 나는 몸통은 수백 배나 커져 있었다.

"할머니는 곧 죽을 거야." 베란다로 올라서면서 에바가 말했다.

"아니야. 할머니는 그렇게 곧 죽지 않을 거야."

"멍청이, 그렇게 무서워할 것 없어."

나는 무서워하지 않았다. 뿐만 아니라 에바처럼 무서움을 애써 찾지도 않았다.

엄마가 베란다에 나와 앉아 있었다. 얼굴 가득 햇살을 받으며 바느질도 하고, 책도 읽었다. 아버지는 엄마가 남의 집으로 청소하러 다니던 일을 그만두게 했다. 그 뒤로 엄마에게는 한가로운 시간이 많이 생겼다. 엄마가 펼쳐놓은 책에서, 그리고 또 다른 이야기를 뒤에 남겨둔 채 책장 위에 놓여 있던 엄마의 그 빨간 서표에서 아득한 냄새가 솔솔 피어올라 주변의 여름 냄새와 뒤섞였다. 그 아득한 냄새는 달콤하고, 신선하고, 살갗을 콕콕 찌르듯 자극적이고, 조금 쌉쌀하고, 그리고 내 깊은 곳에서부터 올라오는 꿈과 믿음으로 가득 차 있었다. 그런 냄새였다. 묵직하고도 농밀한 사랑의 향기!

엄마는 베란다에 앉아서 아버지가 일하는 모습을 행복에 찬 눈길로 바라보았다. 밤이 되면 엄마는 아버지가 그날 했던 일을 칭찬해주었다. 베란다 바닥에 깔려 있던 썩어빠진 널빤지들은 새 널빤지로 교체되었고, 책장도 하나 새로 짜서 방 안에 들여놓았고, 약속대로 부엌에 수도관도 설치했다. 아버지는 창문들을 손보았다. 창문을 하나하나 떼어내어 땅바닥에 깔아둔 나무토막 위에다 올려놓았고, 유리창을 떼어 담벼락에 조심조심 세워두었고, 창틀에 사포질을 했고, 걸림쇠에 기름칠을 했고, 창틀에 페인트칠을 했고, 유리창을 다시 끼워 새 못으로 고정시켰고, 다시 한 번 페인트칠을 했고, 마지막으로 똥싸개 새들에게 멀리 떨어져 있으라고 명령했다.

뚝딱뚝딱. 아버지가 널빤지에 못질하는 소리가 흥겹게 울려 퍼졌다. 뜰에 놓을 새 의자가 완성되었다. 이제 아버지는 할머니와 함께 앉지 않아도 된다. 아버지는 또 큰 낫으로 높직하게 자란 잡초를 벤 다음 삽으로 잡초 뿌리를 갈아엎었다. 감자나 채소를 심을 밭을 일구려는 것이었다. 엄마가 아버지를 돕기도 했다. 그들이 오순도순 다정하게 얘기를 나누며 함께 일하는 모습을 지켜보는 것은 에바와 나에게 커다란 즐거움이었다. 우리가 도와준다고 덤벙거릴 때도 아버지는 진득하게 우리를 기다려주었다. 돕기는커녕 우리의 눈에도 일을 방해만 한다는 것이 훤히 보였지만. 어떤 의미에서 본다면 그는 혼자 일하기를 좋아하는 사람이었다. 아버지는 내심 자기가 일할 때는 에바나 나 심지어 엄마까지도 일하는 데서 조금 떨어져 있어주었으면 하고 바라는 눈치였다. 하지만 뜰에다 작은 집을 지을 때는 우리 모두의 도움을 기꺼이 허락했다. 그 작은 집이 조금씩 완성되어가면서 우리는 그것이 우리, 그러니까 에바와 나의 놀이집이라는 것을 알고 망아지처럼 껑충껑충 뛰어오르며 좋아했다.

그는 아침부터 저녁까지 아무짝에도 쓸모없는 일에 시간을 낭비하며 하루 온종일 비칠대기만 하는, 일하기 싫어하는 룸펜프롤레타리아가 아니었다. 자신이 무엇을 해야 하고, 또 무엇을 하려고 하는지 잘 알고 있는 솜씨 좋은 장인이었다. 뿐만 아니라 돈을 들이지 않고도 문제를 멋지게 해결했다. 우리는 집주인에게서 그 어떤 자재도 제공받지 못했다. 그가 일하는 모습을 지켜보는 것은 그야말로 경탄 그 자체였다. 어쩌면 그 모든 공구들이 그에게 그토록 순종적일 수 있을까? 그가 한 번 잡은 톱은 그의 손에서 미끄러져 달아나는 법이 없었고, 도끼의

반짝이는 날은 그가 명령한 그곳으로 정확하게 날아가
박혔다. 하지만 그런 공구들도 할아버지의 손에만 들어
가면 모두 제각각 갈 길을 찾아가곤 했다. 할아버지는
고분고분한 맛이라고는 하나도 없는 고집 센 톱과 망치
와 나무를 저주했다. 네 친구들까지 몽땅 데리고 악마한
테로 꺼져버려! 작은 톱날 하나에서부터 세상 모든 것이
그에게 반항했다. 하지만 할머니는 이렇게 말했다. 젊었
을 때는 저렇지 않았어.

아버지는 막상 일에 착수하면 어떤 일이든 누구의 말
에도 흔들리지 않을 만큼 고집스러웠고 언제나 열심이
었다. 하지만 일을 시작하기 전에는 가장 효율적인 방법
을 찾기 위해 한동안 조용히 골몰했다. 그럴 때 그의 얼
굴은 권위와 엄숙함으로 빛났고, 이제 곧 멋진 무엇인가
가 탄생하게 될 것이라는 기쁨으로 충만했다.

그는 일하기를 좋아하는 사람이었다. 하지만 그가 이
런저런 집안일을 했던 가장 큰 이유는 무엇보다도 에바
와 나, 엄마에 대한 사랑 때문이었다. 그는 우리를 더 이
상 '무너져가는 집'에 살게 할 수 없다고 생각했고, 또
우리가 어른이 되었을 때 멋진 어린 시절을 보냈다고 말
할 수 있는 추억을 만들어주고 싶어했다.

엄마가 더 이상 남의 집에 일하러 다니지 않게 되었다

는 것은 어찌 보면 우리 가족에게는 아주 중요한 발전이
었다. 우리 역시 다른 사람들처럼 살 수 있다는 가능성
에 한 발짝 성큼 다가선 것처럼 보였다. 하지만 아직 많
은 것이 부족했다. 아버지의 일자리가 그런 예였다. 아
버지가 우리에게 펼쳐 보였던 계획들은 아쉽게도 '보통
사람들'에 속하기에는 충분한 것이 못 되었다. 겉으로
는 무심한 듯 우리 집 앞을 지나치면서도 실은 귀를 쫑
긋 세우고 우리를 엿듣고 있는, 무성한 장미나무 덤불
뒤에 숨어 푸른 잎사귀들 사이로 뚫어져라 우리를 엿보
고 있는, 칭송 받아야 마땅한 그 '보통 사람들'은 아직
우리에게서 멀리 있었다. 그렇지만 '보통 사람들'이 그
토록 엿듣고 또 엿보고 싶어하는 '무너져가는 집'에서,
장미나무의 무성한 잎사귀를 헤쳐 만든 굴속에서 우리
는 평화롭게 살고 있었다. 에바와 나는 존재한다는 것이
얼마나 큰 기쁨인지를, 손으로 만질 수 있을지 모른다는
착각이 들 정도로 분명하게 느끼고 있었다. 모든 것이
아름다웠다. 모든 것이 좋았다. 아니다. 모든 것이 그런
것은 아니었다. 적어도 나에게는 그렇지 않았다. 아니
다. 에바에게는 더욱더 그렇지 않았다. 우리는 얼마나
간절하게 소망했던가. 망각의 자루를 꼭 졸라맬 수 있기
를. 하지만 우리가 그토록 졸라매고 싶었던 그 망각의

자루는 풀리고 또 풀려 한 달 전에, 아니 일주일 전에, 아니 바로 어제 무슨 일이 일어났는지 고개를 돌려도, 눈을 감아도, 우리에게 보여주고 또 보여주었다. 고함, 비난, 격렬한 싸움, 아버지의 술 취한 검은 얼굴.

그리고 다시 화해, 용서. 그리고 한 사람, 고개를 떨어트린 한 사람. 후회와 자기혐오로 몸을 떨고 있는 한 사람. 나는 미친놈이야, 악마 새끼야. 살아 있을 가치도 없는 놈이야.

우리는 당신을 용서해요, 요한.

아니. 그건 불가능해.

아니야, 아빠. 아니야!

아니다. 그리고 다시 평화.

그때마다 무엇인가 조금씩 닳아 없어져갔다. 작은 신뢰의 조각. 아버지가 술을 마신다. 무슨 일이 일어나기도 전에 달려오는 불안. 맞기도 전에 달려오는 고통. 존재한다는 것은 얼마나 끔찍한 일인가.

하지만 또 다른 하루. 저기 아빠가 앉아 있다. 검은 비옷을 덮어쓰고 부엌 한가운데 앉아 있다. 엄마가 그의 머리를 자르는 동안 힐끔 에바와 나를 바라본다. 우리에게 좀 더 가까이 오라고, 가까이 와도 괜찮다고 눈을 찡긋거린다. 엄마와 아빠는 우리에게 그들의 손과 얼굴이 맞닿는 그 따스한 접촉을, 미소를, 그리고 사랑을 보여준다. 엄마가 허공에서 가위를 짤칵거리며 머리카락을 털어낸다. 빗을 들고 다시 아빠의 머리를 자른다. 가볍고 섬세하게 움직이는 가위 소리. 곱슬곱슬한 머리카락이 부엌 바닥으로 떨어진다. 엄마가 노래를 흥얼거린다. 그는 아직 늙지도 않았고 병들지도 않았지. 아니, 그렇게 말하는 건 몹쓸 짓. 그는 아직 젊고 건강해. 그래, 젊고 건강해. 멋진 당나귀처럼 튼튼하고 날렵해. 뭐가 문제야. 가난한 게 뭐가 문제야……

엄마가 빗자루를 들고 바닥에 떨어져 있는 곱슬곱슬한 머리카락을 쓸어 모은다. 세상에, 이렇게나 많아. 놀란 목소리로 중얼거린다. 궁금증이 나서 안달하는 에바와 나에게 소복이 쓸어 담은 머리카락을 보여주고서 화덕 뚜껑을 연다. 부삽에 담긴 머리카락은 화덕 속으로 떨어지기도 전에 올라오는 열기로 쪼글쪼글 오그라든다.

당신들은 알고 있는가? 재치 있는 한 남자가 또 어떤 생각을 해냈는지. 자신의 머리카락으로 무엇을 하려고 했는지. 그는 자신의 머리카락을 한 움큼 집어 하얀색 과자봉투에 넣었다. 자, 이제 그를 따라 밖으로 나가자. 그래, 그가 무슨 생각을 하고 있는지는 오직 하느님만이 알고 있다. 하지만 그를 따라가 보자. 그가 무엇을 하는지 보자.

그는 사과나무에 올랐다. 아, 흥미진진한 모험. 사과나무의 굵은 가지에 올라선 그는 까치에 관해, 그리고 잡목들의 섬세한 잔뿌리와 진흙과 희생과 그리움으로 지어진 까치둥지에 관해 일장연설을 펼쳤다.

섶나무 더미에 불과한 까치둥지 하나가 이제 그의 말 속에서 예수의 가시면류관으로, 페르시아 왕의 머리를 덮는 보관(寶冠)으로, 주교좌성당으로, '피카 피카' 라는 이름의 유서 깊은 대학으로, 유일무이한 아름다움을 뽐내며 공중에 두둥실 떠 있는 휘황찬란한 성으로 변신한다. 하지만 여태껏 사람들이 한 번도 본 적이 없는 그 멋진 성에는 뭔가 하나가 빠져 있다. 까치 알을 올려놓을 폭신하고도 예쁜 침대. 연설을 마무리 지은 그가 사과나무 가지를 타고 더 높은 곳으로 올라간다. 하얀색 과자봉투에서 자신의 머리카락을 꺼내 둥글둥글한 까치둥지 속에 깔아준다. 부드럽고 곱슬곱슬한 자신의 머리카락을……

이 일은 내 기억이 정확하다면 여름에 일어났던 일이 아니다. 하지만 나는 어느 봄날에 일어났던 이 멋진 일을 까치가 1년 중에 단 한 번 알을 낳는 6월의 어느 날에 끼워 넣고 싶다. 우리 집 사과나무에 살고 있던 까치가,

그 일이 일어났던 바로 그즈음에 알을 낳을 수 있게 하기 위해서다. 전차가 달려온다. 전차는 1년 내내 하루도 쉬지 않고 덜컹거리며 우리 집 앞을 지난다. 전차 안에는 언제나 호기심 많은 사람들이 한 무더기 앉아 있다. 그들은 절망적인 눈초리로 우리 집을 바라본다. 오늘도 우리 집을 빤히 들여다보며 지나간다. 도무지 이해할 수 없다는 표정들이다. 아이고, 제멋대로 자란 저 사과나무 꼴 좀 봐. 그런데 가만, 저 남자는 도대체 사과나무 위에서 뭘 하고 있는 거지? 고양이 새끼같이 사과나무에는 왜 기어올라가고 난리야? 쯧쯧, 철부지 애도 아니고. 원, 나잇값도 못하는 위인 같으니.

바로 그 순간 그들의 눈에 까치 둥지가 들어온다. 그리고 그들은 결론을 내린다. 이 일을 어째? 저 불한당 같은 놈이 까치 둥지를 부수려나 봐. 가만, 가만. 그런데 왜 종이 봉투를 들고 있지? 저 봉투 저거, 빵 가게에서 과자 담아주는 봉투 아냐? 맞지? 과자 사 먹을 형편이 못 될 텐데 저런 봉투를 어디서 났지? 아니, 왜 팔다 남은 과자 부스러기 있잖아. 그런 거 떨이할 때 큰맘 먹고 샀나 보지 뭐.

아니, 그건 그렇고, 내 말은 사과나무 위에서 과자봉지를 들고 대체 뭘 하고 있느냔 말이야. 까치한테 과자

부스러기라도 먹이려는 거야, 뭐야? 정말 웃겨서 배꼽이 빠질 지경이군. 자기 새끼 하나도 제대로 못 먹이는 주제에!

자, 이제 악마의 냉정함을 지니고 다시 한 번 정확하게 살펴보라. 그는 무엇을 하고 있는가? 아는가? 애당초 이 질문은 당신들에게 아무런 의미도 없었다. 왜냐하면 당신들에게는 악마 꼬리를 단 한심한 불한당이 무엇을 하고 있는지 이미 다 결정되어 있었으니까.

마음씨 좋은 누군가가 이렇게 말할지도 모른다. 아니, 뭐 그렇게까지 볼 건 없어. 저 작자, 그렇게 나쁜 사람은 아니야. 이렇게 말한 그 누군가도 실상 다른 사람과 크게 다를 바 없다.

그는 악마 꼬리를 지닌 한심한 불한당이 아니다. 그는 한 번도 악마 꼬리를 지닌 한심한 불한당이었던 적이 없었다. 적어도 지금은 아니다. 그의 멋진 생각 속에서 얼마나 근사한 예술이 탄생하는지, 작은 것을 가지고 얼마나 커다란 것들을 만들어내는지 당신들은 알지 못한다. 물론 까치는 그의 머리카락을 하나하나 물어 둥지 밖으로 내뱉어버리기는 했다. 그렇지만 까치가 그의 선량한 의도까지 내뱉어버렸던 것은 아니다. 호사가들이여, 당신들이 잊지 말아야 할 것이 있다면 그건 바로 당신들이

야말로 어느 봄날 베풀어진 특별한 자비의 산 증인들이
었다는 점이다.

이 모든 것들이 진행되는 데는 그다지 긴 시간이 걸리
지 않았다. 하지만 아빠는 그 단 몇 초 사이에, 전차 안
에서 호기심에 가득한 눈으로 우리를 빤히 쳐다보고 지
나가는 그 사람들에게 오른손을 펴 코끝에 대고는 너불
너불 흔들어 보였다. 에바와 나까지도 전차가 멀찌감치
가버리기 전에, 아빠의 그런 통쾌한 모습을 따라 했다.

유감스럽게도 우리는 한 가지 사실을 모르고 있었다.
그 전차 안에는 벨린 씨가 타고 있었다.

집주인 벨린 씨는 엄격한 원칙의 소유자였다. 그는 언
제나 직접 찾아와 집세를 받아갔다. 그것도 그의 엄격한
원칙 중 하나였다. 우리 집으로 집세를 받으러 오는 날
이면 그는 늘 두 가지 마음에 사로잡혔다. 행복과 불행.
집세를 받아 챙겼을 때 그의 얼굴은 한없는 행복으로 빛
났지만, 그렇지 못했을 경우에는 한없는 불행으로 크게
일그러졌다.

그의 마음을 조금이라도 부드럽게 만들기 위해 엄마
는 에바와 나를 앞세웠다. 그러나 헛수고였다. 관용 따
위란 안중에도 없는 사람이니까. 그에게 집세를 받는 문

제는 어디까지나 엄격한 원칙에 속하는 문제였다. 아빠가 우리가 가지고 있던 돈을 모두 다 주면서 내일까지 나머지를 가져다주겠다고 철석같이 약속했지만, 그는 조금도 부드러워지지 않았다.

"지난번에 다시는 이런 일이 없어야 한다고 분명히 해 둔 걸로 기억하는데, 당신들은 어떻게 생각하오?" 계속해서 벨린 씨는 원칙과 신용으로 무장한 무뚝뚝한 음성으로 이 무책임하고도 믿을 수 없는 천민들에게 집세와 원칙과 신용의 상관관계를 일깨워주었다.

엄마는 먹을거리가 떨어져서 그걸 사느라 집세가 좀 모자라게 된 것이라고 변명하지 않았다.

벨린 씨가 두 볼을 부풀렸다. 그 볼 속에 든 것은 바람이 아니라 거대한 권위였다. 그는 앞으로 한 번만 더 집세가 늦어질 경우 생겨날 결과에 대해 통고했고, 다시 한 번 원칙의 중요성을 강조했다. 권력에 도취된 그는 우리가 느끼는 모멸감 따위는 신경도 쓰지 않았다. 그러나 그의 주장 속에 등장하는 그는 법의 엄격함과 냉혹함을 따지기 전에 이웃 간의 온정을 먼저 생각하는 따뜻한 마음을 지닌 사람이었다.

그는 아빠가 입을 열기를 기다렸다. 감사해야 할 시간이 똑딱거리며 흘러갔다. 벨린 씨가 아빠를 바라보았다.

말없는 재촉이었다. 하지만 아빠도 침묵으로 응대했다. 그렇게 시간이 흐르고 있었다. 보이지 않는 작은 바늘구멍으로 풍선의 바람이 서서히 새나가듯 벨린 씨의 볼이 천천히 쪼그라들었다.

"우리 집에 세든 사람이, 그것도 어른 아이 할 것 없이 코끝에 손을 대고 전차를 타고 지나는 사람들을 놀려대는 모습을 봤소. 요한손 씨, 혹시 그게 당신 버릇이오?"

아빠는 버릇이 아니라 원칙이라고 말하지 않았다. 그냥 침묵했다. 나무 위에 올라가는 것도 역시 버릇이냐는 그의 질문에도 아빠는 침묵으로 일관했다. 뭔가 불쾌하고 더러운 것을 어쩔 수 없이 만지고 있다는 듯, 그는 우리에게서 받은 돈을 엄지와 검지 끝으로 잡고 흔들다가 손가방 속에 집어넣었다. 그리고 돌아섰다. 하지만 그게 끝이 아니었다. 그는 성난 눈길을 엄마와 아빠와 에바와 내가 만든 작은 집 위로 옮겼다.

"내가 다음에 올 때까지 이 잡동사니를 치워놓으시오." 벨린 씨는 악을 쓰듯 소리쳤다.

나는 아빠를 쳐다보았다. 그는 앞만 보고 있었다. 그의 눈은 텅 비어 있었다.

"흥, 고맙다는 말을 듣고 싶었던 거겠지. 하지만 그 사람은 우리한테서 한 마디도 듣지 못했어." 엄마가 말하면서 아빠를 껴안았다. "요한, 나는 당신이 자랑스러워요. 우리를 모욕한 그 무례한 사람한테 당신이 그 모욕을 되돌려준 거예요. 애들아, 오늘 아빠가 너희 앞에서 보여줬던 당당한 모습을 절대로 잊어선 안 돼. 가슴속 깊이 간직해 두렴."

에바와 나는 지붕 밑 다락으로 올라갔다. 우리에게는 생각할 시간이 필요했다.

다락에는 고물장수에게나 줘버려야 할 쓰레기들이 쌓여 있었다. 어느 날 다시 필요할지도 모른다는 생각에 우리는 그것을 버리지 못했다. 에바와 나는 굴뚝 옆에 놓인 궤짝 뚜껑을 열고 안으로 들어갔다. 궤짝은 에바와 나의 배였다. 알베르티나라는 이름을 붙인 이 배는 뚜껑을 닫으면 울벤이라는 이름의 잠수함으로 변했다. 뿐만 아니라 궤짝은 그때그때 우리가 원하는 다른 것이 되기도 했다. 알베르티나 울벤일 때를 제외하고는 이야기 집일 때가 가장 많았다.

궤짝 뚜껑을 닫았다. 짙은 어둠이 우리를 감쌌다. 에바와 나는 꼭 붙어 앉아 우리에게 즐거움을 주는 것들에 대해서 이야기했다. 얼마나 시간이 지났을까? 누군가가 소리쳤다. 어디들 있니? 아니, 우리는 저 고함을 듣지 못한 거야. 대답해서는 안 돼. 그리고 공포. 점점 커져가는 공포.

에바는 숨을 죽이고 바들바들 떨었다. 언제나 그랬다. 아니다. 언제나 그랬던 것은 아니다. 에바는 때때로 '부정(否定)의 말'을 중얼거리기도 했다. "아니야, 그건 사실이 아니야……"로 시작되는 에바의 '부정의 말'은 일어나지 않았고 일어나지 않을 일들에 관한 말이었지만, 에바의 말에서 일어나지 않은 일은 실제로 일어났고, 에바의 말에서 일어나지 않을 일은 언제나 되풀이해서 일어날 터였다.

그녀의 부정은 기도이자 주술이었다. 우리는 어둠 속에서 서로를 꽉 껴안았다. 에바의 공포가 나에게로 전해졌고, 나의 공포가 에바에게로 전해졌다. 그랬다. 두 아이가 하나의 관 속에서 몸을 떨며 서로 부둥켜안았다. 말없이 서로의 공포를 느끼면서……. 또다시 얼마나 시간이 흘렀을까? 뚜껑을 열었다. 우리는 한참 동안 뚜껑 안쪽에 그려진, 높게 자란 풀들이 황홀한 햇살 속에서 샛노란 꽃을 피운 아름다운 풀밭 그림을 보고 있었다. 공포가 사라졌다. 우리는 이제 알베르티나를 타고 집으로 갈 수 있다. 끝없이 멀고 먼 바다를 지나 집으로 돌아갈 수 있다.

갑판 아래 선실에서 낯선 소리가 들려왔다. 누군가 투덜거리고 있는 것 같았다. 에바와 나는 다시 숨을 죽이고 귀를 기울였다. 그 투덜대는 듯한 소리는 끊어졌다가 이어지고, 커졌다가 작아지기를 반복하며 길게 늘어나고 있었다. 할머니와 할아버지의 방에서 나는 소리였다.

"할머니와 할아버지가 기도하고 있는 소리야." 에바가 말했다. "둘 다 손을 모아 쥐고 위쪽을 쳐다보고 있어. 하느님한테 기도하고 있는 거야."

"할머니나 할아버지는 하느님을 믿지 않아."

"엄마도 하느님을 믿지 않지만, 기도는 하잖아."

그랬다. 엄마는 기도를 했다. 모두가 잠든 깊은 밤 어둠 속에서 하늘에 계신 우리 아버지와, 하지만 우리 곁에는 없는 아버지와 이야기를 나눴다. 정말 또 다른 세상이 존재하는 건가요? 엄마가 그에게 물었다. 또 다른 세상이 있다면 자기가 왜 이곳에서 이렇게 살아야 하는지, 그래도 살아야 한다면 도대체 어떻게, 무엇으로 살아야 하는지 대답해달라고 기도했다. 그러고는 곧바로 자신의 불경을 사죄했다. 하지만 엄마의 불경은 계속되었다. 분수도 모르는 탐욕스런 사람이 되고 싶지 않다면서, 그렇지만 돈도, 지위도, 명성도, 아무것도 가진 것이 없는 형편에 아이들에게 그저 지식만이라도 남들보다 조금 더 주고 싶을 뿐이라고 말했다. 그런 자신이 탐욕스럽지 않게 느껴질 수 있는 곳은 이 세상 어디에도 없는 것인지, 왜 자신의 머릿속에 이런 불경스런 물음만 자꾸 떠오르는 것인지 엄마는 떼를 쓰듯 묻고 또 물었다.

"왜 저는 제게 주어진 이 행운과 이 사랑에 만족하지 못하는 걸까요? 이렇게 아이들과 남편과 다 함께 살 수 있게 됐는데도 말이에요. 제 삶의 가치를 묻는 따위의 멍청한 짓을 왜 저는 자꾸 되풀이하나요? 하늘에 계신 우리 아버지, 하지만 당신은 왜 우리 곁으로는 오지 않으시나요? 제가 분수도 모르는 인간이라고는 생각하지 않아요. 하지만 제가 만약 그런 인간이라면, 저 스스로도 알지 못하는 그런 인간이라면 도대체 저는 누구인가요? 제가 살고 있는 이 삶도 제 삶이 아닌가요? 한 가지만 더 여쭐게요. 한 사람의 삶이 아무런 가치도 없을 수 있나요?"

우리 중에서 다른 사람들이 사는 것처럼 살았으면 좋겠다는 소망을 드러내놓고 말하는 사람은 아무도 없었다. 오히려 우리는 '보통 사람들'을 속으로 부러워하면서도 겉으로는 경멸했다. 아버지는 누군가 그 칭송 받아 마땅한 '보통 사람들'을 아주 조금만 흔들어놓아도 그들의 칭송 받아 마땅한 그 훌륭함은 곧장 추풍낙엽처럼 우수수 떨어져 내릴 것이라고 단언했다. 아버지는 이성의 눈을 지니고 있었다. 그 이성의 눈으로, 기껏해야 자신의 노동력을 팔아먹고 사는 주제에 마치 대단한 사회적 지위라도 되는 양 으스대는 '보통 사람들'의 자아도취와 편협함을 통찰했다. 아버지에게 그들은 '가톨릭교도들'보다도 더 우매한 사람들이었다. 자신들의 아내가 새로 나오는 영화란 영화는 빼놓지 않고 본다는 이유로, 자신들의 남편이 공장에서 일자리를 가지고 있다는 이유로, 자신들이 우리보다 훨씬 나은 사람들이라고 생각할 테지만, 사실은 그 여자들이 보는 영화란 통속적인 쓰레기이며, 그 남자들이 다니는 공장이란 곳도 돈벌이가 아니라면 단 하루도 머물러 있을 수 없는 곳이라는 게 아버지의 생각이었다. 아버지의 말에 따르면 그들이 살아가는 단 하나의 목적은 다른 사람들의 즐거움을 시기하고 방해하는 것이었다.

엄마는 '보통 사람들'이 오직 다른 사람들의 즐거움을 시기하고 방해하기 위해 살아간다는 아버지의 마지막 말에는 동의하지 않았다. 엄마는 아버지의 그 말을 반박하기 위해 언젠가 '이불언덕'에서 한나절 정도 함께 시간을 보낸 뚱뚱한 릴리 클라린을 예로 들었다. 엄마와 릴리 클라린은 들고 나온 이불 빨래를 함께 널었고, 함께 커피를 마시며 이야기했다. 그때 두 사람은 펄럭이는 홑이불 자락 사이를 지나가는 바람 소리를 들었다. 바람이 엄마와 릴리 클라린에게 속삭였다. 우리를 좀 보세요. 우리를 한번 만져보세요. 릴리 클라린은 나의 즐거움을 시기하고 방해하지 않았어요. 오히려 그 반대였어요. 나의 즐거움을 함께 기뻐해준 걸요. 하지만 엄마의 예는 그다지 적절하지 못했다. 그때 '이불언덕' 위에 나와 있던 '보통 사람들'에 속한 다른 여자들은 모두 릴리 클라린을 외면했다. 릴리 클라린 역시 '보통 사람들'에 속할 수 있는 여자가 아니었다. 릴리 클라린 이외에도 크란센에는 뚱뚱한 여자들이 쌔고 쌨다. 그러니까 릴리 클라린이 뚱뚱하기 때문에 외면당한 것은 아니었다. 크란센에 사는 여자들은 대부분 집 밖으로 나올 때면 모자를 쓰거나 스카프를 둘렀다. 하지만 릴리 클라린은 1년 내내 머리 위에 손수건 하나 얹는 법이 없었다. 그녀는 자신의 빛나는 금발을 자랑스러워했다. 하지만 크란센의 다른 여자들은 결혼을 한 적 없는 그녀에게 아들이 있다는 사실만큼이나 그녀의 멋들어진 금발을 끔찍한 것으로 여겼다.

나는 이른 아침마다 도살장에 끌려가는 소 같은 꼴을

하고 공장을 향해 걷는 노동자들을 보았다. 늦은 오후가 되면 그들은 지칠 대로 지친 다리를 끌며 공장에서 돌아왔다. 그들의 얼굴은 초췌하고 우울해 보였다. 그들은 의미 없는 노동으로 하루하루 자신의 삶을 갉아먹고 있었다. 나는 아버지의 눈으로 그들을 보고 있었다.

어느 날이었다.

"어이, 서둘러! 뭐 해? 이쪽이야 이쪽!"

길 위에서 우렁찬 고함이 천둥처럼 울려 퍼졌다. 그 소리는 길을 건너고 담을 넘고 지붕 위를 날아 뮈르딩 호숫가의 우리 집에까지, 에바와 나의 귀에까지 다다랐다. 고함 뒤로 거대한 기계가 움직이는 굉음과 뜨거운 아스팔트 냄새가 따라왔다. 에바와 내가 달려 나갔다. 바텐레드닝스 거리를 지나고, 뉘보리스그랜드를 지나고, 뢰트모가타까지 달려갔다. 우렁찬 고함과 거대한 기계의 굉음, 뜨거운 아스팔트 냄새의 진원지는 바로 그곳이었다.

가끔 중학교가 있는 드락베리 언덕에 부딪힌 고함이 희미한 메아리를 만들어내기도 했다. 길 위에 아스팔트를 깔고 있는 노동자들이 지르는 그 고함에는 사람들에게 뭔가 특별한 느낌을 불러일으키는 울림이 담겨 있었다. 노동자들이 아스팔트를 쏟아 붓는 덤프트럭을 향해,

혹은 자기들끼리 목청이 터져라 뭐라고 소리를 질러댔다. 그 소리는 마치 "우리는 여기 뜨거운 길 위에서 이렇게 구슬땀을 흘리며 가족이 먹을 빵을 벌고 있소" 하고 외치는 것 같았다. 그들의 고함에는 자의식 같은 것이 단단하게 똬리를 틀고 있었다. 스웨덴의 낡은 농경사회를 빠른 속도로, 아니 점점 빨라지는 속도로 변화시켰고 지금도 변화시키고 있는 공고한 자의식. 여기에 우리가 있다. 우리는 시골을 도시로 만들고, 집을 짓고, 오래된 자갈길에 아스팔트를 깐다. 어이, 뭐 해? 이쪽이야, 이쪽! 자, 어서 서둘러!

아스팔트를 포장하는 일은 아주 재미있는 구경거리였다. 지금은 잡화점으로 변한 우유 가게 안에서 블롬멜린 부인과 나이 든 라르손 부인이 수다를 떨며 노동자들이 일하는 곳을 힐끔거렸고, 뢰트모가타 3번지에 살고 있는 비요르크 부인은 창틀에 기대서서 밖을 내다보았으며, 그 위로 칼손 부인이 창가에 앉아 머리를 밖으로 쑥 내밀었다. 비요르크 가족이 사는 집 위층에는 칼손 가족이 살았다. 아스팔트를 까는 것과 같은 특별한 일이 없는 날에도 비요르크 부인과 칼손 부인은 늘 그렇게 창가에 나와 앉거나 서서 올빼미처럼 고개를 빼들고 어디 심술궂은 망나니가 못된 짓을 하지 않나 살펴보았다.

따뜻한 봄날이었다. 하지만 뭉게뭉게 김이 솟아오르는 아스팔트 옆은 몹시 더웠다. 노동자들은 윗도리를 모두 벗어던지고 일했다. 구릿빛으로 번쩍이는 맨살의 허리에 비스듬히 공구 주머니가 하나씩 둘러져 있었다. 거대한 포장룰러를 밀고 가는 높다란 중장비 차 위에는 바짓가랑이를 무릎까지 걷어붙인 곱슬곱슬한 금발의 남자가 앉아 있었다. 그들 모두는 투철한 목적의식으로 일하고 있는 것처럼 보였다. 누군가가 천둥 같은 소리로 고함치면 고유한 음색의 그 특별한 울림 속에서 그 일은 곧장 실행으로 옮겨졌다. 그렇다 하더라도 그들은 모두 어쩔 수 없이, 그리고 의심의 여지없이 아버지가 그토록 멀리하는 칭송 받아 마땅한 '보통 사람들'에 속했다. 그들은 부끄러운 줄도 모르고 자족에 빠져 땀으로 뒤범벅이 된 지저분한 맨 어깨를 으스댔다. 기껏해야 삽으로 아스팔트나 뒤적거리면서 마치 자신이 도시 전체를 건설하고 있는 양 눈을 빛내고 있었다. 아버지의 눈으로 보자면 그랬다. 그들 중에 아버지 같은 사람은 없었던가? 아버지와 비슷한 옷을 입고, 비슷한 얼굴에 머리카락이 검고, 피부가 거무튀튀한 사람은 없었던가? 그래, 있었다. 아니, 없었다.

에바와 나는 다른 아이들에게서 조금 떨어져 있었다.

길 양옆으로 늘어선 집들 중에는 이제야 창문이 열리는 집도 있었다. 에바와 내가 서 있는 바로 앞 집 2층에서 창문이 스르르 열리더니 몹시 늙은 노파의 얼굴이 불쑥 나왔다. 내가 몇 년 뒤에 도둑질을 하러 들어가게 될 바로 그 집이었다. 곱슬곱슬한 금발의 남자가 중장비 차를 운전하며 당시 유행하던 노래를 휘파람으로 불었다.

"나도 저 커다란 차를 몰면서 휘파람을 불 수 있다면 얼마나 좋을까!"

침묵의 틈새를 뚫고 에바의 마음 깊숙한 곳에 자리 잡고 있던 그리움이 불쑥 튀어나왔다. 그 소리는 크고 너무나 또렷해서 다른 사람들도 다 들을 수 있었다. 에바는 자신도 모르게 툭 튀어나온 그 말에 스스로 깜짝 놀라 얼른 내 뒤로 숨었다. 나도 불안하긴 마찬가지였다. 혹시 무슨 일이 일어나지나 않을까? 일하는 사람들이 우리에게 저리 꺼지라고 소리치면 어떡하나? 그러면 다른 아이들은 신이 나 깔깔거릴 테고, 우리처럼 멍청한 짓을 하지 않은 걸 자랑스러워하며 우리를 더 놀려댈 텐데. 불안은 커져갔다.

하지만 수백만 번 일어났던 그런 일들이 이번에는 일어나지 않았다. 대신에 금발의 남자가 중장비 차를 멈추더니 운전석에서 내려 그 큰 걸음으로 성큼성큼 에바에게로 다가왔다. 그는 에바를 번쩍 들어 운전석에 앉히고는 자기도 차 위로 올라탔다. 에바를 무릎에 앉히고, 에바의 손을 운전대에 올려놓고 다시 차를 몰았다. 바짝 얼어붙은 에바는 앞만 쳐다보고 있었다.

금발 남자는 동료들 사이에서 꽤나 영향력이 있는 사람 같았다. 에바를 태우고 중장비 차를 모는 광경을 보고 우물쭈물하는 다른 노동자들에게 그가 눈을 한 번 찡긋해 보이자 모두들 껄껄 웃음을 터뜨렸다. 웃음소리가 넓게 퍼져 나갔다.

"저기 서 있는 저 꼬맹이, 네 동생이지? 재도 태워줄까?" 금발 남자가 말했다. "어서 가서 데려와."

그의 오른쪽 무릎에는 에바가, 왼쪽 무릎에는 내가 올라탔다. 에바와 나는 각각 한 손을 운전대 위에 올려놓고, 기쁨에 찬 눈으로 금발 남자의 얼굴을 올려다보았다. 그저 놀랍기만 했다. 휘파람을 불면서 동시에 미소까지 지을 수 있다니. 그가 휘파람으로 부는 노래는 우리도 알고 있었다. 저기 한 남자가 걸어오네, 면도날처럼 날카롭게 줄을 잡은 바지를 입은 저 남자. 그는 휘파람을 불며 행복에 겨워 어쩔 줄 모르는 두 아이를 태우고, 박자에 맞춰 변속기어를 이리저리 움직이며 빙글빙글 차를 몰았다.

그런 일은 좀체, 아니 다시는 결코 일어나지 않으리라는 사실을 에바와 나는 잘 알고 있었다. 하지만 그런 불행한 예감에 빠져 이 행복한 시간을 망칠 만큼 멍청하지는 않았다.

우리는 집으로 돌아왔다. 내가 아버지에게 휘파람 부는 법을 가르쳐달라고 부탁했을 뿐, 우리에게 일어났던 그 놀라운 일을 입 밖에 내지 않았다.

"휘파람 부는 법을 배우고 싶다고? 입술을 이런 모양으로 만들어서 혀는 말이지……."

아빠가 금발이었다면, 중장비 차를 모는 운전사였다면 그 곱슬곱슬한 금발의 남자처럼 보였을까? 하지만 그럼 아빠는 뭐가 되는 거지? 또 그전에는 누구였던 거야? 문득 내가 아빠라는 호칭과 아버지라는 호칭을 섞어 쓴다는 것이 생각났다. 어쩌면 그는 내가 '교황님'이라고 부르든지, '꼰대'라고 부르든지 신경 쓰지 않았을지도 모르지만. 그런 생각이 들자 엄마는 항상 엄마라고 부른다는 사실이 떠오르면서 묘한 느낌이 들었다. 엄마가 독서용 안락의자에 앉아 책을 읽고 있을 때면 간혹 나는 엄마 뒤로 살금살금 다가가 읽고 있는 책을 몰래 훔쳐보면서 이런 생각을 하곤 했다. 엄마가 읽는 책 속의 이야기들은 에바와 내가 매일매일 겪는 일들과 전혀 다를 게 없을지도 모른다는 생각이 들었다. 하지만 그때 엄마가 읽고 있던 그 이야기는 우리가 실제로 겪는 일과는 완전히 달랐다.

어린 시절 낭떠러지에서 떨어져 그때까지의 기억을 깡그리 잃어버린 한 여자의 이야기였다. 어른이 된 그녀는 어릴 때 남동생과 함께 걷다 미끄러져 떨어졌던 그 길을 다시 찾았다. 어둑어둑한 저녁이었다. 한 손에는 손전등을 들었고, 다른 손으로는 어린 아들의 손을 잡았다. 어린 아들에게 조심하라고 말하는 순간 그녀는 발을 헛디뎌 낭떠러지 아래로 굴러 떨어졌다. 그녀의 어린 아들이 사람들에게 달려가 도움을 청했다.

그 여자는 구조되었고, 기억을 되찾았다. 모두들 기적이 일어났다고 말했다. 그녀는 어린 시절의 일들을 낱낱이 기억해냈고, 유명인사가 되었고, 부자가 되었다. 문득 어쩌면 사람이란 알지 못하는 소녀가 자기 속에서 살고 있었던 이 여자처럼, 자신 속에 자신도 알지 못하는 또 다른 누군가가 들어 있는 존재인지도 모른다는 생각이 들었다.

방 안은 어두웠다. 노란 천으로 만든 갓을 쓴 키 큰 스탠드만 불을 밝히고 있었다. 엄마는 빛이 만든 작은 동굴 속에 앉아서 책을 읽었다.

사람, 책, 이야기.

아니다. 그때 엄마가 읽고 있던 그 이야기도 우리가 매일매일 겪는 실제의 일과 완전히 다른 것은 아니었다.

사람들이 긴 줄로 늘어서 춤을 추며 다가오고 있었다. 뱀처럼 꾸물꾸물 기어왔다.

미드솜마르크란센 구역에서 열렸던 축제들, 무엇보다도 '크리스마스트리 약탈'이라고 불리던 축제는 언제나 폴란드의 무곡인 폴로네즈로 시작되었다. 사람들은 누군가의 집에 모여 폴로네즈에 맞춰 춤을 추다가 어느 시점이 되면 모두 한 줄로 늘어서 집 밖으로 나왔다. 줄 맨 앞에 서 있는 사람이 다음 집 초인종을 눌러 문이 열리면 춤을 추며 들어가 집 안을 돌았다. 한 바퀴 돌고 나면 그 집에 있던 사람들은 줄의 맨 끝에 붙어 다시 춤을 추며 다음 집으로 옮겨갔다. 이런 식으로 사람들의 수가 계속 불어나다가 끝에는 백 명도 더 되는 사람들이 기다란 뱀 같은 줄을 이뤄 춤을 추며 거리를 휩쓸고 다녔다. 얼룩덜룩한 축제 의상을 입은 사람들도 있었고, 그렇지 않은 사람들도 있었다. 어른, 아이 할 것 없이 모두 손에 손을 잡고, 춤을 추고, 땀을 흘리고, 웃고 노래했다.

'긴 계단' 쪽에서 폴로네즈가 들려왔다. 그 폴로네즈 행렬은 공원을 지나 마치 우연인 것처럼 우리 집 뜰로 들어섰다. 사람들은 베란다 계단을 올라와 초인종을 누르지도 않은 채 문을 열고 집 안으로 들어왔다. 현관문은 잠겨 있지 않았다. 사람들이 춤을 추며 집 안 여기저기를 빙글빙글 돌아다녔다. 마치 기다란 뱀 한 마리가 꾸물꾸물 기어다니고 있는 것 같았다. 한 바퀴, 두 바퀴, 세 바퀴. 우리의 손을 잡아끌지도 않고, 그저 자기들끼리 춤을 추고, 노래를 불렀다. 그들은 여기저기를 기웃거리고 들여다보고 코를 킁킁대며 집 안을 돌았다. 우리는 마비된 사람들처럼 꼼짝달싹 못하고 가만히 서 있었다. 한 사람, 또 한 사람, 그리고 또 한 사람. 그렇게 옆 사람의 손을 놓고 줄 밖으로 나온 사람들은 뻔뻔스럽게도 찬장과 장롱, 심지어 서랍까지 열고 안을 들여다보았다. 분노가 끓어올랐다.

"나가주세요!" 엄마가 소리쳤다. 하지만 그들은 크게 웃으며 또 한 바퀴를 돌았다.

"당장 꺼지지 못해." 아빠가 으르렁거렸다. 그러고는 남자 한 명을 잡아 현관 쪽으로 내동댕이쳤다. 엄마가 빗자루를 휘둘렀고, 에바와 나도 닥치는 대로 팔을 뻗었다. 음악 소리가 뚝 그쳤다. 갑자기 모든 것이 조용해졌다. 그 사람들 모두가 우리를 이상하다는 듯이 쳐다보았다. 우리 네 명은 서로 꼭 붙어 서서 거친 숨을 몰아쉬며, 저들 모두와 싸울 수밖에 없다면 끝까지 싸울 거라고 다짐했다.

"나갑시다." 그들 중 하나가 말했다. "저런 인간들한테서 뭘 기대하겠습니까? 나갑시다."

밖으로 몰려 나간 그들은 다시 춤추고 노래하며 꾸물꾸물 '긴 계단' 위를 기어 올라갔다. 엄마가 에바와 나를 돌아보았다.

"언젠가 너희가 이 모욕을 꼭 갚아다오. 나하고 약속해줘." 더 이상 스스로를 지탱할 수 없는 엄마의 몸이 의자 위로 떨어져 내렸다. "그 사람들은 우리 집 안을 뒤져보려고 몰려온 거야. 단지 그 이유 때문이야."

"그래, 맞아. 우리를 모욕하러 몰려 온 거야." 아버지가 창문을 열었다. "이 더러운 똥구멍들, 빨리 꺼지지 못해." 춤을 추며 '긴 계단'을 오르는 그들을 향해 아버지가 소리쳤다. "어서 꺼지란 말이야, 어서! 제기랄!"

그에게서 그런 목소리를 들은 적은 한 번도 없었다. 그의 목소리에서 깊게 패인 상처가 또렷하게 느껴졌다. 뱀처럼 꾸물거리는 긴 줄 속에서 사람들이 커다랗게 웃었다. 그 웃음소리는 쉽게 그치지 않았다. 그리고 다시 정적.

"도대체 우리한테 무슨 문제가 있는 거지요?" 엄마가 허공에 대고 물었다.

그 뒤로 한동안 토요일 저녁만 되면 중학교나 고등학교에 다닐 나이쯤 돼 보이는 아이들이 우리 집이 내려다보이는 텔루스보리 거리에 모여 즐겁게 소리를 지르고 깔깔 웃으면서 우리 집을 향해 막대기나 돌멩이를 던졌다. 때로는 제법 큰 돌덩어리가 날아와 쿵 하고 벽을 치거나 지붕 위에 떨어질 때도 있었다. 한번은 기왓장 몇 장이 한꺼번에 박살난 적도 있었다.

참다못한 아버지가 창문을 열고 그들에게 그만두지 못하겠느냐고 소리쳤다. 그들이 모여 있는 위쪽에서 커다란 웃음소리가 울려 퍼지더니 더 많은 막대기와 돌멩이가 날아왔다. 아버지가 그들을 향해 저주를 퍼부었고, 엄마도 창가로 달려가 악을 썼다. 할머니와 할아버지가 살고 있는 위층 창문이 열렸다. 그들이 머리를 창밖으로 빼고 허리를 구부렸다. 손가락 하나를 펴 입술에 대고 엄마를 향해 아무 말 하지 말고 조용히 있으라는 듯 쉿 소리를 냈다. 하지만 아무 소용이 없었다. 다시 돌멩이가 날아오고, 엄마가 소리 지르고, 또다시 돌멩이가 날아왔다. 할머니와 할아버지는 새된 목소리로 엄마에게 고함을 쳤다. 지금 그녀는 그녀 자신뿐만 아니라 그녀의 부모인 자신들까지도 조롱거리로 만들고 있는 거라며 조용히 있지 못하겠느냐고 고함을 질렀다. 아버지가 할머니와 할아버지를 향해 당신들과는 상관없는 일이니 그 볼품없는 코나 어서 치우고 잠자코 있으라고 으르렁거렸다.

그들은 마치 전차라도 기다리는 것처럼 텔루스보리에 모여 웃고, 떠들고, 돌을 던지고 우리를 조롱했다. 그들에게는 아주 재미난 주말 놀이였을 것이다.

아버지가 취해 있기라도 하면 그들의 즐거움은 배가 되었다. 그들은 술 취한 아버지와 엄마가 다투는 소리를 들으며 킬킬거렸다. 망할 놈. 더러운 창녀. 주정뱅이 돼지새끼. 화냥년. 주둥아리를 박살내기 전에 닥치지 못해. 그리고 더 이상 말하지 않는 것이 좋을 그 비슷한 말들. 엄마와 아빠가 싸울 때면, 칭송 받아 마땅할 보통 청소년들뿐만 아니라 칭송 받아 마땅할 보통 어른들까지 모여들어 엄마와 아빠가 서로에게 퍼부어대는 그 위협이 실행에 옮겨지는지 궁금한 기색으로 지켜보았다. 그들은 이해하지 못했다. 차마 입에 담지 못할, 그 험한 말

을 서로에게 퍼부어대는 엄마와 아빠의 마음 깊숙한 곳
에 무엇이 있는지 알지 못했다. 다만 자신들이 우리와
달리 칭송 받아 마땅한 '보통 사람들'이라는 점을 우리
를 통해서 확인하고는 즐거워할 뿐이었다. 그리고 그들
의 아이들은 우리에게 소리를 지르고 돌을 던졌다.

텔루스보리에서 돌이 날아오기 시작하면 서로에게 향
해 있던 엄마와 아빠의 분노는 방향을 선회해 공동의 적
을 향해 날아갔다. 언제부턴가 할머니와 할아버지도 우
리 편이 되었다. 할아버지가 그들을 향해 불끈 쥔 주먹
을 휘둘러 보였고, 할머니는 당장 그만두지 않으면 경찰
을 부르겠다고 소리쳤다. 하지만 언제나 그렇듯이 돌아
오는 것은 더 큰 웃음소리와 조롱과 야유뿐이었다. 엄마
가 짐승처럼 으르렁거렸다. 그들은 우리 집에서 언제부
터 개를 키웠느냐며 깔깔거렸고, 우리를 향해 개처럼 컹
컹 짖었다. 박수까지 쳐대며 웃었다. 헤이, 거기 내려가
서 그 암캐 한번 쓰다듬어 봐도 돼? 날카롭게 휘파람을
불어댔다. 고막이 찢어질 것 같았다. 우리가 분노할수
록, 소리칠수록, 저주를 퍼부을수록, 절망할수록 그들은
더 즐거워했다. 에바가 철둑으로 달려갔다. 철둑에 올라
서서 치마를 걷어 올렸다.

"그래, 이 돼지새끼들아. 똑똑히 봐. 이딴 게 보고 싶

은 거지? 그렇지, 이 돼지새끼들아!"

순간 세상의 모든 것이 멈춰버린 것 같았다. 에바가 그들의 흥겨움을 완전히 가라앉혔다. 그들은 더 이상 야유를 보내지 않았다.

에바의 일곱 번째 생일을 일주일 남겨둔 날이었다. 집으로 뛰어 들어온 에바는 심하게 몸을 떨며 울었다.

울지 마, 울지 마. 에바 누나. 그놈들 다 갔어. 이제 그만 울어.

나는 밖으로 달려 나갔다.

'차가운 길' 위에 나비 한 마리가 앉아 있었다. 날개에 공작새의 눈이 박혀 있는 나비는 꼼짝도 않고 땅바닥에 엎드려 있었다. 나비 곁에 쪼그리고 앉았다. 허리를 구부려 나비를 보았다. 어디 다치기라도 한 걸까? 날개를 쓰다듬었다. 나비를 손바닥 위에 올려놓았다. 나비를 올려둔 손바닥을 아래위로 움직여 보았다. 나비는 날아오르지 않았다. 죽은 척 꼼짝 않는 나비를 생각의 힘으로 깨워 보았다. 나비는 살아나지 않았다. 셔츠를 열고 나비를 가슴에 품었다. 사과나무로 갔다. 사과나무 껍질 속에 나비를 묻었다. 나는 왜 나비를 사과나무 껍질 속에 묻는 걸까? 나는 알지 못한다. 그네에 올라탔다. 내 몸이 흔들렸다. 오래도록 그네만 탔다. 이야기가 시작될 때까지 그네만 탔다. 내가 이야기하고 있다.

그래, 사람들은 수없이 많은 이야기를 하며 산다. 그리고 그 이야기의 용도도 참으로 다양하다. 행복을 느끼기 위해 밖으로 달려나온 한 아이의 이야기다. 비록 소망만이 가능하지만 자신의 행복이 무한히 커질 수 있도록, 자신의 행복이 그렇게 커지는 것을 아무도 방해하지 못하도록 홀로 밖으로 달려 나온 한 아이의 이야기다. 얼마나 오랫동안 이야기를 하고 있었을까? 무엇인가 셔츠 속에서, 처음에는 희미하게, 그러나 점점 또렷하게 가슴을 간질인다. 셔츠의 단추를 연다. 열린 셔츠 밖으로 나비 한 마리가 날아오른다. 살아 있다는 기쁨으로 날개를 파닥이며 이리저리 춤추며 날아다닌다. 나는 이야기한다. 이야기하고, 또 이야기한다.

사과나무로 간다. 사과나무 껍질 속에 묻었던 나비가 사라지고 없다. 땅바닥으로 떨어진 것일까? 까치가 왔다 간 것일까? 박새가 물고 간 것일까? 아니다. 나비는 내 이야기 속에서 날아오르지 않았던가. 내 맨 가슴에서 날아올라 살아 있다는 기쁨으로 날개를 파닥이며 저기서 춤추고 있지 않은가. 소망만이 가능한 크기로 무한히 커진 나의 기쁨처럼 하늘 높이 날아오르고 또 날아올라

온 세상 모든 사람들에게 살아 있다는 것이 얼마나 기쁜 일인지 온몸으로 보여주고 있지 않는가. 나는 이야기를 멈춘다. 하지만 이야기는 제 스스로 계속된다. 이야기가 들려주는 이야기를 들으며 집으로 들어갔다. 멀고 먼 바다에서 따뜻한 물결이 밀려오는 우리의 해변을 햇살이 환하게 비추고 있었다.

3

살기 위해 배워야 할 것들

미드솜마르크란센 구역 한복판으로 검은색 자동차 한 대가 지나간다. 천천히 앞으로 미끄러져 가더니 소리 없이 모퉁이를 꺾어 돈다. 모두가 검정 다지를 무서워한다. 검정 다지에 잡혀가는 아이들은 자기가 왜 고아원으로 가야 하는지 이해하지 못한다. 검정 다지에 타고 있는 사람들은 행실이 좋지 않은 아이들은 반드시 저지른 잘못을 속죄해야 한다고 생각한다. 그리고 그런 아이들이 속죄할 수 있는 장소로는 고아원만 한 데가 없다고 생각한다. 검정 다지는 스반덤스 거리, 율리쿨레, 저 위쪽에 있는 외베르 베리스 거리를 거쳐 '이불언덕' 발치께에서 멈춰 선다. 차창 안에서 남자와 여자가 길 위를 빙 둘러본다. 그들은 아동보호청에서 나온 사람들이다. 모든 아이들이 겁을 집어먹고 스스로에게 묻는다. 뭐야? 설마 내 차례는 아니겠지?

에바가 입학했다. 그로부터 1년이 지난 후에 나도 학교에 들어갔다. 그리고 많은 것이 변했다. 물론 우리는 여전히 때가 되면 지붕 밑 다락으로 올라가 궤짝 속으로 들어갔다. 그렇게 아버지의 배를 타고 머나먼 바다를 항해하다가 집으로 돌아오곤 했다. 그리고 여전히 사과나무 가지를 붙들고 앉아 있는 까치에게 인사를 건넸고, 뮈르딩엔에 서서 날아오르는 새들과 날개를 파닥이는 나비를 경이에 찬 눈으로 바라보았다. 뮈르딩어가 부르는 노래에 깜짝 놀라기도 했고, 아침 풀잎에 짙게 밴 들개의 냄새를 맡기도 했다. 이 경이로운 것들이 지닌 신비는 적어도 뮈르딩 호숫가의 허름한 집, 그 집의 뜰, 뮈르딩엔에서만큼은 언제나 강렬했다. 하지만 어찌된 일인지 그곳에서 멀어질수록 그 마술적인 힘은 점점 약해졌고, 그들만이 가지고 있었던 그 환상적인 색깔마저도 희미해졌다. 그렇게 점점 약해지고 희미해지다가 어느 지점에서부터는 마침내 완전히 다른 세계가 시작되었다. 그렇다. 그 세계는 완전히 다른 곳이었다. 경이롭다든가 흥미진진하다는 말로 표현되던 것들은 전에 내가 알던 것과는 전혀 다른 빛깔을 지니고 있었다. 뿐만 아니라 내가 지금껏 야만적이라거나 끔찍하다고 생각했던 것들이 오히려 가치 있는 것으로 추앙을 받았다. 그런 것들 스스로 억센 주먹을 휘두르며 활개를 쳤다. 나는 그 세계에서 '더 실제적인 실제' 라고 부를 수 있는 것들과 맞닥뜨렸다. 수학, 작문, 체육, 뢴트겐 검사, 폐결핵 예방주사.

입학식이 있는 날이었다. 나는 엄마와 함께 미드솜마르크란센 초등학교의 커다란 문을 걸어 들어갔다. 엄마는 어쩔 수 없이 남의 집 청소 일을 다시 시작할 수밖에 없었는데, 그날 하루만큼은 입학식에 참석하기 위해 일을 나가지 않았다. 입학식이 열린 강당 안에서는 모든 소리가 꼭 수영장에서처럼 윙윙거렸다. 입학식이 끝난 다음 엄마와 나는 아이들이 하도 밟고 다녀서 반질반질하게 닳은 돌계단을 올라 교실로 갔다. 60대 초반쯤 돼 보이는 건장한 여자가 우리를 맞아주었다. 홀름 선생님이었다. 선생님은 자신을 '홀름 부인' 이라는 명칭 대신 '미스 홀름' 이라고 소개했다. 그녀는 60대의 노처녀였다. 교실 안에 빽빽하게 들어찬 아이들과 그 아이들의 부모들은 미드솜마르크란센 초등학교의 교칙에 관한 홀름 선생님의 설명을 자못 진지한 표정으로 들었다.

누가 교실 문을 두드렸다. 바텐레드닝스 거리에 사는 뚱뚱한 릴리 클라린과 어머니보다 덜 뚱뚱하지 않은 그녀의 아들 라르스우베가 들어왔다. 라르스우베가 무엇인가에 걸려 넘어졌다. 웃음이 터져 나왔다. 그러나 홀름 선생님이 눈썹을 위로 치켜세우자 웃음은 바로 사그라졌다. 릴리 클라린이 꽤 무거워 보이는 아들을 번쩍 안아들고 빈 책상에다 던져 넣었다. 여느 뚱뚱한 아이들과는 달리 라르스우베는 머리숱이 아주 많았고 머리카락은 아주 매끄러워 보였다. 그의 뺨은 불어놓은 풍선 같았고, 배와 엉덩이는 너무 뚱뚱해서 마치 베개 여러 개를 옷 속에다 쑤셔 넣은 것처럼 보였다. 셔츠 자락은 항상 바지 바깥으로 비어져 나와 있었다. 입학한 첫날부터 비곗덩어리라는 별명을 얻은 것도 당연했다.

홀름 선생님이 아이들의 이름을 불러 한 명 한 명 일으켜 세우고는 몇 가지 질문을 했다. 모두들 일어난 아이를 쳐다보았다. 나는 거기서 그 아이를 다시 보았다. 롤프였다. 단 한 번 뮈르딩엔에서 함께 놀았고, 에바가 우리 아빠는 죽었다고 말했을 때 그렇게 좋아했던 아이.

집에 돌아와서 엄마는 아버지와 에바에게 학교에서 무슨 일이 있었는지 이야기해주었다. 홀름 선생님이 우리 아이 이름을 불렀어요. 그러고는 글을 읽을 줄 아느냐고 물었죠. 애가 "저는 다섯 살 때부터 글을 읽기 시작했어요" 하고 대답했어요. 엄마의 얼굴은 자부심과 기쁨으로 빛났다. 하지만 아버지는 무슨 이유에서인지 걱정스럽다는 표정을 지었다. 아버지의 판단이 옳았다. 그가 걱정했던 일은 입학식 바로 다음 날에 일어났다.

1차 세계대전 기간에 스웨덴에서는 한 살 터울로 세 명의 괴물이 태어났다. 첫째의 이름은 예스타였고, 중간은 루네, 그리고 마지막은 롤프였다. 그들 이름의 첫 글자를 모아 발음하면 마치 괴물이 으르렁거리는 소리처럼 들렸다. 그들은 돌처럼 단단한 여섯 개의 주먹을 휘둘러대며 미쳐 날뛰는, 머리가 세 개나 달린 끔찍한 괴물이었다. 그들의 몸이 세 개로 쪼개져 있을 때도 그 끔찍함은 조금도 줄어들지 않았다. 각자의 학년을 지배하기에는 충분하고도 남는 끔찍함이었다. 3학년을 지배했던 예스타 얀손. 2학년을 지배했던 루네 얀손. 그리고 그 삼형제 중에서 가장 끔찍하고도 악랄했던 롤프 얀손. 절대 권력을 휘두르며 1학년을 지배했던 폭군.

로페가 다가와 내 가슴을 툭툭 밀쳤다. 야, 그렇게도 잘난 체가 하고 싶었어? 다섯 살부터 글을 읽기 시작했다는 내 말이 몹시 귀에 거슬린 모양이었다. 또다시 내 가슴팍을 밀쳤다. 내가 비틀거리며 뒷걸음질 치자 로페가 다시 밀쳤다. 아이들이 소리쳤다. 싸움이다, 싸움! 어서 둘러싸! 원을 만들어! 피에 굶주린 아이들이 모여 로페와 나를 둘러쌌다. 아이들이 만든 원은 겁쟁이가 도망치지 못하도록 둘러친 벽이었다. 로페의 공격에서 달아날 수 있는 가능성은 어디에도 없어 보였다.

"네가 뭐 특별한 놈이라도 되는 줄 알아?" 로페가 이번에는 어깨를 쿡 쥐어박았다. 나도 로페의 어깨를 밀쳤다. 로페는 어이없다는 표정을 지으며 배를 불쑥 내밀고 내 가슴팍 쪽으로 자신의 어깨를 들이밀었다. 내가 다시 로페의 어깨를 밀쳤다. 드디어 로페가 첫 번째 주먹을 날렸다. 나도 맞받아 쳤다. 멀리서 운율에 맞춰 시를 낭송하는 듯한 소리가 들려왔다. 더 세게! 더 세게! 원을 그리며 나를 둘러싼 아이들 속에서 우리 반 아이 몇 명이 희미하게 보였다. 얀네와 페레페가 히죽거리며 서 있었다. 구역질나는 이 두 녀석은 얼마 전 곧바로 자진해서 로페의 충복이 되었다. 아마도 로페의 주먹이 자기들에게로 향했다면 바지에 줄줄 오줌을 싸댔을 녀석들이 지금은 기대에 찬 얼굴로 열을 내며 싸움을 부추겼다.
더 세게! 더 세게!

학교에 교칙이 있듯이 싸움에도 규칙이 있었다. 특히
로페와 같은 싸움꾼들은 철저하게 규칙을 준수했다. 얼
굴은 때리지 말 것. 발로 차지 말 것. 할퀴거나 침 뱉지
말 것. 규칙을 어기는 사람에게는 집단적으로 응징이 가
해졌는데, 우 하고 야유를 보내거나 몰매를 놓기도 했다.

로페가 돌덩이처럼 단단한 주먹을 내 배에다 찔러 넣
었다. 나도 주먹을 날렸다. 그렇게 몇 번인가 주먹이 오
간 다음 우리는 서로 엉켜들었다. 로페가 나를 바닥에
내동댕이치는 데는 그리 긴 시간이 걸리지 않았다. 내
가슴 위에 올라탄 로페가 두 팔을 잡고 땅바닥에 짓눌렀
다. 이 지경에 이르면 싸움은 이미 끝난 셈이었다. 자기
보다 나이가 어린 조무래기한테 당하지 않는 한 동년배
끼리의 싸움에서 졌다고 해서 특별히 창피한 일은 아니
었다. 언제든 다시 도전할 수 있었고, 또 그 도전은 언제
든 받아들여야 했다. 때로는 이긴 아이가 진 아이에게
손을 뻗어 먼지를 털고 일어날 수 있도록 도와주는 그럴
듯한 광경이 연출되기도 했다. 하지만 로페가 내 팔을
놓고 일어났을 때 나는 머리끝까지 화가 치밀어 올라 있
었다. 다시 그에게 덤벼들었으나 몇 초 후에 또다시 땅

바닥에 내동댕이쳐졌다. 로페가 발버둥치는 내 팔을 짓이기듯이 눌러댔다. 바닥에 깔려 있던 자잘한 쇄석들이 살갗을 파고들었다. 살갗이 찢어져 피가 흐르기 시작했다. 아이들이 소리쳤다. 피다, 피!

아이들이 싸움판을 원형으로 빙 둘러싸는 데는 그 속에서 무슨 일이 벌어지고 있는지 선생님에게 보여주지 않겠다는 의도가 담겨 있다. 하지만 실제로는 정반대의 결과를 불러일으킨다. 아이들이 만든 원은 그 속에서 싸움이 벌어지고 있다는 아주 정확한 표지가 된다. 구경하는 아이들의 고함도 역시 같은 역할을 했다. 한 남자 선생님이 달려와 우리를 뜯어 말렸다. 내가 만약 그때 그 선생님의 이름이 스텐 하글리덴이라는 것만 알았어도, 대뜸 그의 시를 암송해서 그와 아이들을 깜짝 놀라게 해줄 수 있었을 텐데. 스텐 하글리덴 선생님은 미드솜마르크란센 초등학교의 교사이자 시인이었다. 나는 그때 그가 선생님이라는 사실밖에는 알지 못했고, 시 암송은커녕 입도 뻥긋하지 못한 채 교무실로 끌려가야 했다. 홀름 선생님이 내 귀를 세게 잡아당겼다. 비명이 절로 터져 나왔다. 로페가 멸시하는 듯한 눈초리로 나를 힐끗 훔쳐보았다. 로페는 자신에게 가해지는 모든 체벌을 아무것도 아니라는 듯 처음부터 끝까지 무표정한 얼굴로

견뎌냈다. 당돌한 태도에 화가 난 홀름 선생님이 더욱
사납게 때렸지만, 그는 입술을 꽉 깨물고 버텼다. 불필
요한 매를 벌고 있다는 생각이 들었지만, 복종을 거부하
는 그의 모습에 나는 경탄하지 않을 수 없었다. 그를 미
워하기가 더 어려워졌다.

하지만 로페의 주먹을 피하기 위해 자진해서 그에게
굴종하는 얀네나 페레페 같은 졸개들은 미워하지 않을
수 없었다. 급식 때도 먹을 만한 것을 로페에게 바치고
그 대신 절인 청어에 곁들여 나오는, 초록빛이 도는 삶
은 계란같이 로페가 먹지 않고 남기는 음식들만 받아먹
는 수치심도 모르는 간사하고 비열한 녀석들이었다. 그
녀석들은 돌아가며 로페의 가방을 대신 들고 다녔다. 그
것도 모자라 캐러멜과 사탕도 상납했다. 그처럼 굴욕적
으로 굽실거렸지만, 가엾게도 그 녀석들도 로페에게 얻
어터지긴 마찬가지였다. 어디까지나 로페의 기분에 달
려 있는 문제였다. 꼬투리는 얼마든지 잡을 수 있었다.
머리를 너무 짧게 자르고 와도 얻어 터졌고, 계집애 같
은 스웨터를 입어도 두들겨 맞았다. 그렇지만 로페 자신
의 차림새 역시 별로 나을 것은 없었다. 특히 로페가 신
고 다녔던 실내화는 끔찍하기 짝이 없었다. 나는 그 실
내화를 잘 알고 있었다. 나도 가지고 있었으니까. 회갈

리드에 살고 있는 마음씨 좋은 신기료장수가 신발을 깁
고 남은 재료로 만들어 원하는 사람들에게 공짜로 나눠
준 실내화였다. 엄마는 내가 학교에 들어가면 새 실내화
를 사주겠다는 약속을 다행히 지켜주었다.

　집으로 돌아왔다. 아버지는 찢어진 내 손등과 팔목을
보고는 화를 참지 못하고 길길이 뛰었다. 어떤 돼지새끼
가 너를 이 지경으로 만들어놓았는지, 그 돼지새끼의 이
름이 무엇이며, 어디에 사는지 다그쳐 물었다. 내일 당
장 학교로 찾아가 따져 묻겠다고 씩씩거렸다. 엄마가 아
버지를 진정시켰다. 엄마는 나에게 절대로 피해서는 안
된다고 타일렀다. 학교를 다닌다는 것은, 물론 모든 아
이들이 다 학교를 다니기는 하지만, 그런 것과는 상관없
이 어떤 누군가에게는 아주 커다란 특권이 될 수도 있
어. 그러니까 어떤 경우에도 성실하고 주의 깊은 태도를
잃어서는 안 돼. 성적을 위해 배우는 게 아니라 살아가
기 위해 배우는 거야. 좌절 없이 이루어지는 진보는 없
어. 우리는 좌절의 과정에서 언제든지 무엇인가를 배울
준비가 되어 있어야 해. 엄마는 나를 뚫어져라 바라보며
말했다. 엄마가 엄숙한 표정으로 우리에게 말할 때마다
언제나 끝을 장식하던 이야기가 이번에도 역시 마지막
으로 덧붙었다. 내가 지금 당부했던 이 모든 것들을 네

가 하나도 빠트리지 않고 잘해내리라는 걸 나는 잘 알고 있단다. 모든 것이 잘될 테니 애야, 너무 걱정하지 마라.

깊은 밤이었다. 잠결에 들개가 울부짖는 소리가 들려왔다. 하지만 나는 잠에서 깨어날 수 없었다. 꿈이었을까?

학교생활은 수학과 작문, 닐스 홀게르손의 멋진 여행기로만 채워지는 것은 아니었다. 지속적으로 주먹질이 이어졌다. 매일매일 쉬는 시간마다 복도에서, 운동장에서, 점심시간이면 아이들이 음식을 타려고 늘어서 있는 줄 속에서, 그리고 학교에서 집으로 돌아갈 때면 쉐데텔리에 거리에 있는 지하도에서 나는 그 악랄하고 끔찍한 괴물 로페와 끝도 없이 주먹질을 벌였다. 얀네나 페레페 같이 구역질나는 조무래기 똥구멍들은 우르르 몰려다니며 그 지하도 길만 남겨둔 채 집으로 가는 다른 길들을 봉쇄했다. 지하도에서는 로페와 그의 또 다른 졸개들이 버티고 서 있었다. 개구멍이라도 찾아내 그 녀석들을 피해 다니려고 한다면 그럴 수도 있었다. 내가 로페와 맞부딪쳐 싸웠던 이유는 용기나 자존심 때문이 아니었다. 오히려 공포 때문이었다. 아무리 떨쳐내려 해도 떨쳐지지 않는 거대한 공포. 끔찍하기 짝이 없는 본능. 살아가기 위해 싸울 수밖에 없다는 생각이었다.

　내가 어딘가에서 로페 무리와 주먹질을 벌이고 있다는 소리를 들으면 에바는 나를 돕기 위해 즉시 그곳으로 달려오곤 했다. 하지만 로페의 조무래기들에게 붙잡혀 버둥거리며 악을 써대는 것 외에 그녀가 할 수 있는 일은 없었다. 오지 않는 것이 오히려 나를 도와주는 것이라고 수도 없이 말했지만, 에바는 결코 내 말을 듣지 않았다.

　로페의 주먹이 아무리 세다 해도, 지저분한 이빨을 드러내고 킬킬거리던 그 어중이떠중이 조무래기 녀석들에게 팔다리를 모두 내주고 꼼짝없이 이리저리 끌려 다닐 때의 굴욕감에 비하면 얻어맞는 고통은 사실 아무것도 아니었다. 혼자라면 절대 나에게 덤벼들지도 못할 비겁한 녀석들이었다. 하지만 나는 로페나 그의 졸개녀석들이 나를 멋대로 욕보이도록 내버려 둔 적은 단 한 번도 없었다. 죽을힘을 다해 맞받아 쳤고, 끌려가면서도 버둥거렸고, 놓여나면 또다시 덤벼들었다. 녀석들이 서서히 주춤거리기 시작했다. 녀석들의 괴롭힘이 뜸해졌다. 하지만 그 비열한 녀석들은 나를 내버려 두는 대신 나보다 좀 더 만만한 상대를 골랐다. 비곗덩어리 라르스우베 클라린이 그 불행한 상대였다.

라르스우베는 엄청나게 뚱뚱하고 수다스러운 아이였지만, 밝고 명랑했다. 그랬던 그 아이가 급속도로 변해 갔다. 자신을 못살게 구는 로페 무리의 눈에 띄지 않기 위해 그는 늘 겁에 질려 움직이지도 못하는 작은 짐승처럼 조용히 웅크리고 있었다. 하지만 그 거대한 몸집 때문에 그의 계획은 늘 수포로 돌아갔다. 로페 무리가 깡패처럼 어깨를 흔들며 다가오는 것을 보면 라르스우베는 낯빛을 확 바꾸고 환하게 웃는 얼굴로 그들에게 농담을 건넸다. 하지만 그들의 학대를 피해가려는 그의 노력이 결실을 맺는 경우는 안타깝게도 거의 드물었다.

비곗덩어리는 잘하는 것이 하나도 없었다. 성적도 언제나 바닥에서 맴돌았다.

체육 시간이었다. 편을 갈라 농구 시합을 했다. 모두들 비곗덩어리를 바라보며 한숨만 쉴 뿐 자기편에 넣어주려고 하지 않았다. 비곗덩어리는 후보 선수가 되어 농구장 밖 한 귀퉁이에 홀로 서 있었다. 커다란 푸른색 체육복 바지를 입고, 보통 우리가 입는 치수보다 서너 치수는 더 큰 흰 러닝셔츠가 멀리서도 잘 보였다.

선생님이 깜빡 잊고 머리띠를 가져오지 않았다. 축구나 농구 시합을 할 때면, 아이들이 자기 쪽 선수와 다른 쪽 선수를 잘 구분할 수 있도록 두 편이 서로 다른 색깔

의 띠를 두르고 경기를 했다. 띠가 없으므로 한 편이 웃
옷을 벗어야겠다고 선생님이 말했다. 옷을 벗기로 결정
된 쪽은, 그런 일은 늘 그런 식으로 되어가듯이 비곗덩
어리가 속한 편이었다. 선생님은 선수 숫자가 중요한 것
이 아니니 그도 옷을 벗고 함께 뛰라고 지시했다. 옷을
벗은 비곗덩어리는 몸을 잔뜩 웅크리고 두 팔을 가슴에
얹고 비곗덩어리를 숨기려고 애썼다. 그렇지만 아무리
애를 써도 숨길 수 없었다. 그가 뛰는 듯 걷는 듯 쿵쿵거
리며 농구장 안으로 들어섰다. 아이들이 소리쳤다. 덜렁
덜렁 젖탱이! 덜렁덜렁 젖탱이! 아이들이 외치는 소리는
점점 커졌고, 그는 아이들의 시선이 다다를 수 없는 곳
이 바로 거기라는 듯, 아무도 없는 상대편 골대 쪽으로
달려가 두 팔을 높이 들고 펄쩍펄쩍 뛰었다. 물론 그의
두 발이 땅에서 떨어지지는 않았다. 그 모습은 마치 자
신에게 어서 공을 패스하라고 신호를 보내고 있는 것 같
았는데, 사실 그는 축 늘어진 비곗덩어리가 위로 당겨
올라가 조금이라도 날씬해 보이지 않을까 하는 생각에
서 그런 동작을 했던 것이다. 아무도 그에게 공을 던져
주지 않았다.

　때때로 라르스우베는 자신의 터질 듯한 볼에다 바람
을 불어넣어 더욱 더 불룩하게 만들거나, 있는 힘껏 배

를 내밀어 뚱뚱한 몸을 더 뚱뚱하게 만들어 보이고는 했다. 우스꽝스럽게도 그는 아이들이 자기를 보고 깔깔거리며 웃어대는 까닭은 자기가 뚱뚱하기 때문이 아니라 아주 익살맞은 행동을 하기 때문이라고 생각했다. 그는 그렇게 여겼다. 가슴속 깊이 자리 잡은 자신의 고통을 숨기기 위해 둥근 얼굴에 공연히 히죽거리는 웃음을 달고 다녔다.

비곗덩어리는 자신을 박해하는 그 끔찍한 무리에게 과자와 돈을 바쳤다. 뇌물을 받은 박해자들은 한동안 비곗덩어리를 괴롭히지 않았지만, 그 효력은 언제나 그리 오래가지 않았다.

"야, 비곗덩어리 옷 한번 벗겨 봐!"

1교시를 마치고 쉬는 시간이었다. 로페 얀손이 명령을 내렸다. 그는 웬만해서는 자신의 손에 직접 피를 묻히지 않았다. 명령을 내리고 그대로 집행되는지 지켜보기만 했다.

"바지도 한번 벗겨 봐!"

비곗덩어리가 몸을 웅크리고 달려드는 아이들을 밀쳐냈다. 덩치가 있어 생각보다 힘이 셌다. 열 명이 넘는 아이들이 달려들었다. 라르스우베의 몸집이 아무리 크다 해도, 또 달려드는 아이들이 아무리 조무래기라 해도 한꺼번에 몰려드는 열 명을 상대할 수는 없었다. 더군다나 로페의 명령을 받은 아이들이 아닌가? 라르스우베의 아랫도리가 발가벗겨졌다. 비곗덩어리는 모멸감으로 벌벌 떨며 턱없이 짧은 플란넬 셔츠 자락을 아래로 잡아당기려 애썼다.

얀네와 페레페가 펄쩍펄쩍 뛰며 그의 주위를 빙빙 돌았다. 다른 조무래기들은 무릎을 구부리고 웅크린 채 자꾸만 셔츠자락을 끌어내리는 라르스우베의 모습을 흉내 내며 킬킬거렸다. 커지는 웃음소리. 나는 웃지 않았다. 하지만 웃지 않았다 해도 나 자신에게 눈곱만 한 자부심도 느낄 수가 없었다. 나는 아무것도 하지 않았다.

비곗덩어리가 뛰쳐나갔다. 화장실 앞을 지나 건물 밖으로 달려 나갔다. 숲 속으로 사라지는 엉덩이가 하얗게 빛났다. 비곗덩어리를 보며 즐거워하던 아이들의 웃음소리가 뚝 그쳤다. 침묵하는 아이들의 얼굴 위로 슬그머니 피어난 불안이 갑자기 빠른 속도로 퍼졌다.

"모두들 주둥아리 닥치고 있어. 만약 고자질하는 새끼가 있으면 모가지를 확 비틀어놓을 거야." 로페가 말했다.

11월이라 몹시 추웠다.

나는 바닥에 떨어져 있는 비곗덩어리의 옷을 주워들

었다. 아무도 나를 제지하지 않았다. 로페가 내게 오더니 라르스우베의 신발을 주워 건네주었다. 파라고무로 만든 새 신발이었다. 내 시선은 로페의 신발에서 라르스우베의 신발로, 그리고 다시 로페의 눈으로 옮겨갔다. 우리는 한동안 서로의 눈을 바라보았다. 뜻밖의 일이 일어났다. 로페 얀손이 먼저 눈을 돌렸다.

숲 속을 한참 뒤졌지만 비곗덩어리는 보이지 않았다. 그는 어둑한 기차 터널 속에 웅크리고 있었다. 추위와 모욕감으로 벌벌 떨고 있는 얼굴에 눈물 자국이 보였다. 내가 옷을 건네주었다. 그는 나를 노려보다가 팔을 들어 옷을 밀쳐버렸다. 나는 고집스레 옷을 내밀었다. 그가 옷을 낚아채 바닥에다 집어 던졌다. 왜 그런 짓을 하는지 이해할 수 있을 것 같았다. 고자질을 할 수 없다면 그것이 그에게 남겨진 유일한 복수의 방법이었다. 쉬는 시간이 끝나면 홀름 선생님이 들어올 것이다. 라르스우베가 어디 있느냐고 물을 것이고, 그를 찾아 나설 것이다. 발가벗은 채로 터널 속에서 떨고 있는 그를 발견하면 어째서 여기에 이런 꼴로 있는지 아이들에게 물을 것이다. 아이들은 서로의 얼굴만 쳐다볼 것이다. 결국 홀름 선생님은 모든 것을 알게 될 것이고, 그것은 고자질과 똑같은 결과를 가져오게 될 것이다.

내가 옷을 주워 다시 건네자 이번에는 옷을 입었다. 아무런 말도 없이 천천히. 그 혐오스러운 옷을 입다가 그는 훌쩍였다. 그는 학교를 향해 걸었다. 나는 그의 뒤를 따라갔다. 그는 몇 미터인가를 가다가 몸을 돌려 나를 보고 고개를 끄덕였다. 그 사건은 나에게, 그리고 그에게 단짝 친구를 만들어주었다. 쉬는 시간이나 점심시간이면 비곗덩어리와 나는 주먹질을 해대는 아이들을 피해 운동장 끝으로 갔다. 그곳에는 키가 크지 않은 관목들이 숲을 이루고 있었다. 자그마한 숲이었지만 아이 두 명이 몸을 숨기기에는 꽤 넉넉한 곳이었다.

어느 날 비곗덩어리가 마음속에 꼭꼭 숨겨 두었던 말을 끄집어냈다. 라르스우베라고 불러주면 안 돼? 나는 그와 친구가 된 이후에도 별생각 없이 다른 아이들처럼 그를 여전히 비곗덩어리라고 부르고 있었던 것이다. 부끄러운 생각이 들었다.

"미안해. 내가 생각이 없었어." 내가 말했다. "라르스우베. 아니면 라세?"

"아니. 그냥 라르스우베."

"오케이. 라르스우베."

그의 얼굴이 행복해 보였다.

"한번 더 불러봐." 그가 부탁했다.

"라르스우베. 라스우베, 라스부페, 라세부프, 부프, 부프."

우리는 함께 웃었다. 서로의 등을 쿡쿡 쥐어박으며 함께 웃었다. 팔을 서로의 어깨에 걸치고 나뭇가지에 걸려 비틀거리면서, 나무뿌리에 걸려 넘어지면서 목젖이 훤히 보이도록 입을 벌리고 우리는 함께 웃었다. 따지고 보면 웃을 만한 일은 전혀 없었지만, 두 소년에게는 이 세상 모든 것이 다 웃을 만한 일이었는지도 몰랐다.

우리는 그야말로 단짝이 되었다. 매일 경이로움을 찾아 함께 숲 속을 뒤지고 다녔다. 새 둥지를 찾으러 다닐 때도 함께였고, 들장미 열매를 따서 잘게 부수다가 똑같이 옻이 올라 팔뚝을 긁어대기도 했다. 풀밭을 뛰어가는 토끼를 볼 때도 우리는 나란히 서 있었고, 작은 웅덩이 옆에서 희한하게 생긴 돌을 발견했을 때도 함께 있었다. 둥치에 'X'자가 새겨진 떡갈나무 밑에 보물이 숨겨져 있을 거라는 생각도 우리 둘은 다르지 않았다. 라르스우베와 함께 숲을 탐험하면서, 나는 뮈르딩 호숫가의 집에서 멀리 떨어져 있는 세계에도 마법이 존재한다는 것을 알게 되었다.

숲을 탐험하는 일이 끝나자 우리의 탐험은 언어의 영역으로 넘어갔다. 반 아이들에게 일일이 우리만의 이름

을 만들어 붙였다. 얀네는 예니, 페레페는 페레펌멜이
되었다. 여자아이들의 별명을 만드는 일도 생각보다 꽤
흥미진진했다. 특히 마리루이스처럼 얌전한 여자아이들
보다는 기탄 옐름이나 레나 룬딘같이 얌전함과는 거리
가 먼 아이들의 별명을 만들 때가 훨씬 재미있었다. 어
떤 이유에서 그런 별명을 지었는지 우리 말고는 아무도
추측할 수 없는 별명도 있었다. 우리가 처음 만든 레나
의 별명은 '10번지'였다. 그것은 레나가 살고 있던 집의
주소였다. '10번지'는 나중에 '지폐'가 되었고, '지폐'
는 또 10크로네짜리 지폐에 그려진 '풍령초'로, '풍령
초'는 또 풍령초와 모양이 비슷한 '종'으로, '종'은 또 시
계를 뜻하는 '위르'로, '위르'가 마침내 '우레'로! 그렇게
레나는 우레가 되었다. 레나는 어떤 경로를 통해서였는
지는 잘 모르지만, 라르스우베와 내가 자신을 우레라고
부른다는 사실을 알게 되었다. 그 별명이 썩 마음에 든
레나는 모든 아이들에게 자신을 우레로 불러달라고 부
탁했다. 기탄 옐름은 자기 스스로 별명을 짓고 우리에게
승인을 요청하기도 했다. 우리는 기꺼이 기탄이 원했던
'요케르'라는 별명을 승인해주었다.

우레와 요케르는 학년 전체를 통틀어 주목받는 여자
아이들이었다. 또래 여자아이들 중에서 가장 도드라지

게 가슴이 발달했고, 조금 나이가 들면서부터는 몸에 착
달라붙는 검정색 진 바지에 뒷주머니에는 늘 쇠빗을 꽂
고 다녔다. 그 아이들이 발끝으로 비벼 끄는 담배꽁초에
는 야한 붉은색의 립스틱이 짙게 묻어 있었다. 로페에게
키스 자국을 선사한 것도 우레였다. 로페는 한동안 목덜
미에 벌건 피멍 같은 키스 자국을 달고 다닐 수밖에 없
었는데, 엉덩이에 낙인이 찍힌 수말 같았다. 나중에 칭
송 받아 마땅한 '보통 사람들'의 입을 통해 예견되었던
대로 우레는 아이를 낳았다. 그다지 칭송 받을 만한 일
은 못 되었다. 아이를 낳기에는 우레의 나이가 너무나
어렸으니까.

　로페는 아니었다. 아이의 아빠는 우리보다 두 살이 많
았다. 한 아이의 엄마, 아빠가 된 두 아이는 적지 않은
우여곡절 끝에 결혼을 했다. 그들은 결혼을 하기 위해
왕의 승인서까지 받아야 했다. 사람들은 틈만 나면 그
나이 어린 부부에 관해 입방아를 찧어대곤 했는데, 그것
에 아랑곳없이 둘은 예쁜 아기를 셋이나 더 낳았다. 나
이 어린 아빠는 아빠로서, 남편으로서 책임을 다 했고
별다른 문제없이 행복하게 살았다. 기탄 헤이엘름도 꽤
행복하게 살았다. 우레와 요케르처럼 여자아이들에게는
종종 예기치 않은 행운을 만나는 일이 가능했다.

라르스우베와 나의 관심은 아이들의 별명에서 일반
어휘로 영역을 확대했다. 우리는 이런저런 말들을 앞에
놓고, 그 말들을 이리저리 세워 보았다가, 뒤집어 보기
도 하면서 실험을 거듭했다. 숲이라는 말이 왜 하필이면
숲인지 도무지 까닭을 알 수 없었다. 그걸 깨닫자 우리
는 당황했다. 우리는 숲, 산, 집, 길 같은 주변에서 흔히
쓰는 말들을 하나하나 다른 말들로 고쳐나가기 시작했
다. 하지만 우리가 이미 이전부터 일상적으로 사용하고
있었던 그 불합리한 말들은 압도적이고도 초월적인 권
력을 지니고 있어 그것들을 우리가 새로 만든 말로 완벽
하게 대체하기란 불가능했다. 결국 우리는 완고하기 짝
이 없는 낡아빠진 말들을 그것들이 존재하고 싶은 방식
대로 존재하도록 내버려 두기로 했다. 우리는 의사일정
을 조금 바꿔 사람들이 일반적으로 사용하는 말이 아닌
비속어나 은어 같은 말로 넘어가기로 했다. 우리가 만든
말들은 아이들에게 폭발적인 인기를 끌었다. 만들어내
는 말마다 쏼쏼 행복한 소리를 내며 학교 아이들이 벌이
는 그 풍성한 말의 축제 속으로 흘러 들어갔다.

　물론 모든 아이들이 라르스우베와 내가 만든 말에 만
족하는 것은 아니었다. 우리가 만든 말을 인색하고도 냉
혹하게 평가하며 입에 올리려 하지 않는 아이들도 있었

다. 하지만 어찌된 일인지 실제로는 우리가 만들었으나 그렇게 알려지지 않은 말은 그 아이들의 입에서도 유쾌한 웃음소리와 함께 쉴 새 없이 쏟아져 나오곤 했다. 나와 라르스우베는 물론 아이들 대부분은 거의 예외 없이 입에 담기 어려운 험한 말이든 아름다운 말이든 일상적인 어법에서 일탈한 온갖 말들과 비상식적인 구조의 미친 문장들에 열광했다. 라르스우베와 나는 우리가 만든 그 미친 말과 문장을 앞에 놓고 얼마나 흐뭇해했던가? 그때 우리가 그것들을 만들어내면서 사용했던 이런저런 방법이 두어첩용법(頭語疊用法), 두운동음법(頭韻同音法), 유음압운법(類音押韻法)으로 불린다는 사실을 나는 오랜 시간이 흐른 후에야 알았다.

우리는 눈에 보이지 않는 것 혹은 존재하지 않는 것에도 이름을 만들어주었다. 보이지 않거나 존재하지 않는 것들은 이름을 지니게 되자 곧바로 우리에게 다가와서 손을 이끌고 그들의 세계로 데려갔다. 낯설기 짝이 없는 세계였다. 나와 라르스우베를 제외하고는 아무도 발을 디딘 적이 없는 세계. 그 어떤 권력자도, 그 어떤 현자도 들어온 적이 없는 세계. 그것은 존재하지 않는 세계였다. 하지만 나와 라르스우베에게는 분명히 존재했다. 없음으로 존재하는 세계. 하지만 그 없음은 찬란하게 빛나고 경이롭고 활기찼다.

그는 누구인가? 어디서 왔는가? 어린 시절은 어떠했을까? 라르스우베와 단짝이 되어 돌아다니기 시작하면서부터 아버지에 대한 궁금증이 조금씩 식어갔다. 엄마도, 에바도, 할머니와 할아버지도, 이바르손 씨도 나와 라르스우베만이 공유하고 있던 세계의 그늘진 외곽으로 밀려나갔다.

단짝 친구가 있다는 것은 얼마나 큰 행운인가? 불편부당한 횡포, 굴욕적인 일, 혼자일 때는 도저히 감당할 수 없을 것만 같았던 그 모든 것들이 어느 순간 사소한 것, 아무것도 아닌 것이 되었다. 그따위 하찮은 것들에 골머리를 썩일 까닭이 없었다. 날마다 놀랍고도 멋진 일들이 일어났다. 그리고 나는 지금 그 놀라움의 시간 속에서 일어났던 한 가지 이야기를 하려고 한다.

눈이 내렸다. 내린 눈이 녹았다. 그리고 다시 추워졌다. 길은 온통 빙판으로 변했고, 라르스우베의 엄마보다 훨씬 몸매가 날씬하고 날렵하게 움직이는 사람들도 아주 조심스런 걸음으로 살금살금 걸어 다녔다. 불행히도 라르스우베의 집은 꽤 가파른 경사 길에 있었다. 라르스우베의 뚱뚱한 엄마가 '긴 계단'을 올라섰다. 텔루스보리 거리였다. 거기서 그녀는 더 이상 움직이지 않았다. 텔루스보리 거리에 멈춰 서서 자신의 집이 있는 저 가파른 바텐레드닝스 거리를 어떻게 올라가야 할지 고민하고 있었다.

라르스우베와 내가 서 있는 곳으로부터 조금 위쪽 맞은편에 로페와 그의 무리가 있었다. 그들은 담배 가게 옆에 붙어 서서 뭔가 재미있는 일이 없나 두리번거리고 있었다.

물론 그녀는 결코 쉬운 일이 아닌 것은 알지만, 빙판으로 변한 그 가파른 오르막길에 한번 도전해볼 수도 있다. 그러나 사력을 다해 올라가다가 더 이상 불가능하다는 것을 깨닫는 순간이 온다면? 몸을 돌릴 수도, 그 자리에 멈춰 서 있을 수도 없다. 다시 텔루스보리 거리를 향해 미끄러져 내려 엉덩방아를 찧을 것이다. 미끄러지는 속도가 점점 빨라져 마침내 그녀의 거대한 몸이 쿵 소리를 내며 전차 정거장 난간에 부딪칠 것이다.

우리가 가서 그녀를 밀어 올려준다면? 그건 좋은 생각이 아니다. 자기 엄마보다 절대 덜 뚱뚱하지 않은 라르스우베 역시 제 몸을 주체하지 못할 것이고, 나 혼자서 그녀를 밀어 올린다는 것은 엄두조차 낼 수 없는 일이다. 결국 셋 다 웃음거리가 되고 말 것이다.

　담배 가게 옆에 서 있던 로페의 무리가 그녀를 발견했다. 그녀를 손가락으로 가리키며 킬킬거렸다. 하지만 그녀는 마치 아무것도 듣지도, 보지도 못한 것처럼 멀뚱멀뚱 길만 쳐다보고 있었다.

　그녀는 안전한 방법으로 우회로를 선택했다. 총총걸음으로 조심조심 천천히 텔루스보리 거리를 따라 걷기 시작했다. 일이 어떻게 되어갈지 호기심에 가득 찬 얼굴로 로페와 그의 졸개들이 두 발을 얼음판 위에 붙인 채 바텐레드닝스 거리를 미끄러져 내려갔다. 라르스우베와 나도 거리를 유지하면서 그들의 뒤를 따랐다. 그녀의 걸음이 뢰트모가타에서 다시 멈췄다. 그녀가 위쪽을 쳐다보았다. 하지만 그녀는 거기서도 무모한 시도를 감행하지 않았다. 그녀의 총총걸음은 뉘보다가타를 향해 이어졌다. 커피가게 ‘프리베리’에서 오른쪽으로 꺾어지면 테겔브룩스 거리로 접어들게 되는데, 그 완만한 경사 길을 따라 한참을 가다가 다시 오른쪽으로 돌면 바텐레드닝스 거리에 들어설 수 있었다. 그렇게 돌아가는 길은 꽤 멀었다. 특히 라르스우베의 엄마처럼 뚱뚱한 여자에게는 더욱.

　그녀가 마침내 바텐레드닝스 거리로 들어섰다. 그렇게 긴 길을 돌아왔건만 아직 위험은 남아 있었다. 그녀는 아까 로페의 무리가 서 있던 담배 가게 옆에서 다시 고민에 빠졌다. 그곳에서 그녀의 집까지는 제법 거리가 있었다. 가파른 빙판 길은 올라가는 것도 문제지만, 내려가는 것 역시 문제였다. 그녀의 얼굴에서 절망의 그림자가 어른거렸다. 엉덩이를 빙판에 붙이고 앉아 미끄러져 내려가는 수밖에 방법이 없는 듯했다. 하지만 그렇게 미끄러져 내려가다가 가속이 붙은 거대한 몸이 집 앞에서 멈추지 못하고 그냥 지나쳐버린다면? 또다시 그 긴 길을 돌아와야만 한다. 게다가 두 번째 시도라고 해서 꼭 성공하리라는 보장도 없다. 만약 내가 눈을 반짝이며 무슨 일이 일어나기를 기다리고 있는 저 왁자지껄한 로페 무리 중 한 명이었다면 저렇게 키득거리며 재미있어 했을까? 이러지도, 저러지도 못하고 망연자실 곤경에 빠져 있는 그녀가 너무 가여웠다. 그런 자기 엄마를 지켜보고 있는 라르스우베는 더 가여웠다.

내 눈을 믿을 수가 없었다. 라르스우베의 뚱뚱한 엄마가 두 발을 빙판에 붙이고 마치 스케이트를 타듯이 미끄러져 내려갔다. 아까 로페가 마치 영웅이라도 된 양 으스대며 텔루스보리 거리로 미끄러져 내려가던 것처럼. 속도는 점점 빨라졌다. 로페의 무리는 더 크게 소리를 질러댔다. 저런 속도라면 그녀가 집 앞에서 멈춰 선다는

것은 불가능하다. 아니, 집 앞에 도착하기도 전에 엉덩
방아를 찧고 말 것이다. 아니다. 또다시 내 눈을 믿을 수
없는 일이 벌어졌다. 누군가가 있었다. 그녀 속에 누군
가가 있었다. 저 거대한 비계의 산맥 속에 누군가가 있
었다. 틀림없이 그 옛날 한때 빙판의 요정이었을 그 누
군가가.

라르스우베의 뚱뚱한 엄마는 넘어지지 않았다. 엉덩
방아를 찧지도, 자기 집 앞을 지나치지도 않았다. 정확
하게 바텐레드닝스 거리 23번지 앞에서 그녀는 뛰어올
랐다. 악셀 점프. 그리고 공중 2회전. 그리고 다시 살코
점프. 이어지는 러츠 점프와 플립 점프. 재론의 여지가
없는 10점 만점!

그녀는 문 안으로 유유히 사라졌다. 사랑하는 아들,
라르스우베 클라린과 자신의 저녁을 준비하기 위해 부
엌으로 간다. 식탁에는 케이크 몇 조각이 그녀를 기다리
고 있다. 식품을 사는 일 외에는 다른 곳에 거의 돈을 쓰
지 않기 때문에 그녀와 아들은 거의 매일 케이크와 과자
를 먹을 수 있다. 빵과 고기와 케이크와 과자와 사탕 그
리고 그녀의 아들이 이 모든 것을 맛있게 먹는 행복한
모습을 보는 것은 그녀가 세상을 살아가는 이유이자 목
적이다.

나는 보았다. 그리고 라르스우베도 보았다. 로페도, 얀네도, 페레페도, 다른 아이들도, 길에 서 있던 다른 사람들도 모두 보았다. 하지만 모두 자기 눈을 의심했다.

"야, 이 멍청한 새끼들. 뭘 그렇게 쳐다보고 있는 거야?" 로페가 우리를 보고 소리쳤다.

우리는 대답하지 않았다.

"왜? 얻어터지고 싶어서 환장이라도 했어?" 로페가 다시 소리쳤다. 그리고 고개를 옆으로 휙 돌리더니 바닥에다 침을 찍 뱉었다.

우리는 슬그머니 뒤돌아서서 그를 피해버렸다.

언제 한번 라르스우베를 우리 집으로 초대해야 하지 않겠느냐고 엄마가 말했다. 엄마는 나에게 친구가 생겼다는 사실에 몹시 기뻐했다. 빵도 굽고 과일주스도 만들어주겠다고 나섰다. 엄마는 그런 식으로 라르스우베와 나의 우정이 더욱 굳건해지기를 바랐다. 하지만 나는 그를 초대하지 않았다. 우리가 가난하게 사는 꼴을 보여주기 싫어서가 아니었다. 따지고 보면 라르스우베의 집도 귀족적으로 산다고 말할 수 있는 형편은 못 되었다. 사실 크란셴에 사는 사람들 모두가 다 거기서 거기였다. 라르스우베의 집만이 아니라 모두 우리 집 형편보다 크게 나을 것도 없었다. 변소가 재래식이라는 것이 좀 그랬지만, 그래도 우리는 뜰이 있는 집에서 살고 있었다. 물론 셋집이긴 했다……. 이 도시의 첫 세대 사람들은 바람이 술술 스며드는 낡은 판잣집들을 지금도 뚜렷이 기억하고 있었다. 기름보일러를 쓰고, 집 안에 화장실을 두고, 더운물이 나오는 집에 산다는 것은 우리보다 몇 계단 높은 계층에 속한다는 의미였다.

아주 가끔씩은 그럴 수도 있겠다 싶었지만, 라르스우베나 나는 사람들을 상층민과 하층민으로 나눌 수 있다고 생각하지 않았다. 내가 라르스우베를 우리 집으로 초대하지 않은 까닭은 그런 문제가 아니었다. 그를 초대하지 않은 까닭은……. 나는 도저히 라르스우베가 술 취한 아버지와 마주치는 모습을 보고 싶지 않았다. 술 취한 아버지는 틀림없이 라르스우베에게 이렇게 물을 것이다. 무슨 운동 좋아해? 투포환? 축구? 수비수야? 아니면 미드필더? 라르스우베의 가슴과 허리둘레에 관해 변죽을 울릴지도 모른다. 전에 아버지가 사진을 보면서 라르스우베에 관해 무엇이라고 말했는지 나는 정확하게 기억하고 있었다. 이 살찐 돼지새끼. 아마도 라르스우베가 집으로 돌아가고 난 다음에는 나에게 그런 비곗덩어리랑 뭘 한다고 어울려 다니는 거냐고 물어볼지도 모른다.

나는 아버지에게 그런 말을 듣고 싶지 않았다.

1학기가 끝났다. 크리스마스 방학이 시작되었다. 우리 집에도 크리스마스트리가 세워졌다. 크리스마스를 앞둔 어느 날 저녁 아버지가 어깨에 메고 왔던 멋진 전나무로 만든 트리였다. 마치 훌륭한 트리의 표본처럼 그렇게 멋있을 수 없었다. 아버지의 반가운 귀띔도 있었다. 이 트리만큼이나 멋진 크리스마스 선물이 너희를 기다리고 있단다.

크리스마스트리에 촛불이 걸렸다. 식탁 위에 크리스마스 난쟁이가 수놓아진 하얀 식탁보가 깔렸다. 식탁보 위에 촛불이 놓였다. 집 안 곳곳에 기쁨이 넘쳐흘렀다. 아버지가 바다에서 돌아오기 전에는 크리스마스라고 해야 할머니, 할아버지, 이바르손 씨와 함께 그다지 즐거울 것도 없는 저녁을 먹는 정도가 전부였다. 하지만 이제 아버지가 우리와 함께 있었다. 오전부터 모두 모여 함께 커피를 마시며 서로에게 메리 크리스마스를 빌어 주었다. 기대에 찬 손길로 내 선물 상자를 열었다. 놀라웠다. 태어나서 그런 것은 처음 보았다. 성냥개비로 만든 작품이었다. 평평한 그림이 아니라 성냥개비를 쌓아 붙여 입체감이 뚜렷했다. 폭풍우를 헤치고 항구를 향해 나아가고 있는 커다란 배의 그림이었다. 한 남자가 우뚝 서서 굳게 방향타를 잡고 집채만 한 파도를 온몸으로 맞으며 배를 몰고 있었다. 그의 이름은 스티븐이었다. 배가 침몰하고 말 것인지, 무사히 항구에 도착할 것인지는 전적으로 그의 용기와 항해술에 달려 있었다.

나는 선물에서 한시도 눈을 뗄 수가 없었다. 작은 성냥개비 하나하나를 자르고 깎고, 나무 풀을 바르고, 쌓고 붙여 만든 그림. 한눈에 보기에도 엄청나게 많은 성냥개비가 들어갔을 그림. 아주 오랜 시간을 들여 완성했을 것이다. 이제 나는 이해할 수 있었다. 저녁마다 아버지가 헛간에서 혼자 무엇을 하고 있었는지. 겨울에 헛간은 빨래를 삶는 화덕에 불을 지펴놓으면 마지못해 견딜 수 있을 뿐 전혀 따뜻하지는 않았다. 실은 몹시 추웠다. 아버지는 그 추운 헛간에서 저녁마다 내 선물을 만들고 있었던 것이다. 나는 부끄러워 견딜 수 없었다. 나는 아버지가 헛간에 틀어박혀 술이나 퍼 마시고 있을 거라고 생각했다.

모든 사람들이 아버지의 성냥개비 그림을 보고 감탄

했다. 하지만 나보다 더 크게 감탄한 사람은 없었다. 나의 경탄에 아버지는 의기양양해졌다. 성냥개비를 다듬을 때는 아주 날카로운 면도칼이 필요하다는 것, 밀리미터까지 정확하게 자르지 않으면 나중에 전체 그림이 뒤틀려버릴 수도 있다는 것, 성냥개비를 깎을 때 조심하지 않으면 손가락을 베기 쉽다는 것 등을 아버지는 신이 나서 설명했다. 나는 아버지의 설명을 들으면서 생각했다. 이 세상 어떤 누구도 아버지보다 훌륭한 예술가일 수는 없다고.

아버지는 그 그림을 내가 침대에 등을 대고 누우면 바로 내 시선과 정면으로 마주치는 부엌 벽에 걸어주었다. 그림을 보면서 나는 얼마나 많은 것들을 상상했던가?

크리스마스 다음 날 아침이었다. 이바르손 씨가 커피를 끓이러 부엌으로 들어왔다. 조용하게 미소를 지으며 벽에 걸려 있는 그림을 뚫어져라 바라보았다. 그는 계속 고개를 끄덕였다. 부엌에서 끄덕이는 그의 모습을 본 것은 그것이 마지막이었다.

그는 사람들의 시야에서 사라지기 전에 다시금 몸을 돌려 어떤 기도로도, 어떤 다짐으로도, 어떤 사랑으로도 이제는 더 이상 함께 머무를 수 없는 사람들을 향해 손을 들어 마지막 인사를 건네고 저 멀리 떠나가는 등 굽은 늙은 남자도, 몸집이 조그만 늙은 여자도 아니었다. 할머니와 할아버지가 그렇게 믿었던 것처럼, 그리고 할머니와 할아버지가 멀어져가는 그의 등을 향해 창을 열고 그의 이름을 소리쳐 불렀던 것처럼 그는 최소한 할머니와 할아버지에게는 에릭 삼촌일 수 있었다. 하지만 그는 이바르손 씨였다. 그는 뒤돌아보지 않았다. 우리 집에서 그렇게 쫓겨났다.

그는 에바와 단둘이 부엌에 있었다. 에바의 얼굴은 몹시 창백했다. 의자에 멍하니 앉아서 에바는 아무 말도 없이 앞만 쳐다보았다. 아버지가 끈덕지게 설득하자 이윽고 에바가 입을 열었다. 이바르손 씨가 에바에게 접근한 것이었다. 이바르손 씨는 무죄를 입증하기 위해 노력했지만 결국 밖으로 내쫓겼다. 짐을 꾸릴 수 있도록 30분의 시간이 주어졌다는 사실에 감사해야 했다. 그는 그렇게 우리의 삶에서 영영 떠나가버렸다.

"두고 봐. 요한손은 분명히 이 일을 후회하게 될 거야." 할머니가 말했다. 그러면서 이 모든 상황이 언젠가는 그에게 복수의 칼날을 들이댈 것이라고 아버지를 저주했다.

내가 생각할 수 있는 나이가 된 이래로 이바르손 씨는 항상 우리 집에서 식구처럼 살았다. 하지만 어찌 된 일인지 그가 떠나가고 난 뒤로는 내 머릿속에서 그에 관한 생각이 떠오르지 않았다. 이상한 노릇이었다. 시간이 좀 흐른 후에 그가 도대체 무슨 짓을 했는지 에바에게 물어보았지만, 에바는 한 마디도 하지 않았다.

"이제 침실 하나가 더 생겼어." 이바르손 씨가 쓰던 방을 청소하고 있던 엄마에게 아버지가 말했다. 엄마는 방바닥에 엎드려 거칠게 걸레질을 하고 있었다.

"제대로 된 침실이 생긴 거야."

"하지만 이제 방세는 누가 내죠?" 엄마가 말했다. 양동이에다 두 손을 넣고 격투라도 벌이듯 풍덩풍덩 물을 튀기며 걸레를 빨았다. "당신은 여전히 일자리도 없잖아요."

아버지는 밖으로 나갔다가 날이 어두워져서야 돌아왔다.

10크로네짜리 지폐 위에 또 10크로네짜리 지폐. 그 옆에 다시 10크로네짜리 지폐. 다시 그 옆에 10크로네짜리 지폐. 식탁 전체가 지폐로 뒤덮였다. 한꺼번에 그렇게 많은 돈을 본 것은 난생 처음이었다. 아버지가 이번에는 50크로네짜리 지폐를 꺼냈다. 그리고 다시 그 위에 50크로네짜리 지폐를 놓았다. 그리고 다시 10크로네짜리. 그는 두꺼운 돈 뭉치를 들고 마치 카드놀이라도 하듯이 식탁 위에 지폐를 한 장씩 놓았다. 껄껄 웃으면서.

"어디서 난 거예요?" 엄마가 물었다.

"사업." 아버지가 말했다. "정직하게 번 돈이야. 하지만 이제 더 이상 그것에 대해 얘기하지 말자고."

다음 날 아침이었다. 뜰에서 들려오는 고함에 잠을 깼다. 창밖을 내다보았다. 할아버지가 사과나무 앞에 서서 뭐라고 소리치고 있었다. 옷을 입고 밖으로 달려 나갔다. 할아버지는 가끔 어지러운 듯 몸의 균형을 잃고 비틀거릴 때가 있었다. 바로 그런 순간에 까치가 까옥까옥 울었던 모양이었다. 아니, 까치가 웃었던 모양이었다. 할아버지가 눈을 뭉쳐 까치에게 집어 던졌다. 눈 뭉치는 까치에게서 한참을 빗나갔다. 까치는 눈 하나 깜짝하지 않고 조용히 사과나무 가지 위에 앉았다. 할아버지는 더욱 부아가 치밀어 올랐다. 할아버지가 나를 보더니 눈 뭉치를 만들라고 소리쳤다. 얼음을 많이 넣은 눈 뭉치를 만들어라. 저놈의 까치새끼가 이제 어떻게 될지 똑똑히 두고 봐. 그는 까치를 좋아하지 않았다. 어떤 동물도 좋아하지 않았다. 그는 어린 시절에 파리를 잡아 날개를 뜯고 놀던 일, 나무 작대기로 개미집을 헤집고 다니던 일 등을 즐겁게 이야기하곤 했다. 나이 든 지금까지도 그런 놀이를 아주 재미있는 것으로 생각하고 있었다. 그런 애기를 할 때마다 할아버지는 즐거움이 새록새록 솟아나는 듯 낄낄거렸다. 한번은 날개가 부러진 새 한 마리가 땅바닥에 떨어져 파닥거리고 있었다. 그것을 본 할아버지는 부러진 날갯죽지를 잡고 주워들더니 공중에서 몇 번인가 빙빙 돌려 저 멀리 허공으로 휙 던져버렸다. 그런 할아버지에게 대항하고 있는 까치가 참 가엾다는 생각이 들었다.

"차라리 돌멩이를 주워 와라." 할아버지가 소리 질렀다. 그리고 어서 돌멩이를 던지라고 명령했다. 못 맞힌다고 욕을 먹었지만, 차마 맞힐 수가 없었다. 까치는 미소를 머금고 조용히 앉아 우리를 빤히 내려다보고 있었다. 나는 까치가 겁을 집어먹고 날아가 버리게 최대한 까치 가까이 비껴가도록 던지려고 애썼다. 갑자기 목덜미가 심하게 아팠다.

"이런 제기랄, 도대체 무슨 짓을 하고 있는 거냐?" 아버지가 으르렁거렸다. 술 냄새가 났다.

"까치가 날아가게 하려고." 내가 작은 목소리로 우물쭈물 대답했다.

"도대체 왜? 뭐 때문에?"

나는 할아버지를 올려다보았다. 대답은 할아버지의

몫이었다. 하지만 할아버지는 묵묵부답이었다.

아버지가 내 뺨을 후려갈겼다. 그리고 또 한 대. 아버지가 할아버지를 쳐다보았다. 할아버지는 아무 말 없이 멀뚱멀뚱 서 있기만 했다. 아버지가 내 뺨을 또 한 대 갈겼다. 더 이상 화가 난 것 같지는 않았다. 할아버지가 아무 말도 못 하고 서 있다는 것에서 쾌감을 느끼는 것 같았다. 할아버지가 신발을 끌고 저쪽으로 가버렸다.

"당장 그만두지 못해! 애를 왜 그렇게 때려?" 할머니가 위층 창문 밖으로 머리를 내밀고 고함쳤다. 하지만 이미 아버지의 매질은 멈춰 있었다.

아버지가 돌아서서 걸어갔다. 아직 내 손에는 커다란 돌멩이가 들려 있었지만, 아버지는 나에게 등을 보이고 저쪽으로 걸어가고 있었다. 내가 그의 뒤통수를 향해 돌을 던지지 못할 거라고 믿었을까? 아니면 아예 그런 생각조차 하지 않았던 것일까?

저녁이 되었다. 아버지가 내 침대 모서리에 앉아 있었다. 그는 아침에 내 뺨을 때렸던 일을 사과했다. 그리고 선물을 주었다. 사과, 후회, 위로, 약속 그리고 나도 그에게 무엇인가 보답하기를 강요하고 있는 선물. 나는 그에게 말해주었다. 내가 벌 받을 짓을 한 거라고. 내가 벌 받은 것은 아주 당연한 일이라고.

다음 날 아침에도 까치는 똑같은 자리에 앉아 있었다. 마치 자기는 어제 아무것도 보지 않았다는 듯이 혹은 이래도 저래도 자기와는 상관없다는 듯이 미소를 머금고 나를 내려다보았다. 나는 뮈르딩엔으로 갔다. 나는 알고 있었다. 까치는 뮈르딩엔으로 가는 내 뒷모습에는 쥐꼬리만큼도 관심을 두지 않으리라는 것을. 까치만이 아니라 이 세상 어느 누구도 내 뒷모습 따위에는 관심을 가지지 않으리라는 것을. 저기 땅바닥에 떨어져 있는 돌멩이조차도. 내 마음 깊은 곳에서 무엇인가가 슬그머니 일어나 실제로 일어났던 일들을 자꾸 부인하고 있었다.

뒤를 돌아보았다. 까치는 그 자리에 그대로 앉아 있었다. 하지만 내가 다시 집으로 돌아왔을 때는 어디론가 날아가버리고 보이지 않았다. 모든 것이 그렇지 않던가.

그렇게 크리스마스가 지나갔다. 아버지는 매일 술만 마셨다. 새해가 밝아 와도 술병을 놓지 않았다. 하지만 나는 엄마와 아버지가 싸우는 소리나 모습을 전혀 듣지도, 보지도 못했다. 집 안에는 새해를 맞이하는 기쁨만 넘쳐흘렀다.

듣지도, 보지도 않는 방법을 나는 알고 있었다. 눈을 감고, 머리에 베개를 덮어 귀를 막고, 노래를 부르는 것이다. 다른 사람들에게는 들리지 않는 내 노랫소리는 내

귓속으로만 파고든다. 내 귀는 내가 부르는 노랫소리로만 가득 찬다. 다른 어떤 소리도 받아들이지 않는다. 하지만 에바만큼은 내 노랫소리를 들을 수 있었다. 그 사실을 나에게 말하지는 않았지만, 때때로 에바는 다른 일을 하면서 자신도 모르게 내가 베개를 뒤집어쓰고 부르는 나만의 노래를 흥얼거렸다. 좋은 저녁이에요. 그리고 이제 모두 잘 자요. 장미를 생각하세요. 저기 저 다섯 송이 장미를⋯⋯. 나의 노래는 이렇게 시작되었다. 잘 자요, 모두들. 편안하게, 달콤하게. 아름다운 낙원이 꿈속에 있어요.

듣지도, 보지도 않는 방법을 나는 또 하나 알고 있었다. 정확하게 아주 작은 소리 하나도 놓치지 않고, 상대방의 표정에서 일어나는 미세한 변화 하나까지도 놓치지 않고, 주먹 쥔 손등 위에서 파르르 떨고 있는 솜털 하나까지도 놓치지 않고, 거침없이 쏟아져 나오는 욕설들의 철자 하나하나까지 정확히 보고 듣는 것이다. 그러면 눈에는 아무것도 보이지 않고, 귀에는 아무것도 들리지 않게 된다. 언젠가 에바도 모든 것을 이해하려고 하는 사람은 결국 아무것도 이해하지 못하게 된다는 말을 한 적이 있었다.

연휴 동안 엄마는 책만 읽었다. 누구도 엄마에게 왜

그렇게 책만 읽느냐고 묻지 않았다. 연휴가 끝나도 별로 달라지지 않았다. 이미 말했던 것처럼 엄마는 다시 남의 집으로 청소 일을 하러 다녀야 했다. 남의 집 청소를 하러 나가거나 집안일을 하는 때를 빼고, 엄마는 언제나 독서용 안락의자에 앉아 책만 읽었다. 노란 갓을 쓴, 키 큰 스탠드가 꾸며놓은 빛의 고치 속에서 한 마리 누에처럼 웅크린 채 책만 읽었다. 때로는 미소 지으며, 때로는 탄식하며 책 속의 이야기를 파고들었다. 예를 들면 이런 이야기였다. 어느 날 한 소녀가 술 취한 의붓아버지에게서 멋진 책 한 권을 선물 받았다. 의붓아버지는 석탄 창고에서 일할 때 입는 시커먼 옷차림으로 프리츠라는 서점으로 갔다. 딸에게 줄 멋진 책을 사고 싶었다. 딸은 책에 관해서 잘 알고 있어서 웬만한 책은 성에 차지 않을 터였다. 그렇게 해서 가난하고 작은 소녀는 의붓아버지에게서 멋진 책 한 권을 받게 되었다. 하지만 그녀가 그에게서 다시 책 한 권을 받기까지는 오랜 세월이 흘러야만 했다. 그녀는 그가 선물한 책을 책장이 닳아 너덜너덜해질 때까지 수도 없이 읽었다. 그리고 마침내 편지 한 장을 받았다. 그 편지에는 그와 함께 일하고 있다는 노동자들의 인생과 사랑, 미움과 기쁨에 관해 적혀 있었다.

"그녀의 의붓아버지는 다정다감한 사람이었군." 엄마

가 중얼거렸다.

아버지는 아무 말도 없었다. 엄마가 책을 읽다가 미소를 지어도, 조금은 정신 나간 사람처럼 중얼거려도, 탄식을 해도 아버지는 무슨 내용이냐고 묻지 않았다. 그는 아무것도 읽지 않았다. 나는 언제부턴가 세상에 존재하는 책이란 책은 모두 다 읽었다는 아버지의 말이 과장이라는 걸 알고 있었다. 또 나는 그가 책 읽기를 그만둬버린 이유가 무엇인지, 왜 책을 읽지 않는지 가끔 스스로에게 묻곤 했다.

에바는 그 이유를 나름대로 추측했다. 어느 날 그가 어떤 책을 읽었는데 그 책 때문에 너무나 놀란 나머지 더 이상 책을 읽을 수 없게 된 거라고. 하지만 엄마는 그렇게 끔찍한 책은 있을 수 없다고 말했다. 아마 그 어떤 책도 아버지가 소망하는 지식을, 혹은 탈출로를 열어주지 않았기 때문인지 모른다는 생각도 들었다. 아니면 그냥 뭐 별 특별한 이유 없이, 예를 들면 술을 마시는 것 같은 다른 일 때문에 책을 읽지 않는 것일까? 하지만 엄마는 그렇지는 않을 거라고 말했다. 그가 그렇게 간단한 이유로 책을 읽지 않을 수는 없다는 것이었다.

그래, 사람들은 수없이 많은 이야기를 하며 산다. 그리고 그 이야기의 용도도 참으로 다양하다.

어떤 이야기에서는 뚱뚱한 여자가 악셀 점프와 살코 점프로 공중 2회전을 하고, 또 어떤 이야기에서는 초등학교 1학년짜리 소년이 지붕에서 떨어진다. 소년은 토요일마다 아이들이 텔루스보리에 모여 소년의 집에 던진 돌 때문에 부서진 기와를 갈기 위해 지붕 위로 올라간다. 이 두 가지 이야기는 상식적으로 보면 좀처럼 믿기 어렵다. 하지만 둘 다 분명한 사실이다.

무서워? 무섭니? 무서워?

아버지가 지붕 위로 올라가라고 재촉했다.

바지에 오줌이라도 지리면 그땐 죽도록 맞을 줄 알아. 지붕 위로 기어 올라가기 위해 다락의 창밖으로 몸을 빼내는 나를 향해 아버지가 소리쳤다. 기와가 부서진 곳을 찾으려고 지붕 위를 기어갔다. 곧 미끄러져 떨어질 것만 같아서 온몸이 사시나무처럼 떨렸다. 얼마나 기었을까? 이제는 턱이 떨리지 않았다. 조금씩 무서움이 가셨다.

"넌 지금 거짓말을 하고 있어. 아니면 뭔가 잘못 기억하고 있는 거야." 에바가 말했다.

에바는 병원에 있었다. 그런데 우리의 어린 시절을 자기가 생각하고 싶은 대로 멋대로 꾸며댄 사람은 내가 아니고 에바였다. 아빠가 널 지붕 위로 올라가라고 강요한 적은 한 번도 없어. 아빠는 깨진 기와를 언제나 직접 갈

앉어. 술에 취하면 아빠가 직접 지붕 위로 올라가 기와
를 갈았다고. 그래, 에바. 네 말이 맞는지도 모르지. 술
만 취하면 그는 무슨 짓이든지 할 수 있었으니까.

　깨진 기와를 떼어내고 새 기와를 얹는 데까지 성공했
다. 하지만 돌아오려고 고개를 돌리는 순간 다시 온몸이
떨려 왔다. 이가 부딪치는 소리가 들렸다. 팔다리가 말을
듣지 않았다. 머리가 어찔하더니 내 몸이 미끄러졌다. 그
리고 허공을 날았다. 베란다 지붕이 중간 기착지였고, 최
종 착륙지점은 뜰 바닥이었다. 다행히 머리부터 떨어지
지는 않았다. 나는 아버지를 기다렸다. 달려와 죽도록
두들겨 팰 아버지를 기다리고 있었다. 바지가 축축하게
젖었다. 하지만 아버지는 못 본 척 저리로 가버렸다.
　"불쌍한 아빠." 에바가 말했다.

　'끔찍한 크리스마스였다. 새해가 시작됐어도 그 끔찍
했던 크리스마스보다 하나도 나을 게 없다. 엑크블라드
와 나는 오늘 아래층으로 내려가 계속 이렇게 살 수는
없다고, 아이들과 요한손 둘 중 하나를 선택하라고 안나
에게 말했다. 안나는 요한손이 자기 남편이고, 남편에게
자기가 필요하다고 대답했다. 우리는 아이들도 네 아이
들이고 아이들에게도 네가 필요하다고, 이제 요한손을

내쫓아야 한다고 말했다. 그러자 안나는 우리를 밖으로 떠밀고 쾅 소리가 나도록 문을 닫아버렸다.'

할머니의 달력에는 그렇게 적혀 있었다. 하지만 나는 이 모든 사실을 기억하지 못한다. 아무것도 보지 못했고, 아무것도 듣지 못했다. 내 기억 속에서는 단지 크리스마스의 기쁨과 새해를 맞는 설렘만이 넘쳐흐르고 있었을 뿐이다.

하지만 그 일만큼은 결코 잊을 수 없다. 할머니와 할아버지가 엄마와 말다툼을 벌였던 그다음 날이었다. 아버지가 낑낑거리며 아주 무거운 상자를 끌고 들어왔다. 상자가 식탁 위에 올려졌다. 백과사전이었다. 헌책방에서 엄마를 위해 사 가지고 온 열세 권짜리 온전한 백과사전 한 질. 엄마는 광분했다. 아버지조차도 엄마의 흥분은 좀 심하다는 표정이었다.

"수많은 유명한 사람들의 이름이 요한손이었지." 아버지가 서둘러 말했다. 축제라도 벌일 듯한 분위기였다. 아버지는 자신의 주장을 증명하기 위해 백과사전을 폈다.

아버지의 말처럼 백과사전에는 정말 많은 요한손이 있었다. 라르스 요한손은 시인이었다. "라세 루시도르라고 불림." 유명한 발명가도 있었고, 왕립재판소의 최고 판사도 있었고, 교수도 있었다. 아버지의 수레를 끌었던 말과 이름이 똑같은 인물도 있었다. 아론 요한손은 건축가였다. 게다가 요한 요한손도 두 명이 있었다. 한 명은 언론인이었고, 다른 한 명은 정치가였다. 우리는 모두 그날 저녁 내내 백과사전을 뒤지며 시간을 보냈다. 엄마는 정말 행복해 보였다. 모른다는 것은 나쁜 것이 아니다. 하지만 배우고 싶어하지 않는다면 그것은 나쁜 것이다. 아주 나쁜 것이다. 지식이 있는 자에게 세상은 열려 있다. 만약 아무것도 없는 사람이라면 이것 하나만은 반드시 명심해야 한다. 적어도 근면해야 한다는 사실.

어찌 들으면 음울한 경고 같기도 하고 따분한 책벌레가 책상머리에 써 붙여놓은 모토 같기도 하다. 아니면 신학생에게 부여된 성가신 의무 조항 중 하나? 물론 엄마가 사용했던 표현은 조금 달랐다. 배우기 위해 노력하는 것, 지식을 얻기 위해 열심히 노력하는 것, 그것은 무엇과도 비교할 수 없는 커다란 기쁨이다. 지식을 지닌 자가 된다는 것은 위대한 일이다. 왜냐하면 우리의 머릿속에 지식이 쌓이면 쌓일수록 우리는 점점 더 완전한 인간에 가까워지고 있는 것이니까. 그리고 엄마는 슬쩍 한마디를 덧붙였다. 지식은 사다리와 같다. 지금 이 삶에서 보다 나은 삶으로 우리를 이끌어주는 사다리. 그 사다리를 타고 한 단계씩 올라간다는 것 또한 얼마나 커다란 즐거움인가! 그래, 엄마가 마지막에 슬쩍 덧붙인 그 말이 어쩌면 엄마가 우리에게 가장 해주고 싶었던 말이었는지도 모른다.

어쨌든 그날부터 우리는 열세 권짜리 백과사전을 갖게 되었다. 완전한 인간에 근접해가는 기쁨과 보다 높은 곳으로 올라가는 즐거움을 선사해주는 지식의 보고를 얻었다.

방학이 끝나고 2학기가 시작되었다. 로페 얀손은 라르스우베와 나를 도대체 그냥 내버려 둘 줄을 몰랐다. 라르스우베와 내가 서로 단짝 친구가 되었다는 것에 부아가 치밀어 올랐던 모양이다. 로페는 모든 아이들이 자신의 노예가 되어 자신만을 떠받들어야 한다고 생각하고 있는 해괴망측한 괴물이었다. 우리가 자신을 피해 다니며 우리만의 세계에서 즐거움을 만끽하고 있다는 사실을 그는 용납할 수 없었다. 어느 날 그와 그의 조무래기들은 우리를 숲으로 끌고 갔다. 눈이 덮인 커다란 전나무 앞에 로페가 멈춰 섰다.

"이 조무래기 똥싸개들. 자, 이제 똑똑히 봐 둬." 로페
가 말했다. 그러고는 전나무를 오르기 시작했다. 6미터,
7미터. 커다란 가지가 쭉 뻗어 있는 곳에서 멈추더니 위
쪽에 있는 가지를 잡고, 밟고 섰던 커다란 가지 끝으로
나와 마치 원숭이처럼 가지를 타고 다시 내려왔다. 가지
가 없는 곳에서부터는 전나무 둥치에 팔과 다리를 감고,
손과 발로 미끄러져 내리는 속도를 조절하며 스르르 내
려왔다. 귀신같은 솜씨였다.

"야, 이 새끼. 이제 네 차례야." 로페가 나를 가리켰
다. "왜? 자신 없어?"

자신 없었다. 그러나 나는 나무 위로 올라갔다. 자신
은 없었지만, 이를 악물고 로페보다 몇 미터 더 높이 올
라갔다. 충분히 높은 것 같았다. 떨어진다면 단번에 죽
을 수 있을 만큼 아찔한 높이였다.

로페가 했던 것처럼 위쪽에 있는 가지를 손으로 잡은
채 딛고 선 가지 끝으로 걸어 나갔다. 가지가 휘청거렸
다. 머릿속이 빙글빙글 돌았다. 가지와 가지를 타고 내
려오기 시작했다. 팔과 다리를 전나무 둥치에 감았다.
희망이 보였다. 로페의 몸에 쓸려 눈도 웬만큼 치워져
있었다. 그런데 미끄러지는 속도가 점점 빨라졌다. 그다
음부터는 기억이 나지 않았다. 머리부터 떨어졌다.

다시 정신이 들어 눈을 떴을 때 내 머리 위에는 하얗게 겁에 질린 로페의 얼굴이 떠 있었다. 하지만 내가 살아 있다는 걸 확인하자 그는 다시 이를 드러내고 으르렁거리더니 고개를 돌려 침을 뱉었다. 찍 소리가 났다.

"제기랄, 이 멍청한 새끼." 로페가 말했다. 그러고는 조무래기들을 달고 휙 뒤돌아 가버렸다.

누군가 머릿속을 망치로 두들겨대는 것 같았다. 귀에서는 윙윙거리는 소리가 멈추지 않았다. 자꾸 어지러웠다. 토하고 또 토했다. 일주일 내내 침대에서 누워 지냈다. 엄마에게는 나무를 타고 놀다가 떨어졌다고 말했다.

며칠 뒤에 홀름 선생님에게서 편지가 왔다. 빨리 나아서 다시 학교에서 볼 수 있기를 바란다는 말과 함께 반 아이들의 이름이 모두 적혀 있었다. 각자가 직접 쓴 이름들이었다. 편지에 자기 이름을 적으면서 로페의 기분이 어땠을지 자꾸 키득키득 웃음이 나왔다.

봐, 아이들이 널 얼마나 좋아하는지. 엄마는 이렇게 말하지 않았다. 소중한 추억이니 편지를 잘 간직해 두렴. 이렇게 말하지도 않았다. 그 대신에 엄마는 아빠에게 싸움질이든 뭐든 상관없으니 내가 스스로를 지킬 수 있도록 뭔가를 좀 가르쳐주라고 말했다.

"전부터 내가 얘기했잖아? 그래, 바로 그런 걸 위해

내가 여기 있는 거야." 아버지는 전의로 가득 찬 검투사처럼 말했다. 더 많은 피를 외치는 사람들로 가득 찬 원형 경기장 한가운데 서서 두 팔을 들어 올리고 소리를 질러대는 검투사. 하지만 진심이야? 아버지와 같이 평화를 사랑하는 사람더러 사랑하는 아들한테 싸움질을 가르쳐주라고 하다니. 엄마, 정신 나간 거 아냐? 진심으로 한 소리야?

"당신이 뭘 가르치든지 상관없어요. 얘가 자신을 지킬 수만 있으면 뭐든 괜찮아요."

엄마가 저런 목소리로 말할 때는 그 누구도, 심지어 아버지라 할지라도 엄마의 뜻을 꺾을 수 없었다. 엄마의 엄숙한 목소리와는 달리 아버지는 익살맞은 연극을 하는 것 같았다. 그는 자기방어의 기술에 대해 이야기하기 시작했다. 들어라, 그리고 경악하라. 권투 선수는 절대로 레슬링 선수를 이기지 못한다. 아버지는 언젠가 한번 권투 선수와 레슬링 선수가 싸우는 것을 직접 본 적이 있었는데, 권투 선수는 싸움이 끝날 때까지 단 한 번도 공격 기회를 제대로 잡지 못했다고 했다. 그러고는 레슬링의 공격 기술에 대해 설명했다. 목 꺾기, 안아 돌리기, 십자조르기, 굳히기, 넬슨 목조르기. 한 선수가 완전히 쓰러질 때까지 싸웠다는 그리스−로마 시대의 레슬링에 대해서도 자세히 이야기했다. 그리고 자유형 레슬링에서는 다리와 발을 사용할 수도 있기 때문에 다리 기술도 중요하다는 사실을 덧붙였다.

"개한테 뭐든 다 보여줘요." 엄마는 단단히 화가 나 있었다.

치사하기 짝이 없는 기술들. 지저분한 술수. 물론 이런 것들은 나와는 아무 상관도 없어. 하지만 싸움에서 이런 것들을 빼면 아무것도 남지 않지. 무슨 말인지 알아듣겠니? 아버지는 대학에서 강의라도 하는 듯한 목소리로 바보 같은 소리들만 늘어놓았다. 사람의 몸에는 급소라는 게 있는데 말이다. 좋아, 위에서부터 아래로 차근차근 한번 살펴보자. 눈, 코, 목 그리고 여기. 눈을 찌를 때는 검지와 중지를 모아 꼿꼿하게 세워서 이렇게. 시범이 따랐다. 눈이 찔린 상대는 고통으로 몸을 뒤틀며 그 자리에 풀썩 주저앉게 되지. 절대 서둘러서는 안 돼. 아주 정확하게 여길 인중이라고 하는데 여기 코 밑을 팍 그리고 또 한 번 퍽 그러면 주르륵 코피가……. 아버지는 두 팔을 치켜들고 펄쩍펄쩍 뛰어올랐다. 그러면서 다시 검지와 중지를 모아 허공을 향해 연방 찔러댔다. 이내 아버지가 다시 엄숙해졌다.

"지금 내가 말하려고 하는 이 기술은 말이지, 아주 중요한 기술이야. 가장 중요하다고 할 수 있지. 싸움꾼들은 이 기술을 가리켜 '놀라움의 순간'이라고 불러." 갑자기 아버지의 눈길이 무엇인가를 봤는지 창 쪽을 향했다. 나도 아버지의 눈길을 따라 창으로 고개를 돌렸다. 그 순간 아버지가 한쪽 다리를 걸고 내 뺨을 슬쩍 밀었다. 아버지가 땅바닥에 넘어진 나를 내려다보며 껄껄 웃었다. "'놀라움의 순간'에서 가장 중요한 것은 상대방의 주의를 완벽하게 흐트러뜨려 놓아야 한다는 거야." 아버지의 웃음소리는 그치지 않았다.

내가 무릎을 세워 일어날 동안 아버지는 계속 웃었다. 나는 그 기회를 놓치지 않고 오른쪽 팔꿈치로 젖 먹던 힘을 다해 아버지가 가르쳐준 급소를 가격했다. 아버지가 명치끝을 감싸 쥐고 몸을 구부렸다. 신음이 들렸다. 그래, 바로 그거였어!

나는 아버지의 눈에서 경탄을 읽었다. 분노도 함께 읽었다. 냅다 소파로 내뺐다.

"야, 우리 아들. 이거 정말 훌륭해, 훌륭해. 이렇게 빨리 배울 줄 몰랐는데." 아버지가 소파로 오더니 팔을 뻗어 나를 번쩍 들어 올렸다. 내 몸이 뻣뻣하게 굳었다. 아버지의 분노는 이미 사그라진 것처럼 보였지만, 그가 도대체 뭘 하려는 것인지 알 수가 없었다.

"그래, 정말 잘했어. 바로 그거야." 아버지가 나를 꽉 끌어안고 입을 맞췄다. "패배하는 것보다 더 나쁜 건 없어. 모든 건 용서될 수 있어. 비열한 반칙? 물론 용서되지. 구역질나는 눈속임? 당연히 용서되지. 용서될 수 없는 단 하나, 그건 바로 패배야, 패배. 패배한 자는 아무도 좋아하지 않아. 가장 중요한 건 패배하지 않는 거야. 그렇지 않아, 안나?"

"난 애가 자신을 지킬 수만 있으면 그걸로 괜찮아요. 그건 어디까지나 이 아이의 문제예요."

"아이 자신의 문제라고?"

"내 아들이 모든 사람들의 마음에 들 필요는 없어요. 나도 그런 건 원하지 않아요. 단지 자신만 지킬 수 있으면 돼요." 엄마가 대답했다.

아버지가 소파에 앉았다. 다시 나를 번쩍 들어 올리더니 자신의 무릎 위에 앉혔다. 술 냄새가 났다.

"그 어떤 기술이나 속임수보다 중요한 건 겁내지 않아야 한다는 거야." 아버지가 말했다.

"하지만 나는 무서운 걸." 내가 대답했다.

"절대로 무서워해서는 안 돼."

"죽을지도 모른다는 생각이 들면 막 겁이 나." 나는 아버지에게 몸을 기댔다. "죽으면 더 이상 함께 있을 수가 없잖아. 나는 우리 가족 모두랑 같이 있고 싶단 말이야.”

“네가 죽긴 왜 죽어. 절대 그런 일은 없어. 내 말 잘 들어. 절대로 무서워해서는 안 돼. 그러면 이미 진 거야. 절대로 무서워해서는 안 돼. 절대로!”

나는 아무 말도 하지 않았다. 아버지가 두 손으로 내 머리를 잡고 눈을 마주쳤다.

“만약 도저히 무서움을 떨쳐낼 수 없다면 최소한 두렵지 않은 것처럼이라도 행동해야 해. 물론 아주 어렵지. 하지만 다른 해결책은 없어.” 아버지는 굳게 입을 다물었다. 내 눈을 오랫동안 뚫어져라 바라보았다. 끝도 없는 긴 시간처럼 느껴졌다. 아버지의 눈길이 무서웠다. 하지만 무서워해서는 안 된다. 적어도 무서워하지 않는 척이라도 해야 한다.

겁을 집어먹은 사람에게서는 뭔가 특이한 냄새가 난다. 나는 그런 냄새를 맡은 적이 한 번도 없었다. 가난에서도 냄새가 난다. 그래, 그 냄새라면 나도 알고 있다. 엄마에게서는 늘 빨래비누와 타일 바닥을 닦을 때 뿌리는 가루비누 냄새가 났다.

벽난로 안의 이글거리는 불꽃이 만들어낸 빛과 그 빛이 만들어낸 어두운 그림자가 엄마의 얼굴에서 어른거렸다. 엄마는 몹시 피곤해 보였다. 엄마는 식탁 의자에 앉아서 구석구석 잘 씻고 있는지 나를 지켜보고 있었다. 아마도 새벽같이 일어나 화덕에 불을 지피고, 솥이나 냄비를 걸고 물을 데웠을 것이다. 내 목욕물이었다. 하지만 나는 곧 엄마가 저렇게 피곤해 보이는 이유가 다른 데 있다는 것을 알았다.

"다 자업자득이지 뭐." 엄마가 말했다. "어제 저녁부터 읽기 시작했는데, 글쎄 그 이야기가 어찌나 아름다운지 피곤한데도 읽기를 멈출 수가 없지 뭐니? 잠시 눈을 붙이긴 했지. 너무나 졸려서 견딜 수가 없었거든. 자명종을 네 시에 맞춰 놓고 잠을 잤단다. 어서 빨리 끝까지 읽고 싶은 마음이었지. 우리가 살고 있는 여기, 미드솜마르크란센과 비슷해 보이는 곳에 사는 사람들 얘기였어. 최악의 조건에서도 그들은 최선을 다해 살고 있었지. 무수한 고통이 따랐지만, 한편으로는 자유와 참된 기쁨이 스며 있는 삶이라는 생각이 들었단다."

나는 나무로 된 목욕통 안에 앉아 있었다. 엄마는 목욕물이 빨리 식지 않게 목욕통을 벽난로 근처에 놓았다. 목욕을 하면서 나는 점점 짙어지는 봄의 냄새와 그 냄새만큼이나 무성해지는 신록, 그리고 사람들이 견뎌 나가야 할 삶의 조건들과 그들의 운명과 궁핍과 행운에 관한 엄마의 이야기를 들었다. 에바를 쳐다보았다. 에바는 고요히 잠들어 있다. 아마도 에바는 지금 갓 돋아 오르는 자작나무의 첫 번째 푸른 이파리를 꿈꾸고 있겠지. 아니면 들판 여기저기 피어오르는 오이풀꽃을 꿈꾸고 있는지도.

우리와 접촉이 금지된 것처럼 보이던 봄이 성큼성큼 다가오고 있었다. 새들이 시끄럽게 지저귀고, 눈이 녹아 흘렀다. 사람들은 덧창을 떼어 냈다. 그렇게 봄이 우리 곁으로 다가오고 있었다. 아무도 막을 수 없었다.

엄마가 머리를 감겨주었다. 목욕이 끝나면 일어나서 먼저 한쪽 다리만 목욕통 밖으로 내밀어야 한다. 엄마가 수건을 들고 내 몸을 닦아준다. 그다음에 다른 다리를 목욕통 밖으로 꺼낸다. 이제 다음 순서로 넘어간다. 엄마는 나를 무릎에 앉히고 수건으로 머리의 물기를 닦아준다. 에바가 잠에서 깼다. 하지만 침대에 그대로 누워 조용히 우리를 쳐다본다. 에바의 눈길이 따스하다.

"네 새 양말을 몇 켤레 사 뒀단다. 그리고 양말 살 때 속옷도 한 벌 같이 샀지."

오늘은 '목욕의 날'이다.

　모든 아이들이 '목욕의 날' 을 좋아했다. 물론 막상 목욕을 하는 시간만큼은 모두들 끔찍해했지만, 목욕을 하고 난 뒤에는 맘껏 농구를 할 수 있었다. 하지만 나는 '목욕의 날' 을 싫어했다. 아이들이 모두 '목욕탕 아가씨' 라고 부르는 여자 선생님 때문이었다. 아니, 정확하게 말하면 귀청을 찢을 듯이 높고 날카로운 '목욕탕 아가씨' 의 목소리와 시도 때도 없이 불어대는 호루라기 소리가 싫었다. 그녀의 호루라기 소리는 새된 목소리와 음색이 똑같았다.

　그녀가 부는 호루라기 소리에 따라 모든 것이 척척 일사불란하게 움직였다. 탈의실에서 옷을 벗고 두 줄로 맞춰 목욕탕 안으로 행진해 들어갔다. 하나, 둘, 하나, 둘. '목욕탕 아가씨' 가 불어대는 호루라기 소리에 맞춰 하나, 둘, 하나, 둘. 똑같은 보폭으로 걸어! 오른쪽으로! 목욕통 앞에 한 명씩! 조용! 숨 쉬는 소리도 내지 말라고 했잖아. '목욕탕 아가씨' 의 목소리는 어쩌면 저렇게 자신의 호루라기 소리와 똑같을까? 절로 탄성이 흘러나온다. 대부분 지시는 그 호루라기 소리 한 번이면 충분하다. '목욕탕 아가씨' 는 자신이 지닌 권위를 즐기고 과시한다. 그 누구도, 로페조차도 그녀의 권위에 저항할 엄두를 내지 못한다.

다시 호루라기 소리. 물 틀어! 차가운 물과 뜨거운 물이 통 속에서 섞인다. 물의 온도를 적당하게 맞추기란 쉽지 않다. 다시 호루라기 소리. 모두 통 속으로! 뜨겁지만 통 밖으로 나올 수 없다. 누굴 탓하겠는가? 통 속에다 그렇게 뜨거운 물을 채운 건 바로 나니까. 다시 호루라기 소리. 아이들이 솔을 들고 첨벙거리며 몸을 씻기 시작한다.

손을 닦을 때는 부드럽기만 했던 솔이 몸에 닿으면 곧장 뻣뻣해져 온몸을 사정없이 찔러댄다. 따끔거린다. 학교로 오기 전에 아침 일찍 일어나 이미 깨끗하게 몸을 씻었기 때문에 내 목욕통 속의 물은 씻어도, 씻어도 깨끗하다. 하지만 다른 아이들이 들어 있는 목욕통 속의 물은 금세 구정물처럼 거무죽죽해진다. 그 아이들의 집도 우리 집과 마찬가지고, 나에게 우리 엄마가 있는 것처럼 그 아이들에게도 씻겨줄 엄마가 있는데도 말이다. '목욕탕 아가씨'가 몹시 놀란 표정으로 내 발을 살펴본다. 혹시 아버지가 가르쳐줬던 그 '놀라움의 순간' 기술을 쓰려는 것인가? 하지만 '목욕탕 아가씨'와 내가 격투를 벌이고 있는 것도 아니고, 또 격투를 벌일 까닭도 없지 않은가? '목욕탕 아가씨'가 삑 하고 호루라기를 불고 나서 소리쳤다. 이렇게 더러운 발로 학교엘 오다니! '목욕탕 아가씨'가 목청을 높여 쨱쨱거렸다. 하지만 그건 때가 아니었다. 색깔이 검푸른 새 양말 때문에 내 발이 까맣게 물든 것일 뿐이었다. '목욕탕 아가씨'의 호루라기가 입을 빼끔거리며 나를 향해 욕을 퍼부었다. 이 더러운 돼지새끼 같으니라고!

나는 속으로 집에 가서는 절대 이 일을 엄마에게 말하지 않으리라 다짐했다. 대신에 가리의 생일 파티에 초대받아 갔다가 문전박대를 당했던 날 에바가 그랬던 것처럼, 엄마를 위해 거짓말을 해야겠다고 생각했다. '목욕탕 아가씨' 한테 칭찬을 받았다고. 왜냐하면 내가 너무나도 깨끗했기 때문에. 뿐만 아니라 '목욕탕 아가씨'는 부지런한 엄마를 둔 나를 몹시 부러워했다고. 아버지도 늘 말하지 않았던가. 너희 엄마보다 더 좋은 엄마는 세상 어디에도 없다고. 자신의 아내만큼 아름답고 현명한 아내는 세상 어디에도 없다고.

다시 호루라기 소리. 모두 왼쪽으로 몸을 돌려! 내가 솔을 들고 앞에 있는 아이의 등을 문지르는 동안 내 등은 뒤에 있는 아이의 무자비한 솔질에 수난을 당한다. 하나, 둘, 하나, 둘. '목욕탕 아가씨'의 구령에 맞춰 하나, 둘, 하나, 둘.

우리 모두의 가슴은 정겨움으로 가득 찬다. 물론 등을

밀어주는 것에 국한되어 있었지만, 우리 모두가 하나가 되어 똑같은 동작으로 서로의 몸을 씻어주고 있다는 사실에 왠지 가슴이 뿌듯하다. 여기 있는 이 발가벗은 소년들 모두가 결국에는 함께 서 있는 하나의 무리라는 느낌, 그 기쁨에 휩싸인다. 우리 모두가 '목욕탕 아가씨'의 새된 목소리와 날카로운 호루라기 소리에 대한 두려움을 떨쳐낼 수 있다면, 어쩌면 작은 소리도 윙윙 울려 퍼지는 이 '목욕 사원'에서 순수한 소년 합창단의 우렁찬 송가가 터져 나왔을지도 모를 일이다.

하지만 우리 모두가 느꼈던 함께하고 있다는 그 기쁨은 그다지 오래가지 않았다. 목욕 시간이 끝나자마자 아름다운 동류의식은 곧장 사라졌다. 우리 반 남자아이들은 하나같이 자기와 같은 무리라고 생각했던 아이가 역시 같은 무리라고 생각했던 또 다른 아이에게 조롱당하는 모습을 즐겁게 바라보며 미쳐 날뛰었다. 작은 악마들로 변해 있었다. 자기와는 뭔가 달라 보인다는 이유로 주저 없이 옆에 서 있는 다른 아이를 도발하는 새끼 악마들의 무리였다.

나는 탈의실에서 옷을 입고 있었다.

"야, 여기 좀 봐. 비곗덩어리가 영감탱이처럼 사각빤스를 입고 있어." 로페가 소리쳤다.

라르스우베처럼 트렁크 팬티를 입고 있던 아이들은 바지를 입는 둥 마는 둥 서둘러 탈의실 밖으로 튀어 나갔다. 아이들 사이에서 웃음소리가 터져 나왔다. 로페의 충직한 조무래기들이 라르스우베를 향해 우 하고 야유를 퍼붓기 시작했다. 다시 연대가 이루어졌다. 그 연대의 성격은 방금 전 목욕할 때와는 전혀 달랐다. 부당하게 모욕당한 자를 또다시 놀려대는 즐거운 연대, 신나는 결속이었다.

"헤이, 로페. 너 그 멋진 실내화 어디서 났어?" 내 목소리가 들렸다. "혹시 그거 회갈리드에 있는 그 우아한 신발 가게에서 나눠 준 거 아냐?"

바로 그 순간에 '목욕탕 아가씨'가 탈의실로 들어섰다. 얼마나 커다란 행운인가? 삐익. 그녀가 호루라기를 불었다. 왜 이렇게 소란스러워? 옷 입는 데 무슨 소리가 필요해? 그녀는 매서운 눈초리로 우리를 빙 둘러보았다. 어서 서둘러!

나는 라르스우베에게 아무 말도 하지 않았다. 라르스우베 역시 나에게 아무 말도 하지 않았다. 하지만 우리는 서로 무슨 생각을 하는지 알고 있었다. 그날 라르스우베와 나는 그랬다. 다른 날도 마찬가지였다. 말을 하지 않아도 우리는 서로가 생각하는 것을 알 수 있었다.

친구란 그런 것이 아닌가? 하지만 우리가 그날 서로에게 말을 건넸다면 그것은 무엇에 관한 이야기였을까? 아마도 라르스우베가 당한 모욕에 관해서는 말하지 않았을 것이다. 단지 여느 일곱 살짜리 남자아이들이 늘어놓는 그렇고 그런 얘기를 주절거렸을 테지. 삶이라는 것이 얼마나 위대하고 또 얼마나 흉측한 것인가 하는 이야기들. 또 우리가 스스로에게 위로를 줄 수 있는 그런 말도 주절거렸을 테지. 라르스우베의 뚱뚱한 엄마가 가파른 빙판 위에서 보여주었던 그 놀라운 변신처럼, 비록 우리가 비곗덩어리라고 혹은 검둥이악마라고 놀림을 당할지라도 우리 속에는 지금의 우리와는 다른 멋진 누군가가 살고 있을지도 모른다는 이야기들. 라르스우베와 내가 함께 있으면 우리는 아이들이 우리에게 놀려대는 그 무엇이 아니었다. 그 아이들도 아니지만 그 아이들과 다른 것도 아닌 제3의 그 무엇, 이 세상 어떤 것보다 훨씬 크고 강한 그 무엇. 그 어떤 것도 우리를 당해낼 수 없을 것이다.

3월의 우중충한 어느 날이었다. 점심을 먹고 난 다음이었다. 1학년과 2학년 아이들이 운동장에 모여 웅성거리고 있었다. 기마전을 벌일 모양이었다. 덩치가 큰 아이는 말이 되고, 작고 날씬한 아이는 기수가 되었다. 기수가 말의 어깨에 올라타면 말은 기수가 떨어지지 않도록 팔을 교차하여 기수의 허벅지를 꽉 껴안았다. 한 기수가 다른 기수의 손아귀에 잡혀 말에서 굴러 떨어지게 되면 싸움판 밖으로 나가야 했다. 편을 나누지는 않았다. 맨 마지막까지 살아남는 말과 기수가 그날의 승자였다. 그저 아이들끼리 하는 놀이라 딱히 규정이 정해진 것은 아니었지만, 둘이 한꺼번에 하나를 공격하는 것은 비신사적인 행동이었다.

라르스우베와 나는 구경꾼들 속에 섞여 있었다. 전투를 준비하는 말과 기수들을 구경하는 것도 꽤 재미있었다. 운동장 바닥을 발굽으로 파헤치는 말들도 있었고, 전의에 불타 콧김을 뿜어대며 씩씩대는 말들도 있었고, 이미 승리를 품에 안은 듯 펄쩍펄쩍 뛰어오르며 힝힝거리는 말들도 있었다. 벌써 몇몇 말들은 기수를 태우고 이리저리 뛰어다니기도 했다. 저러다 싸움이 시작되기도 전에 지쳐 버릴지도 모른다는 생각이 들었다. 반면에 노련한 말과 기수들은 차분하게 전투를 기다리고 있었다. 운동장 한가운데 서 있는 말과 기수는 줄잡아 열다섯 쌍 정도 됐다.

몸집만으로 보자면 라르스우베는 완벽한 말이 될 수도 있었다. 그러나 모두들 말이 되기에는 너무 무겁고

둔하다고 생각했다. 그래서인지 그에게 말이 되어달라고 부탁하는 아이는 단 한 명도 없었다.

한 기수를 제외하고는 모든 기수들이 말 위로 올라탔다. 모두들 생각한다. 아직 말 위로 오르지 않고 있는 저 기수가 바로 최후의 승리를 거머쥐게 될 것이라고. 이제 로페 얀손이 가장 크고, 가장 세고, 가장 빠른 말에 올라탔다. 1학년의 폭군 로페 얀손의 말은 그의 형인 2학년의 지배자 루네 얀손이었다. 누가 그들의 승리를 부인할 수 있겠는가? 얀네와 페레페는 무엇인가 중요한 일을 해서 로페의 주목을 끌고 싶은 모양이었다. 지금, 이 상황에서 중요한 일이란 로페의 방해물을 하나라도 치워주는 것이었다. 그러자면 단 한 번이라도 자신들이 승리하는 모습을 로페에게 보여줘야 했다. 하지만 확실하게 그들의 승리를 보장해줄 만한, 예를 들어 라르스우베와 나 같은 말과 기수는 눈에 띄지 않았다.

"야, 같이 안 할래?"

"우린 구경만 할 거야."

"겁나서 그렇지? 아니면 어디 우리한테 한번 도전해보든지."

얀네와 페레페의 도발에 끌려 우리는 말과 기수들이 있는 쪽으로 걸어 나갔다. 로페가 높고 큰 말 위에서 우리를 내려다보며 미소를 지었다. 나는 라르스우베의 그 넓은 어깨에 다리를 얹으려고 버둥거렸다. 어찌어찌 해서 올라앉았지만, 라르스우베는 앞으로 몇 걸음을 떼다가 균형을 잃고 비틀거렸다. 왁자하게 웃음이 터져 나왔다. 로페의 조소 역시 박장대소로 변해 있었다. 머릿속이 텅 빈 것 같았다. 그 텅 빈 머릿속에서 아이들의 웃음소리만 웅웅웅 진동했다. 나는 계속해서 중얼거렸다. 상관없어. 우리가 제일 먼저 땅바닥에 나뒹구는 말과 기수가 된다고 해도 상관없어. 어쨌든 우리는 도전을 받아들였잖아. 그래, 그럼 된 거야.

기마전이 시작되었다. 나는 라르스우베 위에 올라앉아 싸움에 휘말려들지 않으려고 가장자리를 빙빙 돌았다. 얀네와 페레페는 싸움이 시작되자마자 다른 말과 기수에게 덜미를 잡혀 바로 나가떨어져 버렸다. 다른 말과 기수들은 우리와 싸우고 싶은 마음이 별로 없는 것 같았다. 라르스우베라는 육중하고 거대한 말에 겁을 집어먹었다기보다는 가만히 놔둬도 곧 균형을 잃고 스스로 쓰러지지 않겠냐고 생각하는 것 같았다.

기마전에서 관중의 주목을 받는 것은 기수였다. 최고의 영예는 항상 최후의 승리를 거둔 기수에게 돌아갔다. 그러나 실제 싸움에서는 기수보다 말이 훨씬 더 중요했다. 공격과 수비를 결정하는 것도 말이었고, 공격의 방법을 결정하는 것도 말이었다. 아무리 공격 기술이 뛰어난 기수라고 해도, 자신의 말이 어정쩡한 자세에서 상대편에게 너무 빠르거나 느리게 접근하면 오히려 역공을 당하기 십상이었다. 게다가 자신의 기수가 상대편 기수의 목덜미를 잡아챘을 때는 재빨리 몸을 돌릴 줄 아는 민첩함도 좋은 말이 갖춰야 할 필수 요소였다. 떨어지는 상대편 기수의 손에 걸려 함께 나뒹구는 기수들도 많았다.

드디어 한 팀이 우리를 향해 다가왔다. 그런데 놀라운 일이 벌어졌다. 우리가 이긴 것이다. 다른 말과 기수가 돌진해왔다. 우리는 또 이겼다. 놀랍다는 말을 할 수조차 없었다. 물론 예상하지 못한 우리의 승리도 놀라웠지만, 더욱 놀라운 것은 라르스우베의 변신이었다. 비곗덩어리를 출렁거리며 다니다가 곧잘 무엇인가에 걸려 비틀거리던 그 라르스우베가 아니었다. 아이들의 손가락질을 받던 비곗덩어리는 어디론가 사라지고 없었다. 늠름한 핀란드 말 한 마리가 붉은 빛이 도는 갈색 갈기를 휘날리며 질주하고 있었다. 적진을 뚫고 달리는 위풍당당한 군마. 라르스우베 클라린의 변신은 그야말로 놀라움 그 자체였다. 나는 이미 놀라운 변신을 본 적이 있었다. 빙판의 요정, 릴리 클라린, 라르스우베 클라린의 어머니. 아마도 그 놀라운 변신은 클라린 가족의 내력인 모양이었다.

어느덧 단 두 쌍만이 남았다. 두 마리의 말이 빙글빙글 돌고 있었고, 두 기수는 서로를 응시하며 공격의 기회를 노리고 있었다. 로페 얀손의 입가에는 이미 승리의 미소가 어려 있었다. 구경꾼 쪽을 힐끗 쳐다보았다. 그 속에는 에바도 서 있었다. 긴장할 때면 늘 그렇듯 에바의 얼굴은 뻣뻣하게 굳어 있었다. 그런 얼굴로 에바는 나를 뚫어져라 쳐다보았다.

라르스우베가 질풍처럼 달려 나갔다. 아무도 예상하지 못했던 순간이었다. 로페의 목덜미를 낚아챘다. 의심하지 말라! 그것은 승리의 순간이었다. 최소한 함께라도 넘어지자는 심산으로 로페가 나를 향해 팔을 뻗었다. 하지만 라르스우베는 팽이처럼 빙글 몸을 돌렸다. 로페가 땅바닥에서 나뒹굴었다.

해가 우중충한 구름을 찢고 밖으로 나왔다. 환한 햇살이 승리한 자를 비추고 있었다. 그러고는? 그 뒤의 일은 기억이 잘 나지 않는다. 아마도 화가 머리끝까지 치밀어 오른 로페가 우리에게 주먹을 휘둘렀을 것이고, 로페의 무리가 몰려왔을 것이다. 우리가 으스대며 다니는 꼴을 보게 될지 모른다는 두려움에 다른 아이들까지 합세했을 것이다. 라르스우베가 헉헉거리며 땅바닥에 드러누워버린 후에도 한참을 더 미친 듯이 휘둘러댄 주먹에 맞았다는 기억밖에. 라르스우베의 또 다른 변신은 일어나지 않았다. 그의 천근처럼 무거운 팔은 말을 듣지 않고 자꾸 아래로 처졌고, 통나무처럼 뻣뻣한 다리는 그가 도망치는 것조차 방해했다. 그는 다시 볼품없이 일그러져 훌쩍거리는 비곗덩어리로 변해 운동장 바닥에 널브러졌다.

"고자질이라도 하고 싶지? 어디 한번 해보시지. 열 배로 갚아줄 테니까."

구름을 찢고 나온 해가 환히 비춰준 우리의 승리가 이런 식으로 막을 내릴 수는 없다. 우리는 천둥처럼 쏟아지는 박수갈채를 받으며 운동장을 한 바퀴 천천히 돈다. 명예로운 퍼레이드. 그 어디에서도 본 적이 없는 말과 기수의 완벽한 조화. 박수갈채를 보내준 관중에게 답례하기 위해 말과 기수가 멈춰 선다. 숨을 죽이고 우리를 응시하고 있는 관중 앞에서 고등 마술(馬術) 피아페를 연출한다. 그것도 아주 우아하게! 어쩌면 이 이야기도 비록 실제로 일어나지는 않았지만, 우리의 놀라운 변신 중 하나일지도 모른다.

수업이 끝났다. 우리는 그렇게 얻어터지고도 기쁨에 들떠 수다를 떨면서 함께 집으로 돌아가고 있었다. 길

건너편 저쪽에서 할아버지가 걸어왔다. 담배꽁초나 불
쏘시개로 쓸 나무 막대기가 어디 떨어져 있지 않나 길바
닥을 살피고 있었다. 가난으로 반질거리는 옷깃. 옆으로
구부러진 다리. 집 안에 머물러 있는 편이 그에게나 우
리 가족 모두에게나 훨씬 낫다는 것을 할아버지는 왜 이
해하지 못할까? 나는 똑바로 앞만 쳐다보고 걸었다. 저
우스꽝스럽고 잘 듣지도 보지도 못하는, 점점 더 바보
같은 소리만 늘어놓는 볼품없는 영감이 나의 할아버지
라는 사실을 라르스우베에게 알리고 싶지 않았다. 하지
만 그는 이미 알고 있었다.

"야, 저기 봐. 저 건너편에 너희 할아버지가 오시잖아."

"어디 가세요, 할아버지!" 할 수 없이 내가 소리쳤다.

할아버지가 손을 번쩍 치켜들더니 눈을 찡끗했다. 할
아버지는 왠지 무척 행복한 기색이었다.

당연하지 않은가? 오늘은 우리가 로페 얀손을 이긴
날이 아닌가? 라르스우베가 나를 자기 집으로 끌고 갔
다. 부엌 식탁에는 그의 엄마가 아침에 차려놓은 음식들
이 놓여 있었다. 통밀빵이 가득 담긴 빵 바구니. 버터 위
에 다시 치즈를 두껍게 바른 샌드위치. 통째로 삶아낸
햄 덩어리. 삶은 쇠간을 갈아 빵 위에 발라먹을 수 있도
록 만든 값비싼 소시지까지. 라르스우베가 카카오와 우

유를 가져왔다.

"너희 아빠는 어디 계시니?" 내가 물었다.

"나도 몰라. 한 번도 본 적이 없어. 근데 이름이 뭔지는 알아. 베르틸이래."

라르스우베가 커다란 냄비에다 카카오와 우유를 넣고 숟가락으로 휘휘 저었다.

"나는 늘 남자 형제가 한 명 있으면 좋겠다는 생각을 해." 내가 말했다. 그 말을 입 밖으로 꺼내놓기란 쉽지 않았다.

"나도 그래!"

그리고 우리는 아무 말도 하지 않았다. 라르스우베가 만화책을 뒤적거렸다. 도날드덕이었다.

"만화책을 모으는 중이야." 라르스우베가 말했다.

그 말은 사실이었다. 그는 이미 슈퍼맨과 미키마우스를 가지고 있었다. 만화책만이 아니라 여러 가지를 모으고 있었다. 축구 선수들의 사진도 있었다. 흑백사진도 있었고, 컬러사진도 있었다. 그는 모을 수 있는 모든 것을 모으려 했다. 스쳐 지나가버릴지도 모르는 자신의 기억들을 모으고 있었다.

우리는 식탁에 앉아 뜨거운 초콜릿을 마시며 만화책을 뒤적거렸다. 먹고 마시고 이야기했다. 이야기가 끊기

면 만화를 보면서 이야기를 찾아 또 이야기했다. 라르스
우베와 나는 말할 수 없이 행복했다.

✦

"붉은 빛이 도는 갈색 갈기를 지닌 그 늠름한 핀란드
말의 이름은 아론이었지. 세상에서 가장 영리한 말이었
어. 일하기를 좋아했지. 보통 말들은 짐수레를 끌 때나
그렇지 않을 때나 늘 똑같은 속도로 달리지. 그런데 희
한하게도 아주 드물기는 하지만 수레에 짐이 실렸을 때
더 빨리 달리는 말도 있어. 아론이 바로 그런 말이었어.
아론은 한 번도 나를 원망하는 눈초리로 바라본 적이 없
었어. 보통 때보다 한 바퀴를 더 돌아야 할 때도 말이야.
오히려 그 반대였지. 자기한테 해가 되는 일은 내가 절
대로 하지 않으리라는 걸 잘 알고 있었던 거야. 하지만
난 아론한텐 이거 하나만큼은 처음부터 확실하게 해 두
었지. 지시를 내리는 건 아론이 아니라 바로 나라는 사
실. 누가 누구의 지시를 받는 것인가는 언제나 명확해야
해. 그건 사람과 사람 사이에서뿐만 아니라 말과 사람
사이에서도 마찬가지야. 태어날 때부터 좋지 않은 말도
있어. 하지만 말들이 수레를 끌 때 문제를 일으키는 이

244

유는 주로 주인이 누구인지 명확히 가르쳐주지 않았기 때문이야. 말은 주인을 존경해야 하고, 주인은 자기 말한 테서 존경을 받을 수 있도록 잘 보살펴줘야 하는 거야. 나는 아론을 한 번도 때리지 않았어. 그리고 아론한테 지나치게 많은 짐을 지운 적도 없었어. 늘 고삐를 느슨하게 잡고 수레를 몰았지. 아론은 정말 영리한 말이었어.

말을 학대하는 사람들도 있지. 말을 어떻게 다뤄야 하는지 알지 못해서 무조건 두들겨 패는 사람도 있어. 어떤 사람은 제재소 측의 마음을 끌기 위해서 감당할 수 없을 정도로 많은 나무를 수레에 싣기도 해. 그저 아무런 까닭도 없이 하루라도 자신의 말을 두들겨 패지 않으면 좀이 쑤시는 사람도 있어.

나도 한번은 아론한테 끔찍한 짓을 한 적이 있긴 해. 하지만 툭 하면 자기 말을 괴롭히는 사람들의 신경질과는 전혀 달랐지. 내가 아론한테 그런 짓을 한 건 힘을 북돋우기 위해서였어. 아론의 생명이 걸려 있었거든. 아론이 힘을 내지 않으면 죽을 수밖에 없는 상황이었어. 말을 잘 보살펴줘라. 그러면 당신의 말은 당신한테 천 배로 갚아줄 것이다. 아론은 내 목덜미를 핥고 내 어깨에다 자기 머리를 기대기도 했어. 그럴 때면 내 볼에 닿은 아론의 따뜻하고 부드러운 살갗을 느낄 수 있었지. 말들

은 충성심을 표현하는 방법을 천 가지도 넘게 알고 있
어. 비록 말은 못하지만 사람보다 훨씬 낫지. 아마도 이
해하기가 좀 곤란할 거야. 하지만……."
　이해해요, 아버지. 나는 다 이해해요.

　라르스우베와 나는 숲 속을 돌아다니고 있었다. 로페
의 보복은 기마전이 끝난 직후 우리에게 가했던 집단 구
타 한 번으로 끝나지 않을 것이다. 나도, 라르스우베도
잘 알고 있었다. 하지만 우리는 그것에 대해 생각하고
싶지 않았다. 아니, 생각하지 않으려고 애썼다.
　그들이 나무 덤불 사이에서 쑥 튀어 나왔다. 로페, 얀
네, 페레페 그리고 다른 조무래기들. 그들은 라르스우베
의 팔을 잡아 등 뒤로 돌려 꺾었다. 그는 아무런 저항도
하지 않았다. 아이들이 우르르 나에게 달려들어 나를 땅
바닥에 쓰러뜨리고는 팔이며 다리며 얼굴을 꼼짝달싹
못하도록 짓눌렀다.
　"이 새끼, 너 오늘 어디 한번 맛 좀 봐. 이 조무래기 똥
싸개 새끼!" 로페가 말했다. "비곗덩어리 이리 끌고 와."
　로페는 끌려나온 라르스우베에게 코끝에다 손을 대고
날 놀리는 시늉을 하라고 명령했다. 라르스우베가 거절
하자 아이들이 등 뒤로 꺾여 있는 그의 팔을 거칠게 비

틀었다. 라르스우베가 비명을 질렀다. 그래도 그는 그런 짓은 할 수 없다고 버텼다.

"한 번만 해. 저 새끼한테 대고 딱 한 번만 놀리는 시늉을 하면 집으로 보내줄게."

라르스우베가 머뭇거렸다. 그가 나를 보았다.

그래, 해. 나는 속으로 외쳤다. 그래, 해. 저 자식들이 정말로 우리를 보내줄 것이라고 믿기 때문이 아니야. 더 빨리 하든지, 아니면 더 늦게 하든지 어차피 네가 할 수밖에 없는 일이라면 그냥 지금 하는 게 더 낫다고 생각하기 때문이야.

싸움에도 규칙이 있다. 자신을 방어할 수 없는 상대를 공격해서는 안 된다. 하지만 그들은 비겁하게도 그 규칙을 깨트렸다. 저항을 할 엄두조차 내지 못하는 라르스우베를 공격하고, 위협하고, 강요하고 있었다. 결국 라르스우베는 코에 손을 대고 나를 조롱하는 시늉을 했고, 손바닥을 펴 내 뺨을 갈겼고, 주먹을 쥐고 내 턱을 후려쳤다. 사내아이라면 사내아이이라고 인정하는 다른 아이의 얼굴에 침을 뱉어서는 안 된다. 남에게 침을 뱉으라고 강요해서도 안 된다. 그러나 그들은 라르스우베를 몰아붙였다. 겁에 질린 라르스우베는 내 얼굴에 침을 뱉었다.

"이제 저 새끼 얼굴에다 대고 방귀를 한번 뀌어봐."

“안 돼, 그건 절대 못 해.”

“마지막이야. 놔줄 테니까 어서 해.”

“아까도 마지막이라고 했잖아. 벌써 몇 번이나 그랬잖아.”

“너 이 새끼. 내가 거짓말을 하고 있다는 거야, 뭐야?”

라르스우베는 침묵했다.

얀네와 페레페가 재미있어 죽겠다는 듯이 낄낄대며 발을 쿵쿵 굴렀다. 나는 웃음을 터뜨리며 소리를 지르는 아이들의 얼굴을 죽 훑어보았다. 그 한가운데 로페의 무표정한 얼굴이 있었다.

“어서 방귀 뀌어, 이 새끼야.”

“못 하겠어. 안 나와.”

“그럼 오줌을 싸 갈겨.”

라르스우베는 울었다. 울면서 고개를 세차게 흔들었다. 그 커다란 몸이 부르르 떨렸다.

문득 낯선 느낌이 들었다. 아무것도 선택할 수 없는 내가 중요한 선택의 기로에 서 있는 느낌. 아무것도 할 수 없는 나와 라르스우베 앞에 놓인 선택. 아니다. 라르스우베는 아니다. 저렇게 떨고 있는 라르스우베는, 떨리는 손가락으로 바지의 지퍼를 내리고 있는 라르스우베는 아니다.

도대체 로페는 어떻게 이런 생각을 해낼 수 있었을까? 이토록 원시적이고 야만적인 방법을 어디서 배웠을까? 마귀가 씌워진 것일까? 배울 수 있는 것은 아니다. 원래부터 로페의 마음 깊숙한 곳에 깃들어 있었던 것일까? 아니면 자기 자신을 모독하고 싶었던 것일까? 그렇지 않다면 아무 짝에도 쓸모없는 이따위 만족감을 위해 이런 야비하고도 끔찍한 짓을 하는 걸까? 라르스우베가 내 얼굴에다 대고 오줌을 쌌다. 자꾸만 입속으로 흘러드는 오줌을 뱉어냈다. 그들은 배를 움켜잡고 데굴데굴 구르며 웃었다.

라르스우베를 쳐다보았다. 그의 얼굴에서 묘한 해방감이 엿보였다. 오랫동안 지고 있던 무거운 짐을 벗어놓았을 때 느낄 수 있는 해방감. 구원받았다는 느낌. 하지만 그의 얼굴에 어려 있는 것은 그런 것과는 달랐다. 비슷하지만 다른 것이었다.

그들이 라르스우베의 팔을 놓아주었다. 그리고 그의 어깨를 두드려주었다. 그의 어깨를 두드리면서 뭔가 만져서는 안 될 것을 만졌다는 듯이 불쾌한 표정을 짓는 아이들도 있었다. 로페는 지금 무엇을 느끼고 있을까? 그는 지금 무슨 짓을 저질렀다. 자신이 당해야 할 바로 그 짓을 저질렀다. 그 이상도, 그 이하도 아니다. 로페는 즐거움을 느끼고 있을까? 아니 결코 그럴 수 없을 것이다. 나는 그의 깊은 눈빛 속에서 자기혐오와 비애를 보았다.

"지금부터 너는 더 이상 비곗덩어리가 아냐. 좋아. 뭐라고 부를까? 애들아, 뭐 좋은 거 없어?"

모두들 서로 멀뚱멀뚱 바라보기만 했다. 라르스우베는 내 눈길을 피했다. 고요한 기쁨 속에서 세례를 기다리고 있었다. 새로운 공동체에서 불리게 될 자신의 세례명을 기다리고 있었다. 그 세례명과 함께 그는 이제 더 이상 다른 아이들의 놀림을 받지 않아도 된다. 굴욕의 나날들은 이제 끝이다.

"그냥 덩어리라고 부르는 게 어때? 비계는 빼고 그냥 덩어리." 로페 얀손이 말했다.

라르스우베가 로페를 노려보았다. 그리고 몸을 돌려 걸었다.

"거기 서, 이 새끼야." 로페가 라르스우베에게 소리쳤다. "거기 서지 못해. 이 망할 놈의 비곗덩어리 새끼!"

하지만 비곗덩어리는 멈춰 서지 않았다. 뛰듯이, 무거운 걸음을 힘겹게 옮기듯이 그와 나의 우정으로부터 멀어져갔다. 나무들 사이로 사라져갔다.

"웃기는 새끼, 대체 뭘 바랐던 거야? 덩어리면 됐지,

타잔으로 불러달라는 거야 뭐야?" 로페가 말했다.

모두가 데굴데굴 굴렀다.

내 어깨와 팔을 누르고 있던 아이들의 손이 느슨해졌다. 아이들을 밀치고 일어났다. 주먹을 쥐었다. 전력을 다해 주먹을 날렸다. 낄낄거리느라 한눈을 팔고 있는 로페의 인중을 향해 정확하게 주먹을 날렸다. 뭔가 부러지는 섬뜩한 소리가 들렸다. 소름이 끼쳤다. 로페가 땅바닥에서 나뒹굴었다. 그의 얼굴은 피범벅이었다. 코가 이상해 보였다. 그래, 코뼈가 부러졌다. 로페의 코뼈가. 다른 누구의 코뼈도 아닌 바로 그의 코뼈가. 그래, 그건 바로 너의 코뼈다. 이 악마새끼!

내가 숲을 걸어 나오는 동안 아무도 나를 막아서지 않았다.

"누구야? 누구가 롤프를 때렸어? 이건 고자질이 아니야. 누가 한 짓이야?" 홀름 선생님이 소리치고 있었다.

병원으로 실려 가면서 로페는 누가 때렸는지 말하지 않았다. 다른 아이들도 마찬가지였다. 홀름 선생님이 위협했다. 누가 한 짓인지 밝혀질 때까지는 절대 집으로 보내주지 않겠다고 말했다. 하지만 그럴 수 없다는 것을 모두 알고 있었다. 아무도 입을 열지 않았다. 물론 우리 모두 알고 있었다. 숲에 있지 않았던 아이들도 누가 그런 끔찍한 짓을 저질렀는지 다 알고 있었다. 홀름 선생님 또한 알고 있었다. 하지만 선생님은 자백을 원했다.

"혹시 이 일에 대해서 뭔가 알고 있는 게 없니?" 선생님이 나에게 물었다.

"아무것도 모릅니다."

홀름 선생님이 아이들을 향해, 어디 한번 밤새도록 앉아 있어 보자고 다시 으름장을 놓았다. 하지만 결국에는 아이들을 전부 돌려보냈다. 나만 남기고.

"왜 네가 한 짓이라고 말하지 않는 거니?"

나는 대답하지 않았다. 나는 그 자리에 있지 않았다.

홀름 선생님은 절대로 해서는 안 될 짓을 저질렀다고 말했다. 두 번 다 시 일어나서는 안 될 일이라고 말했다. 평생을 두고 반면교사로 삼아야 할 거라고 말했다. 그러고는 선생님의 목소리가 갑자기 달라졌다.

"그래, 애야. 그렇게 많이 힘들었던 거니? 너는 내가 지나치게 엄격하다고 생각하겠지만, 내가 아무것도 모르는 건 아니란다. 내가 너희와 함께 있는 이유는 바로 너 같은 아이들 모두에게 기회를 주기 위해서야."

선생님에게 내가 의미 있는 존재인지도 모른다는 생각이 들었다. 선생님의 목소리는 그랬다. 나는 거의 울고 있었다.

"애야, 울고 있니?"

"전에 있었던 어떤 일이 생각났어요. 새 양말에서 물이 들었는데 발도 안 씻고 다닌다고 혼이 났어요. 그 일이 생각나서 그래요."

"그것뿐이니?"

"네."

✳

누군가 소리치고 있었다. 잠에서 깼다. 엄마와 아버지의 방이었다. 고함과 함께 뭔가 둔탁한 소리도 들려왔다. 에바는 이미 일어나 침대에 앉아 있었다. 우리는 방문으로 다가갔다. 아버지의 눈동자가 이글거리고 있었고, 거칠게 숨을 몰아쉬는 엄마의 얼굴에서는 눈물이 흘러내리고 있었다. 엄마는 굳게 입을 다물고 아무 말도 하지 않았다. 엄마의 침묵이 아버지를 더욱 미쳐 날뛰게 했다.

아빠가 엄마를 때린 거야?

우리가 문틈으로 엿보고 있다는 것을 아버지가 알아차렸다. 그의 무시무시한 눈초리가 우리를 얼어붙게 만들었다. 우리는 그 자리에 못 박힌 듯 꼼짝달싹할 수 없

253

었다. 당장 침대로 돌아가지 못하겠느냐고 아버지가 소리 질렀다. 아버지를 향해 달려가 매달렸다.

"아빠, 그만둬. 제발."

엄마는 소리 지르지 않았다. 할머니와 할아버지는 아무것도 듣지 못해야 한다. 엄마는 그들에게 아버지의 승리를 확인시켜주고 싶지 않았다. 에바와 내가 대신 소리 질렀다. 여기 무슨 일이 벌어지고 있는지 이제는 알려야 한다고 생각했다. 더 이상 침묵 속에 묻혀 있어서는 안 된다고 생각했다. 이 절대적이고도 끔찍한 침묵 속에 묻혀 있어서는 안 된다고 생각했다.

아버지에게 매달리고 또 매달렸다. 하지만 그를 막을 도리가 없었다. 굴욕적인 무력감과 함께 내팽개쳐지는 것 외에 우리가 할 수 있는 일이라곤 아무것도 없었다.

"아빠, 제발. 제발 그만둬. 제발."

"그래, 그래."

하지만 그는 멈추지 않았다.

시간이 흘렀다. 그리고 지치고 우울한 목소리.

"그래, 알아. 당신이 날 용서하지 않으리라는 걸."

엄마는 대꾸하지 않았다.

"그래, 알아. 이제 내가 너희를 떠나야 한다는 걸."

엄마는 여전히 침묵했다. 정적. 엄마가 입을 열었다.

그건 아이들이 결정할 문제예요. 우리는 아버지를 올려다보았다. 그는 다시 그로 돌아온 것처럼 보였다. 거의 그렇게 보였다.

우리는 말했다. 우리 곁에 머물러도 된다고. 에바와 내가 아버지를 용서했다. 엄마도 그를 용서했다.

아버지가 눈물을 흘렸다. "다시는 이런 일이 없을 거야." 그가 말을 더듬었다. "약속할게. 여기 내 손을 얹을게. 자, 이제 너희 손을 줘. 손을 함께 포개 신성한 맹세를 하는 거야." 그는 엄마의 손을 가져다 자기 가슴에 대고 눌렀다. 에바의 손을 가져다 엄마의 손 위에 얹었다. 하지만 그가 내 손을 향해 팔을 뻗었을 때 그가 잡을 수 있었던 것은 단지 내 엄지손가락뿐이었다. 그가 껄껄 웃어젖혔다. "그래, 우리 이제 맹세를 하는 거야. 그래, 내 아들. 남자라면 어떻게 맹세해야 하는지 정확히 알 거야. 넌 진짜 사내야, 진짜 사내!"

몇 주 동안 청명한 봄 날씨가 이어졌다. 신록이 완전히 무르익지는 않았다. 바짝 마른 풀들이 활활 타오르고 있었다. 화염에 싸인 뮈르딩엔. 풀숲과 나무 덤불 사이에 숨어 있던 새들이 날아오른다. 들고양이 한 마리가 '짧은 계단' 쪽으로 서둘러 달아난다. 뾰족뒤쥐, 멧밭쥐, 시궁쥐, 개구리, 두꺼비, 그리고 크고 작은 짐승들. 바람이 세차게 불어온다. 불길이 빠르고 넓게 번진다. 시커먼 연기가 하늘 위로 뭉게뭉게 솟는다. 노래기, 지네, 집게벌레, 쥐며느리. 온갖 곤충들도 저 화염 속에 있을 것이다. 모든 것이 타오른다. 우리가 알지 못하는 것들. 우리가 알려고 하지 않는 것들. 그 모든 것들이 저 시뻘건 불꽃 속에서 타오르고 있다.

에바와 나는 꼭 붙어 서 있다. 우리는 바란다. 번개가 치고, 천둥이 울리고 비가 내리기를. 내리는 비에 불꽃이 잠들고 모든 흔적들이 지워지기를. 비가 그치면 신선한 바람이 불어올 것이다. 그러면 에바와 나는 그 시원한 바람을 맞으며 웃자란 풀들을 헤치고 행복하게 집으로 달려갈 수 있을 것이다. 하지만 비는 오지 않는다.

"뮈르딩어들은 살아남았어." 에바가 말한다.

뮈르딩 호수의 수면이 흔들린다. 뮈르딩어들이 불꽃을 피해 물속으로 뛰어들 때 생긴 물결이다. 그들은 이제 바닥도 없는 뮈르딩 호수의 깊고 깊은 물속에서 헤엄을 치고 있을 것이다.

에바와 나는 헛간으로 들어갔다. 장에는 자물쇠가 채

워져 있었다. 장의 위쪽을 더듬어 보았다. 열쇠가 손에 잡혔다. 장을 열었다. 면도칼, 둘둘 말아놓은 톱날, 하얀 가루가 담긴 커다란 비눗갑, 분젠버너, 해골바가지 딱지가 붙은 병. 병뚜껑을 열고 냄새를 맡았다. 독한 술 냄새 같은 것이 났다. 책도 한 권 있었다. 책 속에는 여러 가지 마른 꽃잎들이 끼여 있었다. 그리고 고동색 손잡이가 달린 돋보기 하나.

에바가 장을 닫고 내 손에서 돋보기를 빼앗아 들었다. 돋보기를 눈에다 대고 나를 바라보았다. 기괴하게 보이는 커다란 눈 하나. 웃음이 터져 나왔다. 우리는 돋보기를 들고 서로의 얼굴과 손을 들여다보았다. 우리의 살갗에 그렇게 많은 주름이 있다는 사실에 에바와 나는 깜짝 놀라 깔깔거렸다. 자글자글한 주름이 촘촘하게 돋아난 솜털에 뒤덮여 있었다.

우리는 뮈르딩엔으로 달려 나갔다. 내가 돋보기를 들고 햇빛을 모아 풀 위에 쪼였다. 금세 연기가 모락모락 피어올랐다. 겨우 눈에 보이는 작은 불꽃 하나. 불꽃이 삽시간에 커졌다. 그 위에다 내가 오줌을 눴다. 불꽃이 사그라졌다. 에바와 나는 다시 깔깔거렸다. 어디선가 까치가 까옥까옥 울었다.

꺼진 줄 알았던 불씨가 되살아나 바짝 마른 풀을 태웠

다. 나는 불꽃을 발로 밟아 끄려고 했지만 세차게 번지는 불길을 따라잡을 수가 없었다. 이쪽을 끄면 저쪽으로 번졌고, 저쪽을 끄면 더 멀리 번져 나갔다. 나는 다급하게 에바를 불렀다. 하지만 아무런 응답도 없었다. 에바는 꼼짝도 않고 이글거리며 타오르는 불꽃을 바라보았다. 불꽃은 점점 높이 치솟아 오르며 풀숲을 삼키고 있었다.

새들이 날아올랐다. 크고 작은 짐승들이 서둘러 어디론가 달아났다. 나지막한 둔덕 위에 서 있던 노간주나무 덤불이 쏴쏴 소리를 내며 붉게 타올랐다. 불꽃의 소리가 그토록 클 수 있다는 것을 이전에는 알지 못했다.

에바와 내가 집을 향해 달리기 시작했다.

아마 이렇게 이야기할 수도 있을 것이다. 하지만 다른 이야기가 있다. 일어날 수 있었던 이야기가 아니라 실제로 일어났던 이야기. 하지만 그 이야기는 하고 싶지 않다.

화재 감시탑은 불길이 처음 일어난 곳에서 얼마 떨어져 있지 않았다. 소방차가 달려왔다. 뒤이어 경찰차도 들이닥쳤다. 사람들이 몰려들어 소방관들이 불을 끄는 모습을 구경했다.

불길이 치솟았을 때 나는 손에 돋보기를 들고 있었다. 사람들은 우리가 불을 질렀다고 생각했다. 그러나 내 손에 무엇이 들려 있었건 그건 아무 상관도 없는 일이었다.

그날 밤이었다. 엄마의 기도 소리가 들렸다. "하늘에 계신 우리 아버지. 우리 곁으로는 오지 않는 당신. 배우지 말아야 하는 건가요? 경험하지 말아야 하는 건가요? 이해하려 해서는 안 되는 것인가요? 그런 것들이 정말 그토록 나쁜 것인가요? 아무것도 확실하지 않아요. 그리고 저는 조금씩 지쳐가고 있어요. 제가 강해지고 현명해진다고 믿었고, 어떻게든 해낼 수 있으리라고 믿었어요. 하지만 지금 제가 보고 있는 건 무엇인가요? 그래요. 제 눈에 보이는 건 제 잘못들뿐이죠. 제가 잘못 생각하고, 잘못 이야기하고, 잘못 행동하고 있다는 사실만이 제 눈을 가득 메우고 있어요. 그뿐만이 아니에요. 저는 또렷하게 보고 있어요. 제가 저지르는 이 모든 잘못들을 숨기려 기를 쓰는 저 자신을 또렷이 보고 있는 거예요. 그래요. 저만이 아니겠죠. 우리 모두가 그렇겠죠. 하지 말아야 할 것들을 하고 있는 거예요. 하지 않았다고, 하기를 원하지 않았다고 시치미를 떼면서요. 우리가 누구인지, 무엇을 찾고 있는지, 왜 우리는 아무 짝에도 쓸모없는 그따위 물음에 매달려 이토록 안달하고 있는 걸까요? 발가벗은 지식 속에, 실재하는 삶 속에 이토록 수없이 많은 끔찍함이 도사리고 있다는 것을 왜 기어코 밝혀

내지 못해 안달일까요? 왜……. 하지만 제 눈에 다른 선택의 여지가 보이지 않는 것은 무슨 까닭인가요?"

불길이 뮈르딩엔을 뒤덮은 후 시간이 흘렀다. 우리는 아동보호청으로 불려갔다.

모든 것을 알고 있는 사람들은 단순하다. 이 단순함 속에 그들의 권력과 지식이 있다. 그들은 주저하지 않고 결론을 내린다. 그리고 어떤 조치를 취해야 할지 이미 알고 있다. 그들이 수많은 질문들을 늘어놓는다 할지라도 그것은 어디까지나 겉치레일 뿐이다. 질문을 받은 사람의 침묵은 그들을 화나게 한다. 질문 받은 사람이 침묵에 속해야 할 것, 진실을 이야기한다면 그들은 조롱을 당했다고 여긴다. 질문 따위는 애당초 불필요한 것이다. 그들은 이미 모든 것을 알고 있지 않은가? 그렇다. 그들은 이미 알고 있다. 무엇이 일어났는지, 무엇이 최선인지 그들은 이미 알고 있는 것이다. 함께 있어야 할 것들을 기어코 떼어놓을 수 있는 권력도, 그 권력을 합리화할 수 있는 지식도 모두 자신들의 수중에 있다는 사실을 그들은 알고 있다. 그리고 그들은 우리가 이런 사실들을 알고 있다는 것도 이미 알고 있다. 우월감과 승리감으로 빛나던 그들의 표정을 나는 단 한 번도 잊은 적이 없다.

대기실이었다. 엄마도 거기에 있었을 것이다. 그리고 아버지도 있었을 것이다. 하지만 나는 대기실에 앉아 있던 엄마와 아버지를 기억하지 못한다. 그렇다면 에바는? 선명하게 기억하고 있다. 에바가 불려 나갔다. 그리고 곧바로 되돌아왔다. 그들이 에바를 부른 것은 겉치레였다. 그들이 원했던 것은 에바가 아니라 바로 나였다.

심리치료사가 끝도 없이 질문을 퍼부었다. 하지만 그 모든 질문은 똑같은 목적에서 출발한 것이었고, 이미 확정된 하나의 결과를 향해 달려가고 있었다. 하지만 그는 이 사실을 숨기려 애썼다. 나에게서 원하는 답을 얻어내기 위해 친절을 가장하고 있었다. 그는 자신이 지금 아무것도 모르는 멍청이와 이야기하고 있다고 생각하는 듯했다. 나는 굴욕감을 느꼈다. 오만으로 가득 찬 그의 얼굴을 바라보며 나는 진실을 이야기해서는 안 된다고 다짐했다. 때때로 그는 갑자기 입을 닫고 잠시 침묵했다. 침묵 속에서 나를 빤히 바라보았다. 그의 침묵과 눈길이 내가 말하려 하지 않는 것을 끌어낼 수 있으리라고 믿는 것 같았다.

그는 뮈르딩엔에서 치솟아 올랐던 불꽃에 관해서도

물었다. 하지만 질문은 주로 우리 가족에 관한 것이었
다. 나는 모든 질문에 짤막하게 대답했다. 거짓말은 짧
아야 한다. 신문이 끝나자 그는 그림 몇 장을 들고 왔다.
그리고 그 그림에 관해 무엇인가를 이야기해보라고 했
다. 예를 들어 무슨 그림 같아 보이는지, 어떤 느낌이 드
는지. 그는 듣고 싶어하는 대답을 듣기 위해 나를 꼬드
겼다.

　복도를 지나 커다란 모래상자가 놓여 있는 방으로 나
를 데리고 갔다. 잠시만 기다려달라는 말을 남기고 심리
치료사는 방을 나갔다. 모래 위 여기저기에 장난감 자동
차 몇 개가 흩어져 있었다. 커다란 창에 걸려 있는 회색
커튼은 우리 반 교실에 걸려 있는 것과 똑같은 커튼이었
다. 창 밑으로 길고 좁은 탁자가 놓여 있었고, 그밖에 두
꺼운 스케치북, 크레파스, 곰 인형, 석고로 만든 인디언
과 카우보이, 치마를 입은 여자아이 인형, 한 무리의 주
석병정들 따위가 널려 있었다. 탁자 위에 신문지와 성냥
갑도 보였다. 그들은 내가 지금 여기서 성냥개비를 꺼내
신문지에 불을 붙일 만큼 멍청한 아이라고 생각하는 것
일까? 나는 가만히 앉아 심리치료사가 돌아오기를 기다
렸다. 아무리 기다려도 그는 돌아오지 않았다. 나는 창
밖을 내다보며 이 끔찍한 시간이 어서 지나가기만을 바

랐다. 마침내 문이 열리고 심리치료사가 방 안에 들어왔
다. 그는 심심하면 장난감을 가지고 놀아도 된다고 말했
다. 원하는 것은 뭐든지 마음대로 가지고 놀라고 했다.
호의나 친절이라기보다는 명령이었다. 나는 그가 원하
는 대로 모래상자로 가서 자동차를 집어 들었다. 자동차
를 가지고 그가 잘 볼 수 있도록 모래상자를 몇 바퀴 돌
았다. 하지만 내가 모래상자에서 노는 동안 그는 다시
밖으로 나갔다. 나는 자동차를 다시 모래 위로 내려놓았
다. 한쪽 벽에 거울이 걸려 있었다. 작고 가련한 악마 한
마리가 그 속에 있었다. 깜짝 놀란 눈으로 나를 뚫어져
라 쳐다보고 있었다.

　창가 탁자로 가서 앉았다. 창밖을 쳐다보았다. 다시
긴 시간이 흘렀다. 심리치료사가 들어왔다. 대기실로 돌
아가도 좋다고 말했다. 화가 난 것처럼 보였다.

　옆방 문이 반쯤 열려 있었다. 그때 알 수 있었다. 내가
있던 방의 거울은 바로 옆방에서는 창이었다. 그랬다.
그 긴 시간 동안 그는 혹은 그들은 옆방에서 내가 무엇
을 하는지, 무엇을 하려 하는지 지켜보고 있었던 것이
다. 그들이 원하는 장면이 연출되기를, 내가 인형의 목
을 비틀어 뽑고 곰 인형을 불태우기를 기다리고 있었던
것이다. 하지만 그들이 본 것은 창가에 조용히 앉아 어

서 집으로 돌아가기만을 기다리는 지치고 가여운 소년의 모습뿐이었다. 그들은 그것이 나를 가족에게서 떼어 놓아야 할 이유라고 생각한 것일까?

5월 중순이었다. 다지 한 대가 집 앞에 멈춰 섰다. 하지만 검정색 다지는 아니었다. 그리고 저녁 무렵도 아니었다. 아침 아홉 시쯤이었다. 나는 학교에 가지 않았다. 그들은 방문을 미리 통고했고 우리 가족은 모두 그들이 온다는 것을 알고 있었다. 그리고 그들이 왜 오는지도 알고 있었다.

아버지는 밖으로 나가지 않았다. 문을 걸어 잠그고 그들이 집 안에 들어오지 못하도록 막아섰다. 자신의 아들을 빼앗아가도록 절대로 그냥 내버려 두지는 않을 거라던 약속을 지키기 위해 그는 안간힘을 쓰고 있었다. 엄마는 아버지가 술에 취한 적이 단 한 번도 없다고 부르짖었다. 술을 입에 댄 적조차 없고, 그가 술에 취해 자신을 때린다는 것은 상상도 할 수 없는 일이라고 성경에다 대고 맹세했다.

하지만 아무 소용도 없었다. 그들은 모든 사실을 알고

있었다. 무엇이 올바른 것인지 확신하고 있었다. 그들은 나를 고아원으로 보내리라고 생각하는 것은 큰 오해라고 설득했다. 그러면서 계속 이런 식으로 공무집행을 방해하면 처벌이 불가피하다고 위협했다. 하지만 나를 고아원으로 보내든, 온화하고 성실한 어느 가정으로 보내든 우리 집이 아닌 다음에야 나에게는 아무런 차이가 없었다.

　나는 그들에게 나 대신 내줄 또 다른 나를 가지고 있지 않았다. 절망 속에서 문고리에 매달려 버둥거리던 그 아이는 또 다른 내가 아니었다. 그들이 문고리를 움켜잡고 있는 내 손가락을 떼어냈다. 이 손가락을 떼어내면 저 손가락으로 움켜잡았고, 저 손가락을 떼어내면 또 다른 손가락으로 움켜잡았다. 그렇게 문고리에 매달려 울부짖던 그 아이는 또 다른 내가 아니었다. 바닥에 손톱을 박고 끌려가면서 도와달라고 절망적으로 소리치던 그 아이는 또 다른 내가 아니었다. 생기 잃은 눈으로 다지의 창문 너머 뮈르딩 호숫가의 집을 응시하던 그 아이는 또 다른 내가 아니었다. 나에게는 나 대신 내어줄 또 다른 내가 없었다. 하지만 또 다른 내가 아니었던 그 아이 역시 내가 아니었다. 형체 없는 한 이야기에 나오는 형체 없는 어떤 아이였을 뿐이다.

아동보호청에 우리를 고발한 사람은 할머니와 할아버지였다.

'우리의 경고는 안나에게 아무런 영향도 미치지 못했다. 아이들을 위해 어떤 조치를 취할 수밖에 없었다. 우리라고 그러고 싶었겠는가. 우리는 더 이상 참혹한 만행 속에 아이들을 방치할 수 없었다. 아이들의 삶이 망가져가는 것을 보고 있을 수만은 없었다. 안나는 무엇보다 아이들의 고통과 행복을 먼저 생각해야 했다. 하지만 안나는 요한손을 내쫓지 않았다. 아, 얼마나 끔찍한 날이었던가. 일이 그렇게까지 될 줄은 나도 몰랐다. 안나는 손가락으로 우리를 가리키며 끌려가는 아이에게 똑똑히 보라고, 너를 부모에게서 떼어놓은 사람들이 저기 앉아 있다고 악을 써댔다. 나는 언젠가 너도 이해하게 될 것이라고 소리쳤다. 하지만 아이는 짙은 경멸이 어린 눈초리로 우리를 노려보았다.'

할머니의 달력에는 그렇게 적혀 있을지도 모른다. 하지만 그 날짜의 달력에는 단지 '바람 없음, 14℃' 라고만 적혀 있었다.

언젠가는 이해하게 될 거야……. 아무도 알지 못하는 앞날을 내다볼 수 있는 초월적인 힘은 과연 존재하는 것

일까? 언젠가는 이해하게 될 거야……. 할머니는 이해
했는가? 할아버지는? 엄마는? 아버지, 당신은 이해했는
가? 그리고 에바는?

　모든 것은 연결되어 있어. 오랜 세월이 흐른 뒤 내가
룽그로에 있는 병원으로 에바를 방문했던 날, 그녀가 말
했다. 지식, 사랑, 공포, 미움, 그 모든 것은 다 연결되어
있는 거야. 언젠가는 너도 이해하게 될 거야.
　자신이 직면한 혼돈의 세계에 질서를 부여하고 싶은
에바의 간절함을 이해하지 못할 바는 아니었다. 하지만
모든 것을 알고 있다는 듯한 에바의 말투가 마음에 들지
않았다. 그날 할머니도 그렇게 소리쳤다. 에바가 덧붙였
다. 자신이 불확실함 속에 갇혀 있다는 사실을 누구보다
도 잘 알고 있는 사람은 바로 나라고. 우스꽝스런 말이
었다.
　에바는 먼 길을 돌아 최종적으로 하고 싶었던 바로 그
말을 끄집어냈다. 에리히와 헤어졌다는 이야기였다. 나
는 잘됐다고 말하지 않았다. 이제 에바는 불쑥 이렇게
물을지도 모른다. 기억나? 우리 어렸을 때 말이야…….
　그랬다. 그녀의 확신은 어디론가 사라지고 없었다. 그
녀는 모든 것을 회피하고 있었다. 불확실함 속에서 흔들

리다 그녀의 몸마저 형체를 잃어가고 있었다. 에바는 어린 시절 우리가 만들었던 그 세계 속에 몸을 숨긴 채, 그 안에서 한 발짝도 나오려 하지 않았다. 그녀가 있어야 할 자리에 그녀는 없었다.

"질서를 부여하려고 애쓰고 있긴 너도 마찬가지잖아." 에바가 말했다. "그래, 너도 마찬가지야."

천만에. 그렇지 않아, 에바. 나는 이미 오래전에 포기했어. 우리가 어찌할 수 없는 것들이 많이 있다는 걸 난 알아. 어머니와 아버지의 사진첩에서 흘러나온 것들이야. 할머니와 할아버지의 사진첩에서 흘러나온 것들이야. 그 사진첩은 우리가 아무리 애를 써도 결코 우리 손이 닿지 않는 저 머나먼 곳에 있는 거야. 에바, 네 말처럼 모든 것들이 연결되어 있다면 왜 우리는 아직도 모르는 것일까? 삶이 무엇인지 우리는 왜 아직도 모르는 것일까?

"넌 희생되었던 거야." 에바가 말했다. "나는 이제 이렇게 굴욕적으로 여기 앉아 무의미한 나 자신을 바라보고 있어. 모든 것은 연결되어 있어. 그렇지만 모든 것을 설명할 수 있는 질서 따윈 없다는 것 정도는 나도 알고 있어. 그래. 나도 알아. 질서는 그저 우연 속에서 자신을 확인할 뿐이라는 걸. 그래, 나도 알고 있어."

역으로 나를 바래다주었어야 할 남자와 여자는 여전히 내 옆에 앉아 있었다. 내가 탄 기차가 출발하는 것을 확인하고 아동보호청으로 복귀했어야 할 그들은 나와 함께 다지를 타고 어디론가 가고 있었다. 지금 나는 실제로 일어났었던 일을 더도, 덜도 아닌 있었던 그대로 이야기하고 있다. 하지만 어딘가 다른 페이지에는 실제로 그랬던 것보다 더 많은 것들이 적혀 있을지도 모른다.

"아무 걱정하지 마." 아버지가 말했다. "여름이 오기 전까지는 내 반드시 너를 집으로 다시 데려올 거야. 약속할게."

4

침묵으로 만들어진 집

　　아동보호청의 여자를 따라 차에서 내렸다. 베름란드에 있는 토르스뷔였다. 차가 멈춰 선 곳에는 중년 부부와 한 소녀가 서 있었다. 나와 같은 또래의 여자아이였다. 차 안에서조차 감시의 눈초리를 늦추지 않던 여자는 나를 힐끔힐끔 보면서 그 부부와 몇 마디 말을 나누고는 다시 차를 타고 돌아갔다. 여자아이가 나를 슬금슬금 훔쳐보았다. 나는 아무 말도 않고 앞만 바라보았다. 스톡홀름보다 추웠다. 그곳의 공기에는 지금껏 전혀 맡아보지 못한 낯선 냄새가 스며 있었다. 먼 곳에서 하얀 연기가 드넓은 하늘 위로 솟아오르고 있었다.

　　남자가 내 여행 가방을 받아 들었다. 우리는 버스정류

장으로 갔다. 아무도 내 손을 잡지 못하도록 나는 두 손을 주머니에 찔러 넣고 걸었다. 버스를 타고 가는 내내 나는 아무 말도 하지 않고 창밖만 내다보았다. 다른 사람들 역시 한 마디도 하지 않았다. 버스는 꽤 오래 달렸다. 나는 버스가 가는 길을 계속 머릿속에 집어넣으려고 애썼다. 도망쳐 나올 때 길을 잃어버리지 않으려면 잘 외워두어야 한다. 버스에서 내렸다. 중년 여자가 이제 집까지는 그리 멀지 않다고 말했다.

북쪽으로 높다랗게 푸른 하늘이 펼쳐져 있었다. 숲, 덤불, 나무 그루터기들. 모래가 많이 섞인 흙. 가파른 언덕길. 언덕 위에 넓지 않은 평지가 보였다. 그 평지 위에 농가가 한 채 서 있었다. 농가가 있는 곳도 워낙 가파른 언덕길 때문에 평지처럼 보였을 뿐 실은 경사가 완만했다. 집, 외양간, 헛간 등이 줄을 맞춘 듯 나란히 서 있었고, 농가 뒤쪽으로 다시 꽤 가파른 내리막길이 뻗어 있었다. 길고 긴 시골길이었다. 길을 따라 초원이 펼쳐져 있었다. 갈대가 무성하게 자란 호수도 보였다. 호수의 반대편에는 잣나무와 소나무 몇 그루가 서 있었다. 그리고 다시 푸른 하늘.

그 농가가 나의 위탁 가정이었다. 이곳에서 나는 보살핌 혹은 감시를 받게 될 것이다. 머릿속에서 자꾸 똑같은 말이 뱅뱅 맴돌았다. 농부의 집으로 위장된 아동보호소. 농부의 집으로 위장된 아동보호소. 농부의 집으로 위장된 아동보호소. 말 한 마리, 소 두 마리, 돼지 한 마리, 수탉 한 마리, 암탉 열 마리 정도. 고양이도 한 마리 있었다. 그리고 개도 한 마리.

에바와 소꿉놀이를 할 때면 그저 꼼지락거리는 작은 솔방울에 불과했던 가축들이 실제로는 생각했던 것보다 덩치가 훨씬 컸다. 개가 가장 사납고 무서웠다. 개는 쇠사슬에 묶여 있었다. 그 쇠사슬은 대문 근처에 서 있는 커다란 자작나무와 지붕 사이의 허공에 길고 높게 매달린 쇠줄과 연결되어 있었다. 개는 그 줄이 허용하는 범위 내에서 자유롭게 뛰어다닐 수 있었다. 개가 사납게 짖어댔다. 멈출 생각도 않고 끝도 없이 짖어대는데도 아무도 개에게 조용히 하라는 말을 하지 않았다.

"친해질 때까지는 절대로 혼자 가까이 가서는 안 돼." 남자가 말했다. 개에게 내 냄새를 맡게 하려고 남자가 나를 가까이 데려갔다. 나는 도중에 멈춰 서서 몸을 돌렸다.

"그래, 우리 천천히 하나씩 해나가자." 여자가 말했다. 내 기억이 맞다면 아마도 그 여자의 이름은 에스테르였을 것이고, 그녀의 딸은 구드룬이었을 것이다. 하지만 남자의 이름은 기억이 나질 않는다. 개 이름도 영 떠오르지 않는다. 말은 트리그바르라는 이름으로 불렸는데, 크고 튼튼한 아르덴 말이었다. 하지만 사람을 잘 따르는 핀란드 말과는 전혀 딴판이었다. 그래서 그런지 우아함이라고는 눈을 씻고 봐도 찾을 수 없었다. 소 두 마리의 이름은 마야와 로사였고, 고양이는 미사였다. 미사가 내게 달려와 다리에 몸을 문질렀다.

"자기를 쓰다듬어달라는 거야." 여자가 말했다. 하지만 나는 우울했다. 그리고 겁이 났다. 미사를 쓰다듬다 결국 흐느껴 울게 될지도 모른다는 생각이 들었기 때문이다. 나는 울지 않기 위해 나무토막처럼 뻣뻣하게 서서 앞만 쳐다보았다.

모두들 식탁에 둘러앉았다. 여전히 아무 말이 없었다. 음식도 내가 지금껏 먹었던 것과는 전혀 딴판이었다. 우유까지도 달랐다. 몹시 끈적였다. 남자도 우유를 마셨다. 아주 가끔씩 술을 마시기는 했지만 맥주가 고작이었고, 그것도 목이 마를 때 한 잔 하는 정도였다. 소금을 좀 집어달라는 따위의 말을 빼고는, 저녁을 먹는 동안 내내 아무 말들이 없었다. 나는 때때로 그 과묵한 사람들을 슬쩍 둘러보곤 했는데, 그때마다 내 눈은 여자의 눈길과 마주쳤다. 여자의 눈길이 당근을 가리켰다. 나는

머리를 저었다. 그녀는 나에게 권했던 당근을 남편의 접
시에 놓아주었다. 그들의 조용한 움직임은 어쩐지 기계
적으로 보였다. 고요한 평화 속에서 다듬어진 습관. 집
안 가득 온화한 기운이 감돌았지만 즐거움은 없었다. 이
가족과 나는 맞지 않는다는 느낌이 강하게 밀려들었다.
　침대 속으로 들어갔다. 깨끗한 시트에서 흘러나오는
신선한 냄새가 코끝을 간질였다. 새로 빤 시트의 차가운
감촉 때문인지 추위가 느껴졌다.

　아침 일찍 눈을 떴다. 호숫가 풀숲 위로 뿌연 아침안
개가 드리워져 있었다. 뮈르딩엔 위로 밝아 오던 아침이
떠올랐다. 이곳에도 들개와 뮈르딩어들이 살고 있을까?
　현관문을 열고 나섰다. 개가 미친 듯이 짖어대며 나를
향해 달려들었다. 쇠사슬에 연결된 줄이 허공에서 팽팽
하게 당겨졌다. 금방이라도 끊어질 것만 같아서 오싹했
다. 줄이 걸려 있는데도 자꾸만 개가 뛰어오르는 바람에
목걸이가 개의 목을 꽉 조여 사납게 짖어대던 소리가 그
르렁거리는 소리로 변했다.
　하루가 지난 뒤 바로 학교에 가야 했다. 여자아이와
나는 나란히 서서 아무 말도 하지 않고 시골길을 걸어갔
다. 더 이상 집이 보이지 않게 되자 나는 걸음을 늦춰 여

자아이가 앞서가게 하고 몇 미터 뒤에 따라갔다.

여자아이가 학교에 다 왔다고 말했을 때 나는 그 아이가 농담하는 거라고 생각했다. 나무로 지은 빨간 건물이었는데, 뮈르딩 호숫가의 우리 집보다 커 보이지 않았다. 아이들도 미드솜마르크란센의 아이들과 너무 달랐다. 모두들 그렇게 친절할 수가 없었다. 보자마자 마치 오래전부터 알고 지내던 친한 친구를 만난 것처럼 함께 놀자고 팔을 잡아끌었다. 어딘가에 분명히 깊은 함정이 도사리고 있을 거라는 생각이 들었다. 모두들 테가 있는 모자를 쓰고 있었는데, 수업이 끝날 때까지도 모자를 벗지 않았다.

교탁 쪽에서 밝고 아름다운 빛이 느껴졌다. 여자 선생님은 믿을 수 없을 정도로 친절했다. 선생님이 보여주는 친절함도 나는 신뢰할 수 없었다. 그녀는 내가 하는 모든 이야기에 감탄했고, 내가 정말 많은 것을 알고 있다며 칭찬을 아끼지 않았다.

하지만 나는 곧 그곳에서는 일부러 틀린 대답을 할 필요가 없다는 것을 깨달았다. 그들에 대한 나의 불신도 이내 사라졌다. 잘난 체한다고 놀리는 아이는 한 명도 없었다. 선생님도, 아이들도 놀랄 만큼 온순하고 선량했다. 누가 안경을 썼다거나 조끼를 입었다고 해서 킬킬대

거나 놀려대지 않았다. 그곳 아이들은 도무지 싸울 줄을
몰랐다. 처음에 나는 내 눈을 의심할 수밖에 없었다. 어
떻게 그럴 수 있을까? 미드솜마르크란센 초등학교가 떠
올랐다. 쉬는 시간을 알리는 종이 울리자마자 주먹질이
시작되곤 하지 않았던가? 그토록 끊임없이 싸움을 해야
할 특별한 이유가 있었던 것도 아니었다. 말하자면 '싸
움을 위한 싸움' 이었다. 하지만 이곳 아이들의 마음속
에는 오로지 견고한 평온함만이 깃들어 있는 것 같았다.
그 평온함 위에서 모두들 즐거운 평화를 구가하고 있었
다. 나도 곧 그들의 그 견고한 평온함에 점차 물들었다.
그렇지만 나는 정확하게 알고 있었다. 지금 그들의 흉내
를 내고 있다 할지라도 나는 결코 그들처럼 될 수는 없
다는 것을. 아니 그들 근처에도 가지 못할 것이라는 사
실을. 나는 그곳에서 친구를 찾으려고 애쓰지 않았다.
어찌 되었든 여름이 오기 전에 나는 이곳을 떠날 게 아
닌가?

　그들 역시 나를 자기들이 속한 무리 중 한 명으로는
생각하지 않았다. 그들에게 언제나 나는 스톡홀름에서
온 이방인이었다. 실제로 그들은 나를 '스톡홀름메르'
라고 불렀다. 뭘 잘못 알아도 한참을 잘못 알고 있었다.
물론 지도 위에서야 미드솜마르크란센은 분명히 스톡홀

름 안에 있었다. 하지만 나는 한 번도 스톡홀름메르인 적이 없었다. 나는 언제나 미트소마르크란세너였고, 그 이외의 다른 어떤 것이 되어본 적이 없었다.

이 친구는 스톡홀름에서 왔어요. 선생님이 말했다. 그 한 마디로 아이들은 나에 대해서 모든 것을 알았다는 표정을 지었다. 그런 반응은 스톡홀름에서 온 나에 대해서뿐만 아니라 스톡홀름이라는 도시에 대해서도 마찬가지였다. 스톡홀름이라는 단 한 마디 말을 듣는 것으로 순식간에 그들의 머릿속은 유일하고도 특별한 것에 대한 상상으로 가득 차버렸다. 하지만 스톡홀름에 대한 그들의 경탄 뒤에는 언제나 스톡홀름에 대한 경원도 따라 붙었다. 그들이 내게 부여한 정체성은 분명히 잘못된 것이었다. 하지만 나는 스톡홀름메르라는 그 별명을 굳이 마다하지는 않았다. 비곗덩어리 같은 별명보다는 훨씬 듣기 좋다는 사실에는 의심의 여지가 없었으니까. 그들은 끝도 없이 질문을 퍼부었다. 나는 그 모든 질문에 끈기 있게 대답해주었다. 그들에게 스톡홀름은 아주 위험한 곳이었다. 혼자서 나다니다가는 큰일을 당하기 십상인 곳이었다. 특히 해가 지면 절대로 혼자 거리에 다녀서는 안 되는 곳이었다.

아이들은 언젠가 한번은 스톡홀름으로 수학여행을 가

게 될 것이라고 말했는데, 그때마다 그 목소리는 동경과 기대와 두려움으로 떨렸다. 정말 스톡홀름으로 수학여행을 간다면 스칸센 동물원과 왕궁을 구경하게 될 것이다. 나도 스칸센 동물원에 간 적이 있었다. 관광버스를 타고 갔다. 우리가 탄 관광버스는 동물원으로 가던 중에 '산책하는 사람들의 길'이라고 부르는 스트란드베겐에 멈춰 섰다. 우리에게 그 거리에 늘어서 있는 부자들의 집을 구경할 시간을 주기 위해서였다. 왕궁을 직접 본 적은 없었다. 하지만 그 사실을 굳이 아이들에게 말할 필요는 없다고 생각했기 때문에 말하지는 않았다.

"왕을 본 적도 있어." 나는 거짓말을 했다. 아이들이 내 말을 믿게 하려고 왕의 얼굴을 상세하게 묘사했다. 언젠가 한번 본 적이 있는 왕의 사진을 떠올렸다. 아이들의 입에서 탄성이 흘러나왔다. 우쭐해진 나는 그 거짓말 위에 또 다른 거짓말을 더 얹었다. 어둑어둑한 저녁이었어. 전차에서 내려 혼자서 길을 걷고 있었지. 그때 왕을 만났어.

"왕이 그렇게 막 길을 걸어 다녀?"

아니. 그는 걷고 있지 않았어. 지붕이 없는 마차에 타고 있었지. 시종들을 대동하고 말이야. 그 시종들이 어떤 옷을 입고 있었느냐 하면 말이지…… 나도 내 이야기 속으로 빠져들었다. 왕의 마차 주위에는 말을 탄 근위병들이 빙 둘러서 있었어. 늠름한 핀란드 말도 있었고, 순종 아랍 말도 있었지. 마차가 내 옆에 멈춰 서더니 왕이 나를 손짓해 불렀어. 자기 옆자리에 타라고 했지. 문득 내 거짓말이 좀 지나치다는 생각도 들었다. 왕은 기분 좋게 휘파람을 불고 있었어. 자신에게 인사하는 사람들을 향해 손을 들어 답하면서 눈을 찡긋거렸어. 너도 사람들에게 인사를 해주어야지. 왕이 말했어. 그러고는 어떻게 손을 들어 답하는지, 또 어떻게 눈을 찡긋거려야 하는지 가르쳐줬어.

"혹시 꾸며낸 이야기 아냐?"

그들을 둘러보았다. 초롱초롱한 눈망울들이 나를 빤히 쳐다보고 있었다. 얼굴이 화끈거렸다. 입을 다물었다. 그들은 나를 놀려대지도, 위협하지도 않았다. 거짓말을 한다고 나를 몰아붙이기는커녕 오히려 몹시 당황한 나를 우려하고 있었다.

부끄러워서 견딜 수가 없었다. 그 이후로 나는 스톡홀름에 관한 이야기는 진실이든 거짓이든 입 밖에 내지 않았다. 나도 곧 그들처럼 과묵해졌다. 이름이 구드룬인가 했던 그 여자아이와도 거의 말을 하지 않았다. 중년 부부는 우리가 서로 잘 어울려 놀았으면 하는 눈치였다.

몇 번인가 저녁에 네 명이 모두 모여 주사위 놀이를 한 적도 있었다. 그 여자아이는 내가 마음에 들지 않는 모양이었고, 나도 그 아이가 마음에 들지 않았다. 아동보호청 직원을 좋아할 아이가 세상천지에 어디 있겠는가? 비록 그 아동보호청 직원이 예쁘장한 여자아이라 할지라도. 여자아이는 금발이었다. 피부가 무척 희고 머리카락은 아주 가늘고 부드러웠다. 하얀 볼에 주근깨 몇 개가 있었다. 못생긴 여자아이라고는 할 수 없었다. 뚱뚱하지는 않았지만, 그 아이는 마치 뚱뚱한 느림보처럼 천천히 움직였다. 좋게 말하면 조용하고 부드럽게 움직인다고도 말할 수 있었다. 드물기는 했지만 그 아이가 웃을 때는 꼭 숨이 막혀 헉헉거리는 것 같았다.

그 아이는 자주 집안일을 도왔다. 일도 아주 꼼꼼하게 잘했다. 옆에서 누가 보고 있었다면 답답해서 속이 터져버릴 정도로 꼼꼼했다. 공부도 그랬다. 왜 교과서를 통째로 외워버리는 미련한 아이들이 있지 않은가? 그 아이가 바로 그랬다. 사람들은 다들 그 아이를 보고 머리가 뛰어나다고 칭찬했지만, 나는 도무지 그 말을 받아들일 수 없었다. 에바와 비교한다면 그 아이는 낙제생 수준이었다.

아침에 등교할 때마다 나와 그 아이는 늘 나란히 서서 사이좋게 걸어갔다. 하지만 그것은 어디까지나 그 아이의 엄마가 창 너머로 우리를 보고 있기 때문이었다. 그 아이의 엄마는 학교로 가는 우리를 늘 창가에서 지켜보았다. 그랬다. 나는 그 여자도, 그 여자의 남편도, 그 여자의 딸도 모두 아동보호청 직원이라고 생각했다. 심지어 그 집 개까지도 아동보호청 소속이라고 생각했다. 그 개는 땅바닥에 엎드려 잠을 잘 때도 언제나 한쪽 눈을 약간 뜬 채 나를 감시했다. 내가 얼씬만 해도 사납게 짖으며 달려들었다.

그 개는 몸집이 셰퍼드만 한 잡종견으로 몸에 흰색과 검정색이 얼룩덜룩 섞여 있었다. 언제나 묶여 있었고, 개집에서 멀리 떨어진 자작나무 아래에서 볼일을 봤다. 거기가 아니면 절대로 안 된다는 듯이 언제나 그곳에서만 볼일을 봤다. 자작나무 아래에는 늘 개가 싸놓은 커다란 똥 무더기가 있었다. 그래서 비가 오면 누렇고 흐물흐물한 진창으로 변했다. 개는 참을 수 있을 때까지 참다가 자작나무 아래로 후다닥 달려가 쪼그려 앉거나 뒷다리를 번쩍 들어 올렸다. 쪼그려 앉아 있을 때면 언제나 등을 돌리고 있었다.

나는 개의 무시무시한 송곳니가 닿지 않으면서 최대

한 가까이 가서 개에게 이야기를 건넬 수 있는 곳을 하나 찾아냈다. 개집과 자작나무 사이에 놓여 있는 커다란 돌 위에 앉아 끈질기게 개에게 말을 걸었다. 친절하고 상냥하게. 나를 보고 더 이상 짖지 않는다면 줄에서 풀어줄 수도 있다고, 그러면 우리 함께 맘껏 뛰어다니며 놀 수도 있을 거라고 말을 건넸다. 하지만 개는 끊임없이 짖어댔다. 너무 시끄러워 견딜 수 없을 때는 나뭇가지 하나를 던져 주었다. 그러면 거짓말처럼 조용해졌다. 하지만 그것도 내가 던져준 그 나뭇가지를 질겅질겅 씹어 삼킬 때까지만이었다.

어디 한번 겨뤄 보자고 마음먹었다. 나는 돌 위에 앉아 아무 짓도 하지 않고 노려보기만 했다. 나뭇가지를 던져주지도 않았다. 말을 건네지도 않았다. 오로지 노려보기만 했다. 개는 계속 짖어대다가 결국 조용해졌다. 힘이 다 빠졌는지 땅바닥에 엎드려 눈만 끔벅였다. 나는 승리를 확신했다. 그런데 내가 쓰다듬기 위해 손을 뻗었을 때 갑자기 머리를 쳐들고 내 손을 덥석 물려고 했다. 다행히 내 손은 개의 이빨에서 조금 떨어져 있었다. 개는 으르렁거리다가 다시 털을 곤두세우고는 미친 듯이 짖어대기 시작했다.

저따위 개를 왜 키우는지 도무지 이해할 수 없었다.

이 집 사람들은 개를 집 지키는 동물로밖에 생각하지 않는 것일까? 집 지키는 동물로만 보자면 확실히 제몫을 하는 개였다. 모든 것, 모든 사람을 향해 짖었으니까. 그렇게 시도 때도 없이 짖어대는데도 그 집 사람들은 아무렇지도 않은 모양이었다. 언젠가 여자아이에게 왜 저렇게 짖기만 하는 개를 키우느냐고 물어본 적이 있었다. 그 집에는 온통 내가 도무지 납득할 수 없는 것투성이였는데, 더러 그런 것들을 여자아이에게 물어보기도 했다. 그 아이는 오히려 자기가 더 이해할 수 없다는 눈초리로 나를 빤히 쳐다보기만 했다. 한 번도 내가 묻는 말에 대답해준 적이 없었다. 언제는 부엌으로 들어서다가 여자가 자기 딸에게 하는 말을 들은 적이 있었다. 스톡홀름메르가 정말 그렇게 물어봤단 말이지? 그녀가 웃고 있었다. 그리고 그녀의 남편도 웃고 있었다. 그리고 그녀의 딸도 웃고 있었다. 내가 부엌으로 들어서자 그들의 웃음은 뚝 그쳤다.

그 아이에게 아버지가 한 번도 술에 취한 적이 없느냐고 물어본 적도 있었다. 늘 그랬던 것처럼 그 아이는 대답하지 않았다. 나는 다시 아버지가 술에 취해 너나 네엄마를 때린 적이 없느냐고 물었다. 그 아이가 울음을 터뜨렸다. 나는 그런 일이 아주 빈번하게 일어나기 때문

에 그 아이가 우는 것이라고 생각했다. 하지만 그 아이
는 울면서 어떻게 그런 끔찍한 생각을 할 수 있느냐고,
너는 어디가 아픈 게 틀림없다고 말했다.

남자는 과묵하기는 했지만, 아내와 딸은 물론 나에게
까지도 더할 나위 없이 다정했다. 부부가 나누는 이야기
를 듣고 있으면 말투가 너무도 친절하고 예의 바른 탓에
뭔가 어색하다는 느낌이 들었다. 그들이 나에게 애써 말
을 걸려고 노력할 때의 말투와 별로 다를 바가 없었다.
그런 투박함 때문에 집 안 분위기가 과묵한 게 아닐까 하
는 생각이 들었다. 그들은 굳이 하지 않아도 되는 말들을
어떤 이유 때문에 억지로 하는 듯했다. 입 밖으로 내뱉지
않고 머릿속으로만 생각한 말들을 스스로 찾아 듣고 있
다는 듯이 상대방의 말을 들었다. 그러고는 짧은 몇 마디
말을 끝으로 그들은 다시 침묵 속으로 빠져들었다.

위탁 부모라고 불리는 사람들의 집은 늘 고요했다. 라
디오가 하나 있었지만 남자가 뉴스를 들을 때를 제외하
고는 늘 꺼져 있었다. 그 집에서는 여자아이의 교과서를
빼면 책을 단 한 권도 찾아볼 수 없었다. 서로에게 이야
기를 만들어주는 책이 거짓말처럼 한 권도 없었다. 심지
어 그 흔한 성경책도 없었고, 노래책도 없었다. 노래책
이 있었다 해도 과연 노래를 불렀을까? 이 멋진 세상,

이 멋진 하느님의 우주. 그들이 노래 부르는 것을 한 번
도 본 적이 없었다. 휘파람도 불지 않았다. 웃는 일도 드
물었고 침대가 삐걱거리는 소리조차 들리지 않았다.

　하지만 그 고요는 무뚝뚝하지 않았다. 공포에 휩싸여
있는 잿빛 정적은 더더욱 아니었다. 온화하기 그지없는
고요였다. 사색적이기도 했다. 그 고요 속에 자연이 스
며 있었다. 어쩌면 그놈의 개 짖는 소리가 그토록 무지
막지하고 사납게 들린 것도 그들의 친절하고 온화하고
사색적인 고요와 대비되었기 때문인지도 모른다. 그렇
지만 나는 내가 듣고 자란 소리를 그리워했다. 과묵한
사람들의 이 온화한 고요에서, 그동안 나를 둘러싸고 있
던 소리가 어떤 것이었는지 처음으로 제대로 인식할 수
있었다. 그러고 나니 나를 둘러싸고 있었던 소리가 더욱
못 견디게 그리워졌다. 미드솜마르크란센의 그 소리들.
집 앞으로 지나가던 전차의 덜컹대는 소리, 자동차들의
경적 소리, 쉬는 시간이면 복도에서 떠들어대던 아이들
의 목소리, 고주망태가 되어 ‘이불언덕’을 넘어가던 ‘가
톨릭교도들’의 고함. 초여름이면 공원 잔디밭에 ‘할렐
루야 천막’이 세워졌다. 그 천막에서 천상의 소리가 흘
러 나왔다. 목사의 카랑카랑한 목소리, 중얼거리는 듯한
기도 소리, 독실한 신앙심으로 울려 퍼지던 찬송가. 주

님을 향한 송가 속에서 깨어나는 나의 영혼, 오 지극히 크고 높으신 주님, 오 지극히 크고 높으신 주님.

할렐루야. 그래, 할렐루야!

아버지의 시끌벅적한 이야기 소리. 엄마의 행복한 웃음소리. 모두가 웃고 떠들고 이야기하던 집. 심지어 슈카까지도 이야기를 들려주던 그곳. 거기에 있을 수만 있다면, 그럴 수만 있다면 얼마나 좋을까? 즐거운 이야기도 있었고 우울한 이야기도 있었지. 그래, 이야기. 실재하는 모든 것들을 뛰어넘어 우리를 지배했던 이야기. 그 모든 이야기들 중에서도 내가 제일 듣고 싶어했던 이야기. 아버지가 살아온 이야기. 모든 것을 변화시킬 그 이야기. 허물어진 질서를 복원해줄 그 이야기. 하지만 침묵 속에 묻혀 있어야 하는 그 이야기. 이렇거나 저렇거나 어차피 나는 아버지의 그 이야기를 들을 수 없다. 아버지는 지금 내 곁에 없다. 그리고 어느 날 저녁, 이 과묵한 사람들의 세계에서 흘러나온 또 다른 이야기 하나. 이름이 에릭이라는 한 소년의 이야기. 소년은 자신의 과묵한 부모를 떠나 멀고 먼 바깥세상으로 달아나버렸다. 미국으로 건너갔다는 그 소년이 에릭 삼촌일지도 모른다는 생각이 들었다. 물론 나는 미국에 있다는 에릭 삼촌이 실제로는 미국이 아니라 술집이 즐비하게 늘어선 린슈타인 거리를 활개 치며 다닌다는 사실을 알고 있었다. 하지만 에릭 삼촌은 이야기 속에서만큼은 어디까지나 기회의 땅, 미국에 살고 있는 행운의 한스여야 했다. 어쩌면 행운의 한스, 에릭 삼촌은 이제 곧 결정을 하게 될지도 모른다. 아니 지금 이 순간 미국에서 캔 황금을 여행 가방에 가득 채워 넣으며, 바로 지금 이 순간 이제는 조국으로 돌아가리라 결정을 내리고 있을지도 모른다.

희한하게도 이러한 이야기에서 사람들은 예외 없이 집으로 다시, 집으로 다시 돌아온다.

엄마가 이야기를 들려준다. 엄마의 얼굴이 바로 눈앞에 있다. 엄마의 포근함이 느껴진다. 이제 나는 하나도 무섭지 않다. 하지만 엄마는 곧 다시 나를 떠나야 한다. 엄마가 없다. 엄마가 내 곁으로 왔던 거야. 엄마가 들려준 이야기가 아직도 귓가를 맴돈다. 나를 위로하러 왔던 거야. 나를 집으로 데려가려고 온 건 아니야. 하긴 나를 데려가야 할 사람은 엄마가 아니지. 데리러 오겠다고 약속했던 건 엄마가 아니었어. 그래. 약속을 한 건 아버지였어. 그가 지금 내 곁에 있다면 얼마나 좋을까? 그래, 그래, 우리 아들, 아무 걱정 마. 아버지가 나에게 이야기하고 있다. 내 머리를 쓰다듬는다. 아무 걱정 마. 여름이 오기 전에 넌 다시 집에 있게 될 거야. 내가 약속했잖아.

내가 약속하면 꼭 그렇게 되는 거야. 하지만 아버지는 지금 내 곁에 없다.

사방이 고요했다. 지독한 고요. 잠이 오지 않았다. 오랫동안 깨어 있었다. 어두웠다. 그것은 잠든 어둠이 아니라 깨어 있는 어둠이었다. 수많은 이야기들, 기억들, 생각들이 머릿속에서 붕붕 떠다녔다. 내가 없는 동안에 집에서 무슨 일이 일어난 것은 아닐까? 아버지가 술을 많이 마시면 누가 그를 막지? 내가 그를 방치하고 있다는 생각이 들었다. 내가 우리 가족을 방치하고 있다. 아버지가 돌아온 이후로 우리는 온전한 가족이 될 수 있었다. 하지만 이제는 다시 그 온전함이 무너져버렸다. 나 없는 동안에 우리 가족 중 누군가가 죽어버리지나 않았을까? 무서운 생각이 들었다. 혹은 아버지가 나를 데리러 오기 전에 내가 먼저 죽어버릴지도 모른다는 생각도 들었다. 자꾸 무서워졌다.

문득 의문이 일었다. 왜 에바는 집에 머물러 있어도 괜찮은 것일까? 왜 나만 떨어져 있어야 하는 거지? 할머니와 할아버지는 꼭 누군가의 도움이 필요했다면 왜 경찰을 부르지 않고 아동보호청에 갔을까? 한동안 엄마와 에릭 삼촌을 친척집에다 맡겨둘 수밖에 없었다던 할머니의 이야기가 불쑥 떠올랐다. 친척집이라고는 하지만 결국 위탁 가정과 다를 바가 없지 않은가? 물론 그때 할머니는 일을 해야 해서 아무런 다른 방도가 없었다고는 하지만……. 마음속에서 슬그머니 양심의 가책 같은 것도 일어났다. 끝도 없이 싸움질을 해대고 다니던 날들. 다시는 싸우지 않겠다고 얼마나 굳게 약속했던가? 얼마나 개망나니처럼 굴었던가? 아버지에게나 다른 식구들에게나 나는 얼마나 못되게 굴었던가? 이바르손 씨도 생각났다. 분명히 그 누군가였을 그가 왜 우리 집에서는 그 누군가가 되지 못한 것일까?

생각하기조차 싫은 기억들이 물밀듯 밀려들었다. 할아버지가 나를 불렀다. 할아버지는 화장실에 앉아 있었다.

"내가 군대 있을 때 이야긴데 말이다, 모두들 변비 때문에 참 난리도 아니었지. 때만 되면 변소 앞에 길게 줄이 늘어서는 거야. 밖에서는 사람들이 똥이 마려워서 궁둥이를 움켜쥐고 발을 동동 구르는데, 안에 앉아 있는 사람은 아무리 힘을 줘도 똥이 나올 듯 나올 듯하면서 도무지 나오지 않아 미칠 지경인 거야. 너도 한번 상상해봐. 완전히 똥으로 꽉 막힌 그 궁둥이를 말이야."

할아버지가 킬킬거렸다. 왜 그런지 나이가 들수록 할아버지의 입은 더 험악하고 지저분해졌다. 입만 열면 그런 말들이 자동적으로 줄줄 흘러나왔다.

"그때 우리가 뀌던 방귀 소리가 어땠는지 너도 한번 들어봤어야 하는 건데. 완전히 폭탄 터지는 소리가 따로 없었다니까."

할아버지는 그런 말을 늘어놓고 난 뒤에는 항상 무엇인가를 기대하는 눈초리로 나를 바라보았다. 킬킬거리고 웃어대거나, 아니면 더러워 죽겠다고 기겁하는 반응을 기대했던 것이다. 할아버지는 내가 자기를 좋아해주기를 바랐고, 또 내가 자기를 좋아한다는 것을 그런 식으로 확인하려고 들었다.

"여기 좀 봐. 내가 뭘 갖고 있는지 말이야." 할아버지는 어디서 났는지 수영복 차림의 여자가 담긴 포스터를 한 장 보여주었다. "담배 가게에서 훔친 거야." 할아버지가 나를 뚫어지게 쳐다보았다. 내 입에서 탄성이 흘러나오기를 기다리고 있었다. 하지만 나는 할아버지에게 탄성이든 뭐든 아무것도 주고 싶은 마음이 없었다. 어서 그 자리를 피하고만 싶었다. 그렇다고 할아버지를 밀고 할 수도 없는 노릇이었다. 아무에게도 말할 수 없었다. 할아버지가 저지르고 다니는 좀도둑질의 공범자가 된 것 같아 불쾌하기 짝이 없었다. 아니, 불쾌한 기분이 드는 정도가 아니었다. 울고 싶었다. 그건 분명히 할아버지와 나만의 비밀이기는 했지만, 일반적으로 아이들이 자기 할아버지와 공유하고 싶어하는 비밀은 전혀 아니었다. 꾸밈없이 솔직하게 말하자면 구역질이 날 지경이었다.

"너 이거 시작했어?" 할아버지는 말아 쥔 주먹을 바지 앞에다 대고 앞뒤로 흔드는 시늉을 해보였다. 그러면서 키득거렸다. "제때 시작해야 자지가 길어지는 거야. 알아들어?"

구역질이 치밀어 올랐다. 달려가 할아버지를 밀쳤다. 할아버지가 쓰러졌다. 눈 위에 엉덩방아를 찧은 채 깜짝 놀라서 나를 쳐다보았다. 나는 어린 손자와 말이 잘 통하는 멋진 할아버지가 되고 싶어하는 그의 소망으로부터 멀리멀리 달아나기 위해 몸을 돌렸다. 할아버지가 나를 불렀다. 나는 얼마나 나쁜 아이였던가? 할아버지의 마음이 얼마나 아팠을까? 호탕한 할아버지가 되고 싶어하는 바람을 들어주기는커녕 오히려 늙어서 잘 걷지도 못하는 그를 밀쳐 눈 속으로 쓰러뜨렸다. 도와달라며 내미는 손을 잡아주지도 않았다. 왜 그때 내게는 할아버지가 불쌍하다는 생각조차 들지 않았던 것일까? 나는 얼마나 나쁜 놈이었던가? 정말이지 이런 기억은 생각조차 하고 싶지 않았다.

그런 생각들을 하다가 잠이 들었다. 빛이 비쳐들었다.

지금껏 그렇게 밝은 빛은 한 번도 본 적이 없었다. 헤아리 수 없을 정도로 수많은 태양이 하얗게 한꺼번에 빛나고 있는 것 같았다. 도대체 누구에게 이토록 많은 빛이 필요한 것일까? 불쌍한 녀석. 얼마나 커다란 공포를 지녔기에 이토록 많은 빛이 필요한 것일까? 냉혹한 위협처럼 나를 엄습해오는 생각들. 바보 같은 녀석, 그런 걸 물어보다니! 물어보면 "그래, 그 여자아이가 우리 아빠는 밤이면 밤마다 술에 취해 우리를 두들겨 패" 하고 대답해줄 줄 알았니? 여기라고 해서 뭐가 다르겠어? 무슨 일이든지 일어날 수 있는 거야. 겉으로야 모든 것이 쥐 죽은 듯 조용하지만, 남자는 아무도 모르게 자신의 아내를 학대하고 있는지도 모르는 거야. 또 언젠가 때가 되면 더 이상 참을 수 없게 된 여자가 긴 가윗날을 잠든 남편의 눈에 깊숙이 찔러 넣을지도 모르는 거야. 난폭하기 짝이 없는 위협. 견디기 힘든 공포. 손을 뻗으면 만질 수 있을 것 같은 그리움. 그러지 말고 좀 더 호의를 가져 봐. 과묵한 사람들이 살고 있는 이 집에서는 정말 아직 한 번도 그런 일이 일어난 적이 없었을 수도 있잖아? 하지만 앞으로도 계속 그러하리라고 누가 딱 잘라 말할 수 있겠어? 이 온화하고 과묵한 사람들 역시 거대한 공포 속에 있다는 걸 너도 잘 알잖아.

하지만 그게 대체 너랑 무슨 상관이야? 너는 여름이
오기 전에 이곳을 떠날 텐데.

집에 돌아갈 날만을 손꼽아 기다렸다. 들판을 이리저
리 쏘다니기도 하고, 방 안에 틀어박혀 창 너머 호숫가
만 하염없이 쳐다보기도 했다. 나는 지난날의 기억 속에
서만 살았다. 기억을 잠시 접고 미래를 공상할 때도 있
기는 했다. 그럴 때면 작고 보잘것없는 것들을 크고 중
요하게 만들 수 있어 기분이 좋았다. 하지만 그런 공상
은 아쉽게도 어른들의 꿰뚫어보는 듯한 눈초리 때문에
자주 방해를 받았다. 헛간 뒤에는 오래된 나무 의자가
있었다. 거기서는 그들의 눈을 피할 수 있었다. 나는 그
의자에 앉아서 미래를 꿈꿨다. 1,500미터 달리기 세계
신기록을 수립한 곳도, 덴마크와의 축구 경기에서 마지
막 순간에 승부를 결정짓는 골을 넣은 것도 바로 거기였
다. 관중이 환호한다. 승리의 기쁨에 도취된 나의 팬들
이 경기장 안으로 쏟아져 들어와서 젊은 영웅을 하늘 높
이 치켜들고 헹가래 친다. 황금빛 왕관을 쓴 젊은 영웅
은 기자실로 초대받아 인터뷰를 한다. 아주 긴 인터뷰.
하지만 누구와 이 승리의 기쁨을 함께 나누고 싶은지 따
위의 판에 박힌 질문만은 제발 사양. 나는 기자들 앞에

서 어떻게 밑바닥에서 이렇게 타의 추종을 불허하는 최고의 자리까지 오를 수 있었는지, 어떻게 이토록 유명하게 되었는지, 어떻게 부자가 될 수 있었는지 설명한다. 설명을 하다가 상상을 하고, 상상을 하다가 다시 설명한다. 그렇게 나는 길고 긴 기다림의 시간을 메워 나갔다.

종이에 연필로 축구 경기장을 그려 넣었다. 주사위를 던졌다. 유럽 챔피언스리그 경기를 치르기도 하고, 국내 리그 경기를 치르기도 했다. 나는 모든 경기에 참가한다. 때로는 선수로. 때로는 관객으로. 때로는 스포츠 기자로. 때로는 라디오 중계방송 아나운서로. 골! 골입니다! 그 선수가 다시 한 골을 추가했습니다. 굉장한 선수입니다. 나는 스웨덴과 노르웨이의 경기를 중계방송하고 있었고, 남자는 얼마 떨어지지 않은 곳에서 나를 지켜보고 있었다. 내 눈이 그의 눈과 마주치자 그는 마치 아무것도 보지 못했다는 듯이 몸을 돌려 저쪽으로 슬그머니 가버렸다. 이상한 기분이 들었다. 부끄러움과 비슷한 느낌. 불법 행위를 저지르다가 현장에서 급습 당한 느낌. 당신은 아무것도 몰라. 나에 대해서 당신은 아무것도 몰라. 나는 속으로 그에게 그렇게 소리쳤다.

그 과묵한 사람들을 멀리할 수밖에 없는 이유는 많았다. 여자는 선입견을 품고 있었다. 내가 무엇을 하든지,

무슨 말을 하든지 내 말과 행동은 모두 대도시에서 온 아이라는 사실의 증거가 될 뿐이었다. 그녀는 오직 한 가지의 기준으로, 그러니까 내가 스톡홀름에서 왔다는 사실 하나로 모든 일을 해석했다. 이런 식이었다. 외양간에서 내가 쇠똥을 밟지 않으려고 껑충 뛰기라도 할라치면 내가 대도시 출신이기 때문에 발을 더럽히려 하지 않는다고 말했다. 그런 말이 듣기 싫어 아무렇지도 않은 듯 쇠똥을 밟으면 내가 대도시 출신이기 때문에 쇠똥이 얼마나 지독한 냄새가 나는지 잘 모르는 모양이라고 말했다. 호기심에 가득 찬 그녀의 눈초리도 싫었다. 그녀는 내가 무엇을 하고 있는지 하나도 놓치지 않으려 했다.

부담스러운 노릇이었다. 가까이하고 싶은 마음도 생기지 않았다. 하지만 그런 것들이 누군가를 멀리해야 할 이유가 될 수는 없다는 것 정도는 나도 이미 알고 있었다. 그것은 어디까지나 내 기분의 문제였다. 그랬다. 여자가 그렇지 않았다 해도 나는 그들을 멀리할 수밖에 없었다. 그것은 직감 같은 것이었다. 내가 만약 조금이라도 친근하게 군다면 그들은 내가 그들의 삶에 조금씩 익숙해져가고 있다는 표시로 받아들일 것이다. 그렇게 된다면 나는 영원히 그곳에 머물러 있어야 할지도 모른다. 이런 직감이나 예감이 강렬하게 나를 사로잡고 있었다.

물론 그들이 아주 순수한 마음으로 내가 즐겁게 지내기를 바라고 있을지도 모른다는 생각이 전혀 없지는 않았다. 그렇지만 내가 그들에게 아주 몹쓸 짓을 하고 있다는 생각은 들지 않았다. 비록 그들의 순수한 바람이 이루어지지 못한다 할지라도 그것은 어디까지나 그들의 잘못이 아니라 나의 의지 때문이다. 따라서 그들은 자책할 아무런 까닭도 없다. 그들이 날 미워하기만 하면 되는 일이었다. 그들이 날 아무리 미워한다고 해도 나로서는 어쩔 수 없었다.

하루는 남자가 나를 호수로 데려갔다. 물고기가 많았다. 내가 낚은 것만 열다섯 마리가 넘었다. 대부분 황어였지만, 커다란 농어도 몇 마리 잡았다. 내가 잡은 물고기들이 저녁 식탁을 풍성하게 장식하리라는 생각에 어깨가 절로 으쓱해졌다. 저녁이 되었다. 내 접시 위에 커다란 농어 한 마리가 놓여 있었다. 하지만 물고기가 놓인 접시는 그것뿐이었다. 내가 잡아온 다른 물고기들은 아마도 고양이에게 전부 줘버린 모양이었다. 나는 뒤통수를 한 대 얻어맞은 기분으로 내 접시를 멍하니 바라보았다. 여자는 내 낚시 실력에 만족한다는 듯이 나를 향해 고개를 끄덕였다.

집에서 편지가 왔다. 나는 곧바로 답장을 썼다. 답장은 두 가지였다. 하나는 가축들에 대한 이야기로 시작되었다. 소 두 마리가 있다. 이름은 마야와 로사이다. 말도 한 마리 있다. 내가 쓰다듬어주면 아주 좋아한다. 개도 있는데 나를 무척 따른다. 우리는 늘 함께 들판을 뛰어다니며 논다. 담임선생님은 너무도 친절하다. 선생님뿐만 아니라 모든 아이들이 친절하다. 이곳에서의 생활은 정말 즐겁다. 그러나 다른 편지에는 이렇게 썼다. 이곳에서는 정말이지 아무것도 할 게 없다. 무엇을 해야 할지 모르겠다. 집으로 돌아가고 싶다. 집에 아무 일도 없었으면 좋겠다. 제발 빨리 와서 나를 집으로 데려가주기를 바란다. 데리러 올 시간이 없다면 나 혼자서도 충분히 기차를 타고 갈 수 있다. 모두에게 인사를 보낸다.

어떤 편지를 보내야 하나? 내가 느끼는 것과 원하는 것을 솔직하게 적은 그 편지를 보낸다면? 그들은 우울해질 테고 불안할 것이다. 그렇다고 다른 편지를 보낸다면? 그들은 서두르지 않을 테고 나는 하염없이 기다려야 할 것이다. 어떤 편지를 보내야 할지 결정할 수 없었다. 나는 어떤 것도 보내지 못하고 편지 두 장을 모두 매트리스 아래에 넣어 두었다.

다음 날 학교에서 돌아오자 여자는 나에게 여기 생활이 어떠냐고, 혹시 마음에 들지 않는 게 있냐고 물었다. 나는 다 좋다고 대답했다. 하지만 나로서는 그렇게 대답할 수밖에 없다는 사실을 그녀가 분명히 알아차릴 수 있도록 한참을 머뭇거린 다음에야 그렇게 대답했다. 그녀는 매트리스 아래에 넣어 둔 내 편지를 발견했을 것이다. 어쩌면 나는 그 편지들이 그녀에게 발견되고 읽히기를 바랐는지도 모른다. 두 장의 편지 모두 다.

내가 그 편지 중 어떤 것을 보냈는지, 아니면 어느 것이라도 보내기는 했는지, 내가 썼던 그 편지가 그 뒤 어떻게 되었는지 지금은 기억이 나지 않는다. 하지만 또 다른 편지 한 장에 대해서는 또렷하게 기억한다. 나는 그 편지를 집에서 편지가 오기 전에 미리 써 두었다. 그 편지는 분명히 우체통에 넣은 적이 없다. 나는 그 편지를 늘 책가방에 넣고 다녔다. 그리고 이따금 꺼내 읽었다. 아무도 몰래, 혼자서. 그 편지에는 이렇게 적혀 있었다.

나는 아동보호청을 미워해.
나는 멍청한 남자를 미워해.
나는 멍청한 여자를 미워해.
나는 멍청한 여자아이를 미워해.

나는 모든 것을 미워해.

나는 미워하는 것을 좋아해.

여덟 살 난 남자아이가 삐뚤삐뚤 써놓은 그 편지를 나는 어머니가 죽은 후에 어머니가 가지고 있던 종이뭉치 속에서 발견했다. 그 종이뭉치는 원래 아버지의 것이었다. 아무리 곰곰이 생각해보아도 도통 알 수가 없었다. 그 편지가 어떻게 아버지의 손에 들어갔을까? 왜 아버지는 그 편지를 보관하고 있었을까? 그리고 왜? 왜 아버지는 그 편지의 마지막 줄을 바꿔놓았을까? 내가 썼던 편지의 마지막 줄은 이렇게 바뀌어 있었다. 나는 미워하는 것을 미워해.

그 편지는 태워졌다. 그 편지에 관해서 알고 있는 사람은 이제 나밖에 없다. 어떤 사람들은 말할 것이다. 그런 편지는 애당초 있지도 않았다고. 그 편지는 내 이야기 속에나 존재할 뿐이라고. 내가 하는 이 이야기들이 도무지 마음에 들지 않는 사람도 있을 것이다. 하지만 누가 아무리 지우려 해도 내가 하는 이 모든 이야기들은 전부 내가 실제로 겪었던 일들이라는 사실만큼은 결코 지워지지 않을 것이다.

그들을 나의 부모라고 생각하는 편이 더 낫지 않을까.

힘겨운 시간들을 견뎌내기 위해 이렇게 생각한 적도 있었다.

이야기가 없는 과묵한 삶을 살아가고 있는 그들과 여자아이가 참 가엾다는 생각이 든 적도 있었다.

아버지도 혹시 이런 과묵한 삶 속에서 자랐던 것은 아닐까. 그런 생각이 불쑥 고개를 쳐들기도 했다.

궤짝 속의 두 아이에 대한 기억. 깜깜한 궤짝 속에서 겁에 질려 엄마를, 아버지를, 할머니를, 할아버지를, 도와줄 누군가를 애타게 부르고 있는 두 아이. 빛 한 점 들지 않는 궤짝 속은 비좁다. 거대한 공포가 아이들을 엄습한다. 공포와 절망에 휩싸여 아이들은 서로를 할퀴고 또 할퀸다. 날조된 기억일 뿐인가? 단지 날조된 기억일 뿐인가? 아이들이 소리 지른다. 더 이상 목소리가 나오지 않을 때까지 소리를 지른다. 아무도 그 소리를 듣지 못한다. 단지 한 사람을 제외하고는. 궤짝 문을 잠근 그 사람을 제외하고는.

기억 속에서 만들어진, 실재하지 않았던 일들은 날조된 기억이다. 그렇다면 허공에 매달린 쇠줄에 묶여 영원히 짖어댈 것만 같았던 개가 어느 날 갑자기 사라져버린 것처럼 절대로 없어지지 않을 것 같던 일이 어느 날 갑자기 기억 속에서 사라져버린다면, 그것은 어떤 기억이라고 불러야 하는가? 전에는 개에게 신경도 쓰지 않던 여자가 깜짝 놀라 허둥거렸다. 없어져야만 비로소 인식되는 존재. 쇠사슬은 쇠줄에 매달려 덜렁거렸고, 쇠사슬 끝에 달려 있는 개 목걸이는 들짐승을 놓쳐버린 올가미처럼 풀어진 채 바닥에 팽개쳐져 있었다. 어디로 가버린 걸까? 돌아오기는 할까? 남자는 무슨 말을 했던가? 이것 역시 날조된 기억인가?

개가 정말로 사라졌던 것일까? 그런 일이 정말로 일어났을까? 그래, 나는 알지 못한다. 까닭 없이 번쩍하고 떠오른 하나의 허구인지도 모른다. 하나의 가능성일 뿐인지도 모른다.

남자가 축구공을 사 가지고 왔다. 그는 나에게 보여줄 곳이 있다며 축구공을 들고 집을 나섰다. 일요일 아침이었다. 집을 나서는 우리를 향해 개가 미친 듯이 짖어댔다. 예전에 키우던 개는 아주 조용하고 사람을 잘 따랐다고 남자가 말했다.

"늙고 쇠약해졌어. 많이 고통스러워했지. 그래서 내가 개한테 더 살고 싶으냐고 물어봤어. 더 이상 살고 싶지 않다고 대답했지. 그래서 내가 생명을 거두어줬단다."

남자는 허위허위 앞서 걸었다. 아직 아침이라서 그런

지 꽤 쌀쌀했다. 바람도 제법 거세게 불었다. 우리는 숲 속 깊숙이 들어갔다. 숲 속으로 들어갈수록 바람이 점점 잦아지더니 어느 순간 바람 한 점 느껴지지 않았다. 나는 남자의 뒤에 바짝 붙어 걸었다. 때때로 그는 고개를 뒤로 돌려 내가 잘 따라오고 있는지 살펴보았다. 나도 그가 하는 것처럼 고개를 돌리고 쫓아오는 사람이 없는지 살펴보았다. 숲 속은 마치 천둥이 치기 전에 정적이 감돌 듯 고요하기만 했다. 어디선가 새소리가 들려왔다. 햇살이 느껴지면서 사방이 환해지는 느낌이 들었다. 하지만 햇살은 빽빽하게 들어찬 키 큰 나무들에 걸려 작은 나무들에까지 닿지는 않았다. 작은 나무들은 하늘을 향해 두 팔을 벌리고 간절하게 햇살을 받을 수 있게 해달라고 기도하고 있었다. 축축하게 젖은 숲 여기저기 뿌연 안개가 서려 있었다. 남자가 멈춰 섰다.

갑자기 공터가 나타났다. 풀밭이었다. 높게 자란 풀들은 부드러웠고, 풀잎마다 이슬이 매달려 반짝였다. 풀밭 한가운데에는 수없이 많은 노란 꽃들이 하늘거렸다. 작고 노란 태양 같은 꽃들. 나는 얼어붙은 듯 서서 그곳을 바라보았다. 아버지의 궤짝 뚜껑 안쪽에 그려져 있던 풀밭과 똑같았다. 무엇인가 내 마음을 어루만지고 있었다. 나는 그 풀밭을 죽 훑어보았다. 궤짝에 그려져 있던 그 풀밭과 똑같은 풀밭일 수는 없었다.

내 눈길이 남자의 눈길과 마주쳤다. 그의 눈길은 내가 무슨 말인가 해주기를 기대하고 있었다. 하지만 나는 침묵했다.

"풀이 너무 높이 자라면 나는 때때로 이곳으로 와서 풀을 베곤 한단다." 남자가 말했다. "어렸을 적에 형제들과 자주 여기 와서 축구를 했지. 우리는 이 풀밭을 '숲 속의 초원'이라고 불렀단다. 때로는 누이들과 함께 오기도 했지. 그럴 때면 축구 대신에 피구를 하면서 놀았어. 피구를 말이야……." 남자는 남자형제가 여덟, 누이가 넷 있다고 했다.

"한번 떠올려 보렴. 그 많은 아이들이 여기서 피구를 하면서 놀았단다. 그때 우리가 뭘 가지고 축구를 하고 피구를 했는지 도통 기억이 나질 않아. 제대로 된 축구공 하나 없었거든. 그때 우리는 뭘 가지고 놀았을까……."

남자가 나를 똑바로 바라보았다. "자, 이제 우리도 축구 한번 해볼까?"

나는 꼼짝 않고 서 있기만 했다. 그는 내가 그렇게 서 있는 이유를 오해하고 있었다.

"괜찮아. 마구 뛰어다닌다고 해서 여기가 쉽게 망가

지지는 않아. 꽃들도 금세 다시 피어날 거고, 풀들도 마찬가지야.”

나는 풀밭 한가운데로 가서 공을 차기 시작했다. 공도, 내 바짓가랑이도 금세 축축하게 젖어 들었다. 나는 남자를 쳐다보았다. 하지만 거기에 남자는 없었다. 거기에 서 있는 사람은 나의 아버지였다.

아버지가 집으로 돌아왔던 바로 그날. 그가 낡은 고무공을 집어 들었다. 내가 뮈르딩엔에서 주워 와서 뜰에다 던져두었던 공이었다. 그는 그 고무공을 다시 땅바닥에 던져놓고는 마치 춤이라도 추듯이 발로 이리저리 굴렸다. 핸드볼 공 정도로 작았는데, 바람이 빠져 잘 구르지는 않았다.

“어때? 축구 할 줄 알아?” 아버지가 물었다.

“그럼요.”

“좋아, 우리 아들. 그럼 우리 어디 한번 해볼까?”

“하지만 요한, 당신 그런 옷차림으로 어떻게⋯⋯.” 엄마가 소리쳤다. 하지만 정말 만류할 생각이 있는 것 같지는 않았다.

“걱정하지 마. 괜찮아.” 아빠가 바짓가랑이를 걷어 올렸다. “자, 봐. 이젠 아무 문제없잖아. 그래, 그렇지. 브

라보! 정말 잘하는데. 대체 누가 그 멋진 기술을 다 가르
쳐준 거야?”

“엄마.”

그는 믿지 않는다. 하지만 사실이다. 아빠가 집에 없
었을 때 엄마는 아빠이기도 했다. 물론 우리에게 글을
가르쳐준 사람은 할머니였지만, 축구는 또 다른 문제였
다. 숫기 없는 사내아이들은 어딜 가나 천덕꾸러기 신세
를 면할 수 없었다. 그중에서도 제일 찬밥 신세는 축구
못하는 아이였다. 엄마가 훌륭한 축구 코치였다고 할 수
는 없지만, 적어도 나와 맞서 축구를 할 때면 누구 못지
않게 격렬한 적수가 되어주었다. 에바가 심판을 보았다.
엄마와 나에게 끊임없이 경고를 주고는 즐거워서 깔깔
거리곤 했다.

힘이 빠지면 엄마는 관객이 되어 소리를 질렀다. 내가
골을 넣으면 마치 자기가 골을 넣은 양 환호성을 올렸
다. 때로는 할머니와 할아버지까지 불러다 앉혀놓고 큰
소리로 응원하라고 닦달을 했다.

아빠가 차고 내가 막는다. 내가 차고 아빠가 막는다.
엄마가 신발을 훌쩍 벗어 던지고는 맨발로 공을 향해 달
려든다. 엄마의 격렬한 질주에 뜰 바닥의 풀잎들이 휙휙
흩날린다. ‘보통 사람들’ 몇 명이 나뭇잎 사이로, 나무

덤불 가지 사이로 우리를 엿보고 있다. 엄마가 헛발질을 하고는 화가 나서 소리를 지른다. 그들은 엄마가 술에 취했거나 정신이 살짝 나간 것이 틀림없다고 생각한다. 천만에! 엄마는 술이라고는 한 모금도 입에 대지 않는다. 정신이 나가기는커녕 그 어떤 사람보다도 아는 것이 많고 똑똑하다.

아빠가 웃는다. 눈물을 찔끔찔끔 흘리며 웃어댄다. 엄마가 헛발질을 하는 모양을 보고 웃다가 아예 배를 움켜잡는다. 편현포(片舷砲)가 일제히 발사되듯이 우리 모두가 웃는다. 웃음의 아주 작은 포탄까지 남김없이 날아오를 때까지 웃고 또 웃는다. 하지만 투지가 좋은 엄마는 순순히 물러나지 않는다. 그녀가 멋지게 공을 몰고 간다. 엄마는 비록 여자이긴 하지만 만약 누가 엄마에게 운동신경이 엉망이라거나 공에 대한 감각이 없다고 말한다면 부당하기 짝이 없는 노릇이다. 나는 엄마가 자랑스럽다. 미드솜마르크란센에서 축구를 하는 엄마는 우리 엄마밖에 없을 것이다. 아니, 스웨덴 전체를 통틀어 봐도 없을 것이다.

축구 경기가 끝났다. 우리 모두가 대자로 뻗어 바닥에 누워 있다. 지친 듯 거칠게 숨을 몰아쉰다. 정말로 지쳤든 지친 척하든 아무 상관이 없다. 옆 사람에게로 데굴

데굴 굴러가서는 다시 숨을 헐떡인다. 서로 얼굴을 마주 보고 깔깔거리며 웃는다. 갑자기 엄마가 기절초풍을 한다. 도대체 우리 옷에 무슨 일이 일어났단 말인가? 조금 더러워졌을 뿐인데. 엄마가 우리 한 사람, 한 사람을 사납게 일으켜 세운다. 엄마의 얼굴에 행복한 미소가 가득하다. 아빠와 에바와 나는 일어나서도 여전히 힘들어 죽겠다는 표정으로 숨을 헐떡인다. 다시 배를 잡고 모두들 웃음을 터뜨린다.

서로가 서로의 팔을 추켜올리며 환호한다. 멋진 경기에 대한 감사. 에바는 축구 경기를 하는 것보다 이런 광경을 더 좋아했다. 에바를 위해 한 번 더. 또 한 번 더. 또 한 번 더 팔을 들고 소리를 지른다. 마지막으로 아빠가 공을 하늘 높이 차 올렸다. 바람이 빠져 탄력이 없는 공인데도 하늘 높이, 끝도 없이 솟구쳐 올라간다. 한참 후에 다시 떨어져 내리는 공을 신발 밑창으로 멋지게 잡아 멈춰 세운다. 아빠는 축구 선수였을까?

"그래, 맞아. 한때 축구 선수였지. 시시한 동네 축구단이 아니었어. 내가 선수 생활을 한 팀은 국가체육연합 산하 축구연맹 1부리그 소속이었지. 난 사람들의 관심을 한 몸에 받는 신인 유망주였어. 머잖아 최고 수준의 선수가 될 거라고 모두들 입을 모았지. 하지만 화려한 경력이 시작되기도 전에 연골을 다치고 말았어. 나의 재능을 시기하는 발길이 저지른 짓이야. 불행한 일이었지. 나는 축구를 포기하고 사업을 시작했어. 하지만 거기에도 지뢰가 숨어 있었지. 내 몸과 마음은 만신창이가 돼 버렸어. 나는 세상에 나타나지 않고 의학과 심리학과 철학에 몰두했어. 그 세 분야를 철두철미하게 공부한 다음 신학을 연구했지. 신학을 공부하면서부터 축구 코치로서의 소명 같은 것을 어렴풋이 느낄 수 있었어. 아니나 다를까 여기저기서 스카우트 제의가 들어왔지. 여러 팀에서 트레이너로 일했어. 사실 트레이너라기보다는 고문이라고 하는 편이 더 적절할 거야. 내 충고에 따라 훈련하고 경기한 팀들은 모두 우승컵을 차지했어. 텔루스, 그뢴달, 에르스타 쇄드라 등등 수많은 팀들이 모두 내 충고를 듣고……."

아빠는 화려했던 자신의 지난날을 뽐내고 있었던 것이 아니다. 그가 누구인지 알지 못하는 사람이 그의 말을 믿는다. 그리고 그가 누구인지는 아무도 모른다.

아빠는 나를 축구 선수로 키우려는 것일까? 축구 선수로서 각광받는 스타가 되려면 말이지…….

"단 한순간도 이 말을 잊어서는 안 돼. 연습만이 스타를 만든다! 엄마, 아빠의 말을 잘 듣는 것 역시 좋은 축구 선수가 갖춰야 할 아주 중요한 자질이지. 그리고 축구와 술은 결코 함께 할 수 없다는 것, 자만은 곧 자멸이라는 것, 비신사적인 행동을 하는 것은 어떤 경우에라도 유익하지 않다는 것, 이 세 가지를 결코 잊어서는 안 돼.”

공을 몰고 오는 나를 남자가 물끄러미 지켜보았다. 내가 남자를 향해 슛을 날렸다. 남자가 공을 잡아 허리춤에 꼈다.

“이제 돌아갈까?” 남자의 표정이 어딘가 어색했다. 내가 대답할 말에 미리 겁을 집어먹고 있는 것 같았다.

나는 말없이 고개만 끄덕였다.

남자가 미소를 지었다. 나도 미소로 답해주었다. 남자는 무엇이 두려웠던 것일까? 내가 돌아가지 않겠다고 떼를 쓸 거라고 생각했을까?

집으로 돌아오는 길에 나는 골똘히 생각했다. 왜 남자는 아직도 숲 속 그 공터의 풀을 베고 있는 것일까? 그에게 직접 물어보고 싶지는 않았다. 하지만 그가 그렇게 하는 것이 왠지 마음에 들었다.

집에 도착하자 숲에서부터 계속 내가 들고 왔던 공을 그에게 건네주었다.

“그건 네가 가지고 있도록 하렴. 그 공은 네 거야.”

집 안으로 들어가기 전에 그가 내 어깨를 툭툭 두드려
주었다.

남자가 아내에게 나와 함께 '숲 속의 초원'에 갔는데
둘 다 아주 행복했다고 말했다.

저녁이 되었다. 모두들 들뜬 표정이었다. 과묵한 사람
들은 무엇인가 숨기고 있는 듯한 표정으로 서로 눈길을
주고받았다.

"네가 없을 때 우리끼리 얘기를 했는데 말이지." 여자
가 말을 꺼냈다. 그러고는 힐끔 남자를 쳐다보았다. 지
금 하려는 말은 이미 남편과 상의된 일이라는 것을 보여
주려는 듯했다. 남편과 상의하지 않은 일을 독단적으로
말하면 마치 정숙하지 못한 아내처럼 여기는 것 같았다.
"이제부터 날 '엄마'라고 부르도록 하렴."

나는 아무 말도 하지 않았다.

내가 잘못 들은 게 아니라는 것을 분명히 보장할 수
있다는 듯이 그녀는 나를 보고 고개를 끄덕였다.

"그리고 나한테는 이제부터 '아버지'라고 불러라."
남자가 말했다. "아니면 '아빠'라고 부르든지. 네가 좋
은 대로 말이지."

나는 내 우울한 기분을 그들이 눈치 채지 못하도록 그
저 웃기만 했다.

남자가 나를 빤히 바라보았다. 여자의 얼굴에서 가늘게 경련이 일어났다.

나는 계속 웃었다.

그들은 그날 밤 나에 관해 얘기를 나누었다. 내가 잠이 들었다고 생각한 모양이었다.

"하나씩 하나씩, 천천히 해요." 여자가 말했다. "저 아이가 집으로 돌아갈 수 없다는 건 거의 확실하잖아요."

"그래, 서둘지 말자고."

남자의 말을 받아 여자가 또 무슨 말을 하는지 나는 듣지 않았다. 베개로 귀를 막고 노래를 불렀다. 잘 자요, 내 작은 친구. 이렇게 밤이 깊었잖아요.

그들이 이야기하고 있는 그 아이는 내가 아니다!

눈을 감아요. 그리고 잠을 자요. 잘 자요, 내 작은 친구. 편안하게, 달콤하게. 아름다운 낙원이 꿈속에 있어요.

내가 그들과 함께 즐겁게 지내기를 바라는 그들의 마음이 순수하지만은 않았다. 그 농가는 벌써 몇 세대째 대물림되고 있었다. 바로 전 세대만 하더라도 그 농가는 열다섯 식구를 먹여 살렸다. 하지만 남자는 제재소 일을 해야 했기에 여자 혼자 그 농사일을 해내야 했다. 그런데 그들은 농가를 처분할 마음이 추호도 없었다. 이 농가를 다른 사람의 손에 넘겨준다는 것은 굴욕을 의미했다. 딸이 결혼할 때까지라도 어떻게든 꾸려갈 생각도 했던 것 같았다. 하지만 그것도 불확실한 방편이었다. 딸이 어떤 사내와 결혼하게 될지는 아무도 모르는 일이 아닌가? 만약 사위가 전혀 다른 생각을 한다면? 농사일 따위는 하려 들지도 않는다면? 그들이 어렵게 기다린 시간들은 몽땅 수포로 돌아가 버릴 것이다. 그들의 농가를 넘겨받을 수 있는 양아들이 필요하다. 양아들이 되어 농가를 책임지고 꾸려가야 할 그 아이가 바로 나였던 것이다. 나이가 들어 기력이 쇠약해진 그들을 보살펴야 할 미래의 부양자가 바로 나였던 것이다. 남자가 그토록 친절하게 대해주었던 그 아이는 내가 아니라 바로 그 아이였던 것이다.

내가 농가를 물려받아야 한다는 그들의 이야기는 설핏 그럴듯해 보였다. 앞뒤가 잘 맞아떨어진다는 생각도 들었다. 하지만 다른 무엇인가가 또 숨겨져 있는지도 모른다는 의심이 들었다.

부엌에서 들려오는 그들의 이야기에 귀를 기울였다. 그들의 숨겨진 생각이 무엇인지 알고 싶었다. 그러나 더 이상 아무 말도 들려오지 않았다. 그들은 오늘 지나치게 많은 말을 했다고 느꼈는지도 모른다. 그것은 사실이었다. 그들은 정말 많은 말을 했다. 평소보다 훨씬 더 많았다. 문득 어쩌면 그들은 내가 깨어 있다는 것을 알고 있는지도 모른다는 생각이 들었다. 나보고 들으라고 그런 이야기를 하지 않았을까? 이 생각은 점점 확신으로 변했다.

이런 생각도 들었다. 그들의 말도 엄마의 기도와 비슷한 게 아닐까? 하늘에 계신, 하지만 우리 곁에는 없는 그 아버지를 향해 말하던 엄마의 기도. 그래, 그럴지도 모르지. 아니 그럴 거야. 그들은 다른 사람이 그들의 소망을 듣고 이해해주기를 바라는 마음에서 그렇게 말했을 거야. "하늘에 계신 우리 아버지, 하지만 우리 곁에는 없는 당신, 저한테 말해줄 수 있나요? 확실해 보였던 삶이 이렇게 갑자기 불가사의한 것으로 변해버릴 수도 있는 건가요? 공포로부터 벗어나기 위해 발버둥 칠수록, 이 불확실함의 근원을 이해하기 위해 애쓸수록 점점 더 깊은 공포와 혼돈 속으로 빠져드는 이유는 무엇인가요? 삶이란 본래 이토록 변덕스러운 것인가요? 저한테는 책임질 힘도 없는데 그래도 책임이 있는 건가요? 누구의 책임인가요? 비로소 무엇인가를 찾았다는 느낌이 들 때도 있긴 해요. 하지만 내가 무엇인가를 찾았다는 느낌으로 안도의 숨을 내쉬면 그것은 기다렸다는 듯이 시한폭탄으로 돌변해요. 터져 없어져버리고 마는 거예요. 이루기 위해 찾아낸 그것은 알고 보면 언제나 망가뜨리기 위한 것이었어요. 이상한 노릇이지만 늘 그랬어요.

저를 더 큰 두려움에 떨게 하는 것은 시간이 흐를수록 내가 점점 삶을 이해하려는 노력을 포기한다는 사실이에요. 하늘에 계신 우리 아버지, 하지만 우리 곁에는 없는 당신. 사랑이 모든 것을 극복하리라는 당신의 말을 전적으로 신뢰해도 되는 건가요?”

이른 저녁이었다. 나는 방에 앉아 창밖을 내다보았다. 고요했다. 잿빛 그림자가 들판을 지나 뒤쪽 호숫가까지 드리워졌다. 뮈르딩엔의 저녁과 너무나도 흡사한……. 나는 생각을 멈추었다. 이런 생각이 나를 어디로 끌고 가려는 것일까? 여기 위탁 부모의 집이 우리 집과 비슷하다고 믿게 하려는 것일까? 아니면 알지 못하는 침묵이 우리 집에 숨겨져 있는 것처럼 여기에도 그런 침묵이 있다는 믿음으로 나를 끌고 가려는 것일까? 아니면 모든 소리를 잠재워버리는 정적 속으로 나를 끌고 가려는 것일까? 그렇다면 나는 이 집에 속하는 아이가 아니라고 거듭 되뇌고, 내 말은 그저 의미 없는 투정일 뿐인가?

밖으로 나갔다. 돌 위에 앉아 맹렬하게 짖어대는 개에게 말을 건넸다. 더 이상 짖지 말라고 최면을 걸고 있었다. 개가 벌떡 일어났다. 달려들지 않았다. 그 대신 일어나 목을 빼고 대문 밖을 뚫어져라 쳐다보았다.

차 소리가 났다. 검은 자동차가 달려오고 있었다. 나는 대문 밖으로 뛰쳐나갔다. 기쁨으로 온몸이 떨려왔다. 이제 집으로 돌아가는 거야. 그래. 집으로 돌아가는 거야. 차가 멈춰 섰다. 하지만 문은 열리지 않았다. 남자가 차로 다가갔다. 아무도 내리지 않았다. 차창만 내려졌다. 남자가 차 안의 누군가와 이야기를 나누면서 나를 힐끔거렸다. 남자가 머리를 가로저었다.

두려움이 엄습했다. 그들은 나를 집으로 데려가려고 온 것이 아니야. 고아원이나 다른 위탁 가정으로 나를 데려가려는 거야. 내가 어디에 있는지 아무도 알지 못하게, 그래서 아무도 찾지 못하도록 나를 다른 곳으로 데려가려는 거야. 다시는 집으로 돌아갈 수 없도록 나를 멀리 떼어놓으려는 거야. 위탁 부모의 집에서 사는 동안 내가 어느 날 갑자기 죽어버릴지도 모른다는 생각이 내 머릿속에서 떠나지 않았다. 죽을지도 모른다는 생각이 몰려오면 무서워서 견딜 수가 없었다. 극심한 공포 뒤에는 야릇한 호기심이 숨어 있었다. 존재하지 않는다는 것은 어떤 느낌일까? 내가 있어야 할 우리 집으로 돌아갈 수 없는 지금의 내 처지와 비슷한 것이 죽음일까? 그런 생각을 할 때마다 죽음은 거대하고 텅 빈 정적이었다.

나는 달아났다. 달리고 또 달렸다. 길은 항상 내가 있는 곳에서 시작되고, 내가 있는 곳에서 끝났다. 길은 관대하지 않았다. 앞으로 뻗어 있거나 뒤로 뻗어 있을 뿐이었다. 달릴 수 있을 때까지 달렸다. 더 이상 달릴 수 없었다. 땅바닥에 주저앉았다. 다시 붙잡혀 가기를 기다리면서 땅바닥에 주저앉아 있었다.

모기떼가 몰려들었다. 피를 다 빨아먹을 때까지 내버려 둬야 하는 거야. 할머니가 말했다. 배부르게 빨아먹고 제 스스로 날아갈 때까지 내버려 둬. 그러면 가렵지 않아. 모기들이 내 피를 빨아먹도록 내버려 두었다. 손바닥에 침을 뱉어 물린 곳에다 찍어 발라 문질렀다. 할머니의 말은 사실이 아니었다. 가려워서 못 견딜 지경이었다. 일어나 미친 듯이 팔을 휘둘러 모기를 쫓았다. 하지만 모기들은 다시 나에게로 몰려들었다.

길에서 벗어나 숲 속으로 들어갔다. 한참을 걷다가 멈춰 섰다. 내가 있는 곳이 어디쯤인지 가늠할 수 없었다. 귀를 기울여 보았다. 아무 소리도 들리지 않았다. 나는 종소리를 따라갔다. 여전히 아무 소리도 들리지 않았지만, 나는 계속 종소리를 따라갔다. 나무들이 빽빽한 숲이었다. 풀밭이라고는 보이지 않았다. 그렇지만 나는 풀밭 위에 서 있었다. 수없이 많은 노란 꽃들이 피어 있는 숲 속의 풀밭 위에 서 있었다. 물망초 빛깔의 푸르스름한 안개에 휩싸인 풀밭. 벌목장에서 부리는 늠름한 말 한 마리가 서 있었다. 환한 햇살이 쏟아져 내렸다. 다시 말을 쳐다보았다. 말은 보이지 않았다. 아무 소리도 없이 숲 속으로 사라져버리고 없었다.

정적만이 흘렀다. 그때 이야기가 들려왔다. 또렷하게.

"꽁꽁 얼어붙은 호수는 마부들한테 아주 고마운 지름길이 돼주었지. 아론과 나는 겨우내 호수 위를 지나 다녔어. 그리고 봄이 되었지. 한 주 동안 내내 따뜻했지만 아직 마차가 달리기에는 큰 문제가 없어 보였단다. 호수 위에는 아직도 녹지 않은 눈이 덮여 있었어. 하지만 사실은 더 위험할 수도 있었지. 눈 때문에 얼음이 얼마나 녹았는지 그 두께를 확인할 수 없었으니까. 실은 얼음이 꽤 녹았는데도 멀쩡하게 마차가 지나갈 수도 있었어. 곧 깨져 내릴 듯 금이 가 있는 얼음이라도 서로 틈 없이 연결돼 있어서 마치 얼음으로 만든 다리처럼 마차를 떠받쳐주는 거야.

갑자기 아론이 걸음을 멈췄어. 앞발로 버티며 더 이상 앞으로 나가려고 하지 않았어. 이런 경우 아론을 몰아붙여봐야 아무 소용이 없다는 걸 나는 잘 알고 있었지. 내가 두들겨 팬다 한들 아론이 꼼짝하지 않을 거야. 아론은 그런 말이었으니까. 하지만 아론은 아무런 이유도 없이 제멋대로 멈춰 서는 말은 아니었지. 무슨 문제가 있는지 살펴보기 위해 내가 마차에서 내렸어. 얼음에 발을 디디는 순간 아론이 급히 몇 걸음 뒤로 물러났어. 얼음이 깨져 내리고 있었던 거야. 아론과 나 둘 다 물에 빠졌어. 다행히 마차는 얼음 위에 그대로 있었고, 마차에 매여 있는 끈이 내 바로 옆에 있었지. 나는 그 끈을 잡고 물 밖으로 올라와 아론을 구하기 위해 고삐를 잡아끌었지. 하지만 지지직 얼음 갈라지는 소리만 들릴 뿐 별 소용이 없었어. 아론 스스로 올라오는 것 외에는 다른 방법이 없는 것 같았어. 아론을 끌어올리느라 고삐를 계속 잡아당기다가는 얼음이 더 크게 부서져 마차까지 빠져버릴 게 틀림없었어. 그렇게 되면 아론과 나는 둘 다 차가운 얼음물 속에 빠져 죽게 될 거야. 아론을 끌어올릴 엄두도 내지 못하고, 그렇다고 다른 방도가 있는 것도 아니고 해서 얼음 위에 털썩 주저앉았지. 아론은 왜 내가 이 차가운 물에서 자기를 끌어내려고도 하지 않고 그렇게 손을 놓고 있는지 까닭을 모르겠다는 눈빛으로 나를 쳐다봤어. 하지만 그 눈 속에는 여전히 나에 대한 신뢰가 담겨 있었지.

제일 먼저 든 생각은 얼른 달려가서 다른 사람들을 불러오자는 거였어. 아론은 자신을 혼자 두고 가지 말라고 힝힝거리며 울부짖었지. 가슴이 찢어지는 것 같았어. 이런 경우엔 짐승이 사람보다 훨씬 더 영리하다는 걸 나는 알고 있었어. 그럴 가능성은 컸어. 사람들을 찾아서 데려오기도 전에 뻣뻣하게 얼어붙은 아론의 몸이 얼음물 속으로 가라앉아 버릴 가능성 말이야.

아주 나이가 많은 마부한테서 들었던 이야기가 생각났지. 그는 얼음이 깨져 물에 빠진 말을 구할 수 있는 방법을 말해줬어. 그때 나는 그 이야기를 들으면서 그런 끔찍한 방법을 써야 하는 경우가 벌어지지 않기를 바랐지. 그렇게 해서 정말 말을 구할 수 있을까 미심쩍기도 했지만, 그 방법은 또 그 자체로도 아주 위험했어. 말이 죽을 수도 있었던 거야. 그것도 주인의 손에. 하지만 나에게는 시간도, 선택의 여지도 없었지.

나는 어린아이처럼 엉엉 울며 고삐를 아론의 목에 감았어. 그리고 양손으로 끈을 당겨 아론의 목을 조르기 시작했지. 아론은 목이 졸리는 고통 속에서도 반항 한 번 하지 않고 나를 바라보고 있었어. 아론의 눈은 '당신이 날 목 졸라 죽인다고 하더라도 그것이 최선이라는 것

을 나는 의심하지 않아요’ 하고 말하고 있었어. 그 나이
든 마부의 말에 따르면 목이 졸린 말이 더 이상 숨을 쉴
수 없게 되면, 갑자기 닥쳐오는 죽음에 대한 공포 때문
에 순간적으로 엄청난 힘을 내게 되는데, 그 힘으로 물
을 박차고 얼음 위로 뛰어오르게 된다는 거야.

과연 아론에게서 그 기적 같은 일이 일어난 거야. 숨
이 막혀 죽기 직전에 아론은 물을 박차고 얼음 위로 뛰
어올랐어. 아론의 몸은 흠뻑 젖어 얼어붙고 있었지. 아
론은 바로 서지 못하고 휘청거렸어. 하지만 살아 있었
어. 아론의 먹이를 넣어 두던 자루에서 건초를 꺼내 정
신없이 아론의 몸을 닦아주었어. 그러고는 아론에게 나
머지 건초를 먹였지. 조금이라도 빨리 아론의 몸이 따뜻
해질 수 있도록.

다급했던 상황이 조금 지나자 온몸이 덜덜 떨려왔어.
내 몸도 흠뻑 젖어 있었다는 사실을 비로소 깨달았어.
덜컥 또 다른 공포가 엄습했어. 내가 얼어 죽을 것만 같
았던 거야. 나는 그때 겨우 열여섯 살이었지. 몸에서 열
이 나게 하려고 마구잡이로 몸을 움직였어. 그러고는 마
차 위에 실려 있는 나무들 틈에 몸을 쑤셔 넣었어. 온몸
이 사시나무처럼 떨렸지. 그날이 영하 30도가 아니었던
게 얼마나 다행이었던지.

어찌어찌해서 제재소에 도착했지. 한 마부가 우리가 싣고 온 나무를 대신 내려주었어. 이름이 아마 아우구스트 페테르손이었을 거야. 아론이나 나나 끔찍한 지옥에서 겨우 살아나온 것처럼 얼이 빠져 있었어. 그래도 둘 다 앓아눕지는 않았지. 아우구스트 페테르손이 날 보고 뭐라고 말했어. 처음에는 그가 무슨 말을 하는지 이해하지 못했어. 워낙 얼이 빠져 있어서 그렇기도 했겠지만, 그렇지 않았더라도 그냥 귓등으로 넘겨듣고 말았을 거야. 하지만 그가 그 말을 그냥 한 건 아니었어. 벌목꾼이나 마부들 사이에서는 곧잘 끔찍한 사고가 일어나곤 했는데, 두려움에 몸이 떨리면 곧바로 이를 악물고 온 힘을 다해서 자기 속에 있는 분노란 분노를 다 끌어 모아 저주를 퍼부어야 한다는 거야. 물론 겁에 질린 자가 분노하기란 결코 쉬운 게 아니지. 하지만 그렇게 하지 않으면 공포를 이겨내고 그 상황을 헤쳐 나오기가 어려워진다는 거야. 뿐만 아니라 사고를 당한 사람이 간신히 위기를 모면했다 해도 그 후에 자칫 겁쟁이가 되기 십상이라는 거야.

내가 바로 그렇게 될 뻔했지. 지옥과도 같았던 그때 일이 머릿속에서 도무지 떠나지 않았으니까. 그 일이 떠오르기만 하면 내가 어떻게 할 사이도 없이 공포가 밀물처럼 밀어닥쳤어. 호수나 못이나 늪지에 떠 있는 얼음 조각만 봐도 다리가 덜덜 떨려왔지. 얕은 계곡이 얼어 있는 것만 봐도, 심지어는 길 위에 고인 물이 살짝 언 것만 봐도 덜컥 두려움이 일어났던 거야. 지금 생각해봐도 그때 나는 확실히 정상이 아니었어. 눈에 띄는 건 모조리 얼음으로 보일 지경이었으니까. 더 이상 마차를 끌수 없었지. 그런 나를 도와준 게 누군지 알아? 바로 아론이었어. 아론이 그때 나한테 무슨 말을 했는지는 기억이 나지 않아. 아마 그때도 나는 아론이 해준 말을 다 알아듣지 못했을 거야. 아론이 거듭 이야기했어. 그때 일을 다 잊고 용기를 되찾을 수 있도록 말이지. 그래, 나혼자서는 결코 이겨낼 수 없었을 거야. 하지만 결국 나는 아론의 도움으로 그 무시무시한 공포를 극복했어. 그이후로 나는 아무것도 두려워하지 않게 됐어.

여러 가지 생각들이 들었지. 아론이 멈추지 않고 그대로 달렸다면 얼음이 깨지지 않았을까? 그날이 아니었다하더라도, 그다음 날이나 다음다음 날 우리는 그곳에 빠질 수밖에 없었을까? 아론은 그곳의 얼음이 약하다는걸 어떻게 알았을까? 사람들은 몰라야 하는 그런 것들도 있는 모양이야."

오랫동안 걷고 걸어도 제자리인 것만 같았다. 끝도 없는 숲 속에 갇혀버린 것 같았다. 두려움이 밀려들었다. 내가 발견된다고 하더라도 이미 내가 죽고 난 뒤의 일일 것만 같았다.

멀리서 고함이 들려왔다. 나도 되받아 소리를 질렀다. 분명히 크게 질렀다. 하지만 내가 지른 소리는 내 귀에조차 들리지 않았다. 나는 겁에 질려 있었다. 내 소리가 점점 커졌다. 위탁 부모가 달려왔다. 그들 역시 겁에 질려 있었다.

"숲에서 길을 잃으면 경사진 곳을 따라 계속 한 방향으로만 걸어 내려가야 해." 남자가 말했다. "그렇게 걷다 보면 언젠가는 길을 만나게 돼 있어. 다시 일어나서는 안 되는 일이지만, 혹시 다음에 또 지금처럼 숲에서 길을 잃어버리면 방금 내가 한 말 절대 잊지 말고 꼭 그대로 하렴."

"그런데 애야, 너 혹시 달아나려고 그랬던 건 아니지?" 여자가 나를 뚫어져라 바라보면서 물었다.

"아뇨."

내가 거짓말을 했던 것일까?

"그럼 어디를 가려고 했던 거냐?" 남자가 물었다.

그래, 나는 어디로 가려고 했던 것일까? 모르기는 나

도 마찬가지였다.

우리는 아무 말도 없이 걸었다. 얼마 지나지 않아 집이 나타났다. 집에서 그리 멀리 떨어지지 않았다.

나는 남자에게 검은 자동차에 대해서 묻고 싶었지만 꾹 참았다. 그 자동차가 나를 다른 곳으로 데려가려고 온 것이 아니라 실제로는 집으로 데려가기 위해 온 것일지도 모른다는 생각이 슬그머니 들었다.

집 벽면으로 그림자가 드리워져 있었다. 여느 때처럼 개가 사납게 짖어댔다. 짖어대는 개를 보자 문득 떠오르는 장면이 하나 있었다. 검은 자동차가 왔을 때 개는 짖지도 않고 조용히 자동차만 바라보고 서 있었다. 얼마 떨어지지도 않은 거리였는데도 나에게 달려들지 않았다. 갑자기 개가 혐오스럽게 느껴졌다. 지금까지 개에게 그런 느낌이 들었던 적은 한 번도 없었다.

개는 나를 보며 짖어대고 달려들었다. 쇠사슬이 매달린 줄이 팽팽해졌다. 줄에서 풀려나면 저 개는 들개가 될까?

그 사고에 대한 내 기억은 어슴푸레하다. 우리가 어디로 가려고 했는지도 생각이 나지 않는다. 애당초 남자가 나에게 말해주지 않았는지도 모르겠다. 남자는 자전거

뒤 짐칸에다 두꺼운 스웨터를 깔고 나를 앉혔다. 자신이
일하는 곳으로 간다고 말했던 것 같기도 하다. 하지만
정확한 기억은 아니다. 어쨌든 우리가 왜 그런 곳에 머
물러 있었는지는 아무리 떠올려 보려고 해도 기억이 나
지 않는다. 도대체 무엇을 하는 곳이었을까? 많은 기억
들이 가물가물하다. 희미한 기억들 속에서 몇 가지 장면
들만 선명하게 남아 있다.

　벽돌로 지은 커다란 가마 같은 것이 보였다. 폐허처럼
황량했다. 제재소는 확실히 아니었다. 사람이라고는 그
림자도 보이지 않았다. 살아 있는 것도 전혀 없는 듯했
다. 불에 탄 황무지 같은 그곳의 가장자리에서 작은 짐
승이 달려가는 것을 언뜻 보았던 것도 같다. 그곳은 스
웨덴 같지가 않았다. 어느 먼 남쪽나라처럼 보였다.

　땅바닥이 왠지 따뜻할 것 같은 생각이 들었다. 맨발로
걸으면 느낌이 좋을 듯했다. 나는 신발을 벗었다. 바짝
말라 균열이 생긴 진흙 바닥이었다. 가마처럼 생긴 곳으
로 다가갔다. 벽돌로 쌓아놓은 벽 주위를 턱이 빙 두르
고 있었다. 턱진 곳의 바닥에는 통풍구 같은 것이 드문
드문 나 있었다. 남자가 턱진 곳은 몹시 뜨거우니 올라
서서는 안 된다고 주의를 주었다. 목을 길게 뽑아 통풍
구처럼 생긴 구멍 안을 들여다보았다. 무시무시한 불꽃

이 일렁이고 있었다. 그처럼 세차게 불이 타오르고 있는데도 아무 소리가 들리지 않았다. 그 고요한 불꽃이 왠지 섬뜩했다.

갑자기 발바닥이 갈기갈기 찢기는 느낌이 들었다. 내입에서 비명이 터져 나왔다. 남자가 주의를 줬는데도 나도 모르게 그 턱진 곳으로 올라섰던 것이다. 남자가 달려와 나를 다시 자전거 짐칸 위에다 앉히고 급히 페달을 밟았다.

"꼭 잡아. 힘들어도 다리를 벌리고 있어. 발이 바퀴살에 닿으면 절대로 안 돼."

집으로 돌아오는 내내 나는 울고 신음했다. 집에 도착했다. 남자가 나를 자전거에서 들어 올렸다. 자전거 어느 부분인가에 발이 닿았다. 나는 다시 비명을 질렀다. 다행히 내 비명은 개 짖는 소리에 묻혀버렸다. 남자가 나를 안아들고 부엌으로 뛰어 들어갔다. 여자와 여자아이의 깜짝 놀란 시선이 내 발에 꽂혔다. 나는 소리를 지르지 않으려고 애썼다.

여자가 감자를 갈아 내 발에 붙이고 붕대로 감아주었다. 견디기 힘든 통증이 며칠 동안 계속되었다. 얼마나 아픈지 죽을 것만 같았다. 말린 개꽃을 달인 물에 발을 담그지 않으면 늘 감자 간 것을 처매고 있어야 했다. 그

들은 나를 병원에 데려가지 않았다. 의사를 부르지도 않
았다.

 "무슨 영향이 있는 건 아니겠지? 당신 생각은 어때?"
남자의 말소리가 들려왔다. 여자가 아무 대답도 하지 않
자 남자는 다시 기도를 했다.

 "그럴 리야 있겠어요." 이윽고 여자가 대답했다. "그
저 사고였을 뿐이에요. 우리가 뭘 잘못한 것도 아니고."

 정적이 흘렀다.

 "저 애가 의도적으로 그런 것도 아니잖아요." 한참 뒤
에 여자가 다시 말했다.

 의도적으로? 무엇을 위해? 죽으려고?

 여름방학이 시작되는 날이었다. 해가 쨍쨍 떠 있었고,
나는 들떠 있었다.

 집으로 돌아오는 길에 여자아이가 자랑스러운 듯 자
신의 성적표를 보여주었다. 여자아이는 처음에 내가 생
각했던 것과는 달리 그다지 멍청한 아이는 아니었다. 매
사에 지나치게 꼼꼼한 것이 탈이었다. 작은 잘못이라도
저지르지 않을까 늘 겁을 집어먹는 아이였다. 나는 사려
가 깊은 것과 지능지수가 떨어지는 것을 혼동하고 있었
다. 하지만 그런 아이를 좋아할 수는 없었다. 오히려 그

래서 그 아이가 더 싫었다.

"혹시 너, 누가 개를 풀어줬는지 모르니?" 여자아이가 물었다. 개를 풀어준 게 바로 너 아니냐는 뜻이었다.

우리가 집으로 돌아왔을 때 식탁에는 꽤 근사한 음식이 차려져 있었다.

"드디어 여름이 왔어." 여자가 말했다.

나는 기다렸다. 하지만 그녀의 말은 그게 다였다. 누가 왔다는 말도, 누가 올 것이라는 말도 없었다. 여름이 오기 전에 나를 데리러 오겠다고 아버지가 말하지 않았던가? 나는 식탁에 앉아 있었다. 견딜 수 있을 때까지.

아버지가 서 있었다. 나를 보고 집게손가락을 펴 입에다 댔다. 아버지가 헛간 옆에 서 있었다. 그러고는 나를 향해 손짓했다. 어서 자기에게 뛰어오라고. 나는 아버지에게 달려갔다. 그의 품속으로 뛰어들었다. 내 얼굴은 눈물로 뒤범벅이 되었다. 기뻤다. 너무나 기뻤다. 그의 검은 눈에서도 눈물이 흐르고 있었다. 아버지와 나는 조용히 그 집을 빠져나갔다. 개가 짖지도 않고 우리를 멀뚱멀뚱 바라보았다.

"내가 약속했잖아." 아버지가 말했다.

아버지와 나는 나란히 손을 잡고 시골길을 걸어간다. 농가는 보이지 않았다. 아무도 자기가 여기에 온 것을 모른다고 아버지가 말했다. 엄마에게조차도 말하지 않았다고 했다. 만약에 알았다면 못 오게 했을 거라고 했다. 너도 잘 알잖아. 내 사랑하는 아내가 때로는 얼마나 고집불통인지…….

아버지의 걸음걸이가 자꾸만 머뭇거려졌다. 농가에서 멀어지면 멀어질수록 점점 더. 아버지를 가로막을 수 있는 것은 아무것도 없다. 아버지는 누가 뭐라든 나를 데리러 온 것이다. 이렇게 나와 함께 걷고 있는 것이다. 하지만 이렇게 도망쳐버리는 게 잘하는 일일까? 아버지는 자신이 해야 했던 이 일이 옳지 않다는 것을 알고 있었다.

"그래도 집으로 가고 싶어." 내가 말한다.

무슨 소리가 들린다. 시골길을 덜컹대며 달려오는 자전거 소리. 우리가 뒤를 돌아본다. 남자가 다급하게 페달을 밟으며 달려오고 있다.

"내가 있던 집 남자야." 내가 아버지에게 속삭인다.

남자의 자전거가 멈춰 선다. 남자가 자전거에서 내린다. 그가 우리를 바라본다. 아버지를 보던 눈길이 나에게로 옮겨졌다가 다시 아버지에게로 향한다.

"요한손 씨?" 그가 묻는다.

아버지가 고개를 끄덕인다. 남자가 아버지를 데리고 저쪽으로 간다. 그들은 목소리를 낮춰 이야기한다. 내 귀에는 들리지 않는다. 나는 그들이 주먹다짐을 하지나 않을까 불안한 심정이다. 다행히 그럴 기미는 보이지 않는다. 그들은 오랫동안 이야기한다. 영원처럼 길고 긴 그 시간 내내 나는 그들에게서 눈을 떼지 못한다.

남자가 자신의 자전거를 돌려세운다. 남자가 자전거에 올라탄다. 잠시 머뭇거리다가 자신의 집을 향해 페달을 밟는다. 그래, 이제 나는 아버지와 함께 집으로 돌아갈 수 있는 거야. 불안이 사라지고 기쁨이 솟구쳐 오른다. 아버지가 다가온다. 그리고 말한다. 다시 그 농가로 돌아가야 한다고.

죽고 싶을 만큼 슬펐다. 하지만 울지 않았다. 우리는 천천히 걸었다. 더 이상 천천히 걸을 수 없을 만큼 천천히 걸었다. 지금으로선 이게 최선이라고 아버지가 말했다. 여기로 와서는 안 된다는 것을 그는 알고 있었다. 하지만 아버지는 그 말만큼은 하지 않았다. 어쩌면 그는 내가 그 말을 해주기를 바랐는지도 모른다.

밖에 나와 섰던 남자와 여자가 우리를 보자 집 안으로 들어갔다. 아버지가 대문 앞에서 멈춰 섰다. 나를 껴안았다. 그리고 말했다. 엄마에게 내가 얼마나 용감하게 잘 참고 견디고 있는지 전하겠다고. 아버지에게 무슨 일이 일어나면 어떡하지? 잡혀가기라도 하면 어떻게 하지? 아냐. 아무 문제없을 거야. 나는 알고 있어. 요한 요한손을 가로막을 수 있는 사람은 아무도 없어. 아버지의 머리는 어떤 문제든 다 해결해낼 수 있는 멋진 생각들로 가득 차 있잖아. 곧 너를 데리러 다시 오마. 약속할게. 꼭 데리러 올 거야.

남자와 여자는 아무 말도 하지 않았다. 그들은 나를 보지 않았다. 아니 슬금슬금 훔쳐보았다. 저녁이었다. 내가 현관문을 열고 밖으로 나서자 그들은 여자아이를 시켜 내 뒤를 따르게 했다. 여자아이가 베란다에 서서 내가 뭘 하려고 하는지 물었다.

호수를 바라보았다. 뮈르딩 호수와 얼마나 비슷한지 눈여겨보고 싶었다. 헛간 쪽으로 고개를 돌렸다. 아버지가 서 있던 곳을 바라보았다. 아버지는 없었다. 하지만 그는 여전히 거기에 서 있었다. 헛간 쪽으로 갔다. 아버지가 서 있던 곳에 나를 멈춰 세웠다. 여자아이가 나를 보고 있었다. 개도 나를 보고 있었고, 나도 나를 보고 있었다.

밤에 여자와 남자가 이야기하는 소리가 들렸다. 그들은 아버지에 대해 이야기하고 있었다. 출장 가는 길에 잠시 들렀다더군. 산책을 나갔던 거래. 어쩔 수 없었어. 자기 아들을 못 만나게 할 수는 없는 노릇이잖아. 안 그래?

"그 사람 말을 다 믿어요? 애를 데리고 도망가려고 했던 것 같지 않아요?"

남자는 머뭇거리며 대답을 하지 못했다.

"어떻게 생각해야 할지 모르겠어." 한참 뒤에 남자가 말했다. "거 참. 이렇게 생각할 수도 있고, 또 저렇게 생각할 수도 있고."

그들은 더 이상 이야기하지 않았다. 그것으로도 그들에게는 꽤 긴 대화였다.

그날 이후로 나는 결국 집으로 돌아갈 것이라고 확신했다. 남자와 여자도 나를 돌려보낼 수밖에 없다는 것을 깨달은 듯했다. 그로부터 넉 달이 지나 나는 다시 집으로 돌아왔다. 엄마가 나에게 말했다. 내 옷에 쉽사리 지워지지 않는 얼룩이 진 것과 같은 것이라고. 이제부터는 다른 아이들처럼 행동해서는 안 된다고. 함부로 굴어서는 안 된다고. 더욱 조심해야 한다고. 다른 아이들과는 달라야 한다는 엄마의 그 말은 바꿔 말하면 다른 아이들과 똑같아지라는 말과 다를 바 없었다. 적어도 나에게는 그랬다.

사람들은 내가 경험했던 일들이 우리를 더 성숙하고 현명하게 만든다고 말한다. 하지만 집에 돌아왔을 때 나는 더 어린아이가 되어버린 것 같았다. 그러면서도 어서 어른이 되고 싶다는 바람은 더욱 강렬해졌다. 어른이 되면 위탁 가정 같은 곳으로 가는 일은 없을 테니까. 나의 경험이 나를 좀 더 조심스러운 아이로, 혹은 좀 더 겁 많은 아이로 만들었던가? 그 전의 나는 그랬다. 하지만 나는 달라져 있었다. 나는 세상을 바라보는 눈을 지니게 되었다. 더 이상 에바의 눈에 종속되지 않았다. 그러면 에바는? 에바 역시 달라졌다. 하지만 에바나 나나 우리가 달라졌다는 사실에 관해서는 서로 아무 말도 하지 않았다.

내가 위탁 가정을 떠나오던 날, 위탁 부모는 헤어지는 섭섭함이라고 말할 수 있는 감정을 내비치지 않았다. 그들이 작별하는 아이는 그들의 양아들이 아니라 양아들이 되기를 한사코 거부한 아이였으니까. 그들이 나에게 걸었던 소망은 물거품이 되어버렸다. 그렇다고 해서 그들이 참담한 실망감에 빠진 것은 아니었다. 그들은 결국 올 게 온 거라고 생각하는 것 같았다. 그 뒤 그 농가와 그 가족이 어떻게 되었는지는 아무런 소식도 듣지 못했다.

아침 일찍 남자와 나는 버스 정류장으로 갔다. 우리는 토르스뷔 기차역 승강장에 서 있었다. 남자가 여자가 준비해준 도시락을 건네주었다. 내가 고맙다고 말했다. 그 말을 제외하고는 기차가 올 때까지 우리는 한 마디도 하지 않았다. 우리가 다시는 만나지 못하리라는 것을 나는 알고 있었다. 남자도 알고 있었을 것이다. 나는 또 알고 있었다. 그들에게 소식을 전하지도 않으리라는 것을. 남자도 그런 내 마음을 충분히 이해할 것이라는 생각이 들었다. 그는 괜찮은 사람이었다. 그들은 과묵했지만 친절했다. 사실 그때도 이미 나는 그들의 그 과묵함이 얼마나 훌륭한 미덕인지 어렴풋하게나마 깨닫고 있었다. 어쩌면 그들은 그 과묵함 속에서 내가 이해했던 것보다 훨씬 더 많은 말들을 했는지도 모른다. 그랬다. 나는 그들의 언어를 알아듣지 못했던 것이다. 그것은 침묵의 언어였다. 온통 슬픈 그리움으로 가득 차 있었던 그때 내 마음속에는 그 침묵의 언어를 받아들일 자리가 없었다. 나는 남자에게 작별인사를 건네고 싶었다. 만약 나의 엄마와 나의 아버지가 없었다면 기꺼이 그들의 양아들이 되었을 거라고. 하지만 나는 아무 말도 하지 않았다.

기차가 왔고, 내가 올라탔다. 기차가 움직이기 시작하자 남자는 손을 흔들어주었다. 나도 그를 향해 손을 흔들었다. 창밖으로 머리를 내밀고 그가 보이지 않을 때까지.

「이야기꾼 2」에서 계속